반갑습니다
조동읍니다. 하하

에스코트주식회사

ⓒ윤병룡 2012

초판 1쇄 인쇄 2012년 4월 28일
초판 1쇄 발행 2012년 4월 28일

글 윤병룡

펴낸곳 도서출판 가쎄 [제 302-2005-00062호]

주소 서울 용산구 이촌동 302-61 jeil 201
전화 070. 7553. 1783
팩스 02. 749. 6911
인쇄 정민문화사

ISBN 978-89-93489-20-0

값 9,800원

에스코트주식회사
escort company

'RRRRR- RRRRR-'
에스코트주식회사 조동웁니다
무엇을 도와드릴까요?

gasse・가쎄

에스코트주식회사 \ 작가 후기

가끔 너무나 속상해서 누군가에게 속에 담긴 말을 막 퍼붓고 싶을 때가 있습니다. 특히나 참아야 할 일이 많은 요즘은 더욱 그렇게 편안하게 다 받아주는 사람이 하나쯤 있으면 얼마나 좋을까 생각합니다.

사랑도 다 받아주고 욕심도 다 받아주고 혼자 밥 먹어야 하는 날이면 같이 밥도 먹어주고 커피까지 마셔줄 수 있는 사람, 마음이 너무나 아파서 견딜 수 없을 때 아무 말 하지 않아도 가만히 안아주는 사람, 좋아하는 팀이 경기에 졌을 때 같이 애석해하고 같이 상대 팀의 더티플레이와 심판의 멍청한 오심을 욕해주는 사람. 사랑이 떠난 날에도 기꺼이 이야기를 들어주고 위로해주는 사람, 바다가 보고 싶어 불쑥 떠나자 하면 웃으며 와주는 사람, 내 모든 걸 다 알아도 그냥 하하 웃으며 아무 부담이 되지 않는 사람. 세상을 살아가는 동안 언제든 기대도 좋을 사람, 이런 사람이 늘 곁에 있다면 얼마나 좋을까요?

그 사람이 지금 에스코트주식회사를 열었습니다. 그는 인생의 가장 화려한 순간에 가장 힘겨운 일을 겪었음에도 여전히 재치 있고 영리하고 따뜻한 사람입니다. 한 번쯤 에스코트 받아보고 싶은 이 남자, 조동우를 만나보시겠습니까? 에스코트주식회사의 문을 열어보세요.

episode 0 \ 에필로그

‘RRRRR~ RRRRR~ RRRRRRRRR~’

"안녕하십니까?. 에스코트 주식회사 조동우입니다. 지금은 외부업무 중이오니 휴대폰으로 연락 주시거나 혹은 녹음을 남겨주시기 바랍니다. 연령 불문, 성별 불문, 불륜 불문……. 흠흠. 어떤 의뢰라도 망설이지 말고 남겨주십시오. 공일 공 구팔 이구 구칠 구구. 공일 공 구팔 이구 구칠 구구 기억하셨습니까. 그럼 연락 기다리겠습니다. 감사합니다. 아, 번호가 선불 폰 번호라고 해서 사기꾼 아니니 혹시나 하는 염려 마시고 반드시, 연락 주시기 바랍니다. 하하. 뚜우우~"

구치소 근처의 공원 벤치에 앉아 먹먹하게 지는 해를 바라보던 조동우는 문득 허탈한 웃음이 나왔다. 어찌어찌 감옥에서는 풀려났는데 이젠 인생이란 게 포승줄 대신 족쇄가 되어 엉켜있는 것이다. 청바지 주머니에 들어갔다가 나온 그의 손에 오만 원짜리 몇 장과 만 원짜리 지폐가 잡혀 나왔다. 그가 가진 전 재산이다. 그 중 한 장을 들어 동시에 불이 들어오기 시작하는 가로등에 비춰보았다. 점으로 된 은선이 선명해지고 숨겨진 문양이 드러났다. 어쩌다 보니 전과자가 되었고 나이도 어느새 삼십 대 중반이 되어버린 그에게 이 사회가 허용하는 길은 많지 않았다. 불끈 손에 들어간 힘 때문에 가로등 빛으로 창백해 보이는 신사임당의 얼굴이 흉하게 일그러졌다.

처음 이 사업을 시작하고 1년 정도 지나서 자리가 잡히자 '모든 것은 뜻대로' 라는 말 그대로 모든 게 저절로 이루어졌다. 누구나 물건을 싸게 사고 싶은 욕구가 있다. 이것을 적절히 부추겨 회비를 받고 가입시킨 다음 다른 쇼핑몰보다 싼 가격을 바탕으로 회원을 모았다. 특히 컴퓨터 본체나 모니터, TV, 냉장고 등의 인기상품을 한정 수량으로 내건 반값이벤트가 입소문을 타고 센세이션을 불러일으켰다. 참가비를 내고 참여한 사람에게 반값에 물건을 사들이게 한 이벤트였는데 단지 한두 사람만 혜택을 받았다면 시큰둥했겠지만 한 번 이벤트 때마다 십여 명이 실제로 절반값에 물건을 받았다는 말을 이곳저곳의 게시판에 올리자 반응이 터진 것이다. 물론 처음엔 그 열 명 중 절반이 동우와 성호가 가공으로 만들어낸 인물이었다. 이렇게 회원 가입비 5천 원~1만 원 정도의 적은 금액에 이벤트 참가금은 2~3천 원 정도로 부담 없는 반면 반값 당첨자가 갈수록 늘어나자 더 많은 사람이 몰려들었다. 사람들이 모이니 큰돈이 들어왔고 잔고는 점점 늘어갔다. 남의 돈으로 땅 짚고 헤엄친 장사였다. 직원이 늘면서 여유가 생긴 동우는 성호에게 쇼핑몰을 맡기고 남는 자금을 투자해 종잣돈 불리기에 몰두했고 성호는 절묘한 타이밍과 기발한 아이디어로 쇼핑몰을 나날이 키워갔다.

"해외여행이라도 다녀오는 게 어떠냐?"
어느 날, 술자리에서 성호는 동우에게 해외여행이라도 갔다 오라고 했다. 너 빼고 혼자 어떻게 가냐고 몸을 빼던 동우는 성호의 소개로 만나게 된 세진이가 가고 싶다고 하자 두말없이 해외여행이란 걸 다녀오기로 했다.

귀국하는 날, 행복감에 빠져서 돌아온 동우를 기다린 건 1만여 회원의 서명이 담긴 고소장과 경찰의 수갑이었다. 나중에 들으니 눈은 가렸지만, TV의 9시 뉴스에도 동우의 얼굴이 나왔다고 했다. 졸지에 체포된 동우를 바라보다가 세진은 뒤돌아 떠났다. 경찰 호송차에 실린 동우가 차창으로 말없이 세진의 등을 지나 옆얼굴에 머물렀다. 입은 세진에게 뭐라고 말하고 있었지만 결국 소리가 되어 나오지 않았다. 점점 작아지는 세진의 얼굴을 목이 아프게 돌아볼 뿐이었다. 대학 4년, 사회생활 5년을 같이 하며 가족보다 가깝다고 생각한 성호. 그가 같이 운영하던 인터넷 쇼핑몰의 모든 물건은 물론 고객의 돈까지 먹고 튄 것이다. 잠시 자리를 비운 사이, 아니 사실은 믿고 모든 걸 맡긴 틈에 성호는 지상 최대의 쇼를 벌였다. 스페셜 이벤트 명목으로 냉장고, TV, 컴퓨터 관련 물품들을 반값 이하에 올려 회원을 모은 다음 돈이고 물건이고 다 들고 튄 것이다.

관련된 고객 수 5만여 명. 고소장에 서명 한 회원만 1만 명에 피해금액 300억. 수사가 진행되는 동안 동우는 성호가 반값이벤트를 신분의 상징으로 바꾸었다는 걸 알았다. 실로 절묘한 역설이다. 싸게 사는 능력을 부의 상징으로 바꾸다니. 플래티넘, 레드, 블랙, 퍼플 등의 차등을 두어 20만 원에서 50만 원까지, 그리고 갈수록 금액이 높아져 나중에는 200만 원이라는 거액의 회비를 받고 특별회원을 모집했다. 특별회원의 등급이 높을수록 고액의 물품을 보다 저렴하게 구매하는 특혜를 주었고 이벤트 경품으로 벤츠나 BMW 등의 자동차를 내걸자 많은 사람이 더 많은 회비를 부담하며 등급 높이기에 뛰어들었다. 성호는 쇼핑몰에서의 등급이 마치 사회적 성공이라도 되는 것처럼 느껴지도록 특별회원은 VIP로 극진하게 대접했다. 거기에 더 고단수의 수법도 동원됐다. 회원이 자신이 원하는 제품을 올리게 한 다음 그 제품에 관심이 있는 사람들에게 개별적으로 스페셜 옥션 메일을 보내 경매에 부치는 수법이었다. 여기에도 처음엔 가상의 인물을 붙여서 낙찰을 받도록 했다. 수억 원이 넘는 스포츠카를 경매물품으로 내걸어 언론의 이목을 집중시켰다. 각종 매스컴에 소개되고 TV 뉴스와 경제 프로그램에서 인터넷 시대의 새로운 성공사례로 보도 하자 저절로 광고가 되고 언론을 믿는 사람들은 의심 없이 돈을 맡기고 경매에 뛰어들었다. 동우가 그런 걸 알 리가 없었다. 아니 관심도 없었다는 게 정확했다. 마케팅 전문가들은 궁극의 바이럴 마케팅 기법을 이용한 사기라고 입을 모았지만 동우는 하다 보니 그렇게 된 걸 거라고 생각했다. 수백 건의 경매가 진행 중이었고 경매 참가자도 어떤 경우엔 만여 명이 넘고 있었다. 그들이 낸 참가비, 경매 낙찰을 위한 예약금과 낙찰 대금, 그리고 선주문으로 받아둔 상품들까지 모두 챙겼다. 고소장에 적힌 금액은 적게는 수만 원에서 이, 삼백만 원이 가볍게 넘었고 중간에서 중계를 하며 제조사와 쇼핑몰 사이에 물건을 공급했던 중간 판매 업체 차원에서는 피해금액이 수천을 넘어서기도 했다.

언론은 연일 수사 과정을 보도했다. 전문가들은 어떻게 자신이 공동 대표로 있는 쇼핑몰에서 수년 간 벌어진 일에 대해 모를 수 있겠냐며 공범설을 주장했다. 담당 검사는 언론의 지나친 관심에 신경이 곤두섰다. 그 대가로 동우는 눈물 나는 대접을 받았다. 웬만하면 벌어서 갚겠다는 각서라도 써주고 싶었지만, 금액이 어지간해야 생각해볼 얘기. 동우는 어쩔 수 없이 자신의 무고함이 증명될 때까지 견디는 수밖에 없었다. 국가에서 배당된 변호사는 동우를 동정했고 어떡하면 혐의를 벗거나 혹은 형량을 줄일지 고심했다. 최초 검찰이 구형한 형량은 징역 10년. 대법원은 동우에게 4년의 징역형과 그 집행을 5년 간 유예한다고 선고했다. 동우 또한 피해자 중 한 명이라고 변론한 변호사의 최후 변론이 통한 덕분이었다. 공동운영자의 관리 부실에 대한 책임으로 동우의 치죄를 끝낸 것이다. 하지만 동우는 이미 실형 4년 중 항소와 상고를 벌이며 몸으로 때운 기간이 벌써 3년이었다. 운이 나쁘다고 해야 하나 아니면 좋은 걸까. 동우는 더 이상 생각하지 않기로 했다. 어쨌든 나왔으니까. 난생 처음 해외여행을 다녀온 후 3년 만에 다시 서울 거리에 나왔다. 워낙 요란한 사건이었지만 시간이 그만큼 흘렀기에 단박에 동우를 알아보는 시선은 없었다. 당시엔 인터넷으로 동우의 얼굴이 떠돌았다는데 시간이 지나서인지 다행히 모두들 망각한 듯했다. 다만 친척이나 친구들 모두 연락이 끊겨 동우는 고아나 마찬가지 신세가 되었다. 성호는 종적이 완전히 사라져 사건은 미궁에 빠질 가능성이 높았다. 동우가 귀국하던 날, 성호가 비행기를 탄 것까지는 드러났는데 이후의 행적이 사라진 것이다. 300억 아니 고소에 참여하지 않은 피해자까지 치면 얼마나 될지 모르는 돈과 물건의 행방도 오리무중이었다.

동우는 빈털터리가 되었다. 하긴 처음부터 아무것도 없이 시작했었다. 몇십만 원으로 컴퓨터를 사고 남의 쇼핑몰에 있던 상품 이미지를 허락 없이 저장해서 사이트를 연 다음 회원가입으로 목돈이 모이자 비로소 상품을 구매하고 배송한 것이다. 그 사이 성호와 함께 PC방을 돌면서 마치 고객이 배송을 잘 받은 것처럼 쇼핑몰 게시판에 올리는 일을 했으니 시작부터 사기는 사기였다. 그 벌을 받은 거라고 할까. 단지 작은 사기가 엄청난 사기로 커졌고 공범이었던 동우가 이번에는 빈털터리가 된 게 다를 뿐이었다. 풀려난 동우의 재산은 체포될 때 국가가 맡아뒀다가 돌려준 약간의 돈이 전부였다. 3년간 법정이자까지 쳐서 돌려준 돈은 90만 원. 동우는 휴대폰 가게에 들어가서 선불 폰을 샀다. 선불 폰은 돈만 있으면 아무것도 따지지 않으니까.

동우가 휴대폰을 구해 제일 처음 전화를 한 곳이 세진이었다.

"지금 거신 번호는……."

동우는 휴대폰을 넣었다. 뭘 어찌해보자고 전화를 한 건 아니었다.

"하하하하……. 젠장"

가장 먼저 보이는 식당에 들어가 밥을 먹고 오전에 풀려났던 구치소 주변의 공원으로 다시 돌아와 벤치에 앉았다. 혼자 커피전문점에 들어가 앉아있기도 좀 그랬고 무엇보다 사람들의 시선이 부담스러웠다. 걷다 보니 이곳이었다.

"헐, 젠장……."

episode 1\ 코트가 필요해!

　　동우는 한강대교가 보이는 용산의 한 낡은 건물 옥상에 서 있었다. 밤이 깊어지자 택시를 잡아타고 몇 년 만에 자신의 근거지로 돌아왔다. 날씨도 추웠지만 얇은 재킷의 여름 복장으로 앉아있던 동우에게 시선이 모여들자 바로 이곳으로 온 것이다. 옥상 위에는 가느다란 쇠막대 하나에 의지해있는 TV 안테나가 한강 쪽에서 불어오는 칼바람에 이리저리 흔들리고 있었다. 그늘진 곳에는 얼음이 얼어붙어 미끄러웠다. 조심스럽게 난간 끝으로 걸어가서 아래를 내려다보았다. 자신의 차, 3년 동안 그 자리에 있었을 차는 다행히 크게 부서진 곳은 없었지만 방치의 대가를 톡톡히 치르고 있었다. 동우의 차란 걸 알고 했는지 모르지만 화풀이의 흔적이 보였다. 켜켜로 쌓인 먼지와 해마다 한 번씩 내려앉았을 낙엽, 새똥들이 흰색이었던 차를 칙칙한 회색빛으로 바꾸어 놓았다. 낙서가 가득했고 사이드미러 중 하나가 몇 가닥의 전선에 매달려 대롱거리고 있었다. 옥상에 오르기 전 들러본 사무실엔 역시 다른 회사의 이름이 붙어있었다. 뭘 하자고 들른 건 아니지만 막상 그 모습을 보니 불난 집에서 아무것도 갖고 나오지 못하고 몸만 겨우 나온 것처럼 마음 한구석이 몹시 씁쓸하고 아쉬웠다. 옥상에 올라와 내려다본 그 자리에 차까지 안 보였다면 주저앉아 엉엉 울었을지도 몰랐을 거라고 생각했다.

건물을 나온 동우가 주위를 두리번거렸다. 겨울밤이고 유난히 추운 날이라 그랬는지 길거리에는 사람이 거의 없었다. 차 뒤로 가서 몸을 잔뜩 숙이고 팔을 머플러 위쪽으로 들이밀었다.

'있다!'

동우의 손가락이 머플러 위쪽 언저리를 더듬어 원하는 것을 찾아냈다. 쇠붙이에 닿아 몸 전체를 부르르 떨게 한 손가락에 차갑지만 금속과는 다른 느낌이 닿았다. 고무풀로 붙여둔 스페어 키였다. 얼어버린 고무풀에 한 덩어리처럼 굳은 키를 간신히 뜯어낸 동우가 어디를 잡아야 할지 몰라 주춤하다가 건물 옆 재활용 봉투에서 라면 봉지를 찾아 손에 끼우고 차 문을 열었다. 그리고 운전할 만큼만 빠끔하게 앞 유리창을 닦아놓고 시동을 걸었다.

'푸레레레레 푸레레레 푸레레레레레'

세 번, 네 번 모터 돌아가는 소리만 들리다 말자 포기하려던 동우가 다시 한 번 키를 넣어 돌렸다.

'푸레레레 푸레레레 푸레레레레레레레 푸딩 푸딩 푸디디디디 파르르르…'

숨넘어갈 듯 소리를 지르던 차의 시동이 걸렸다. 동우의 입가에 모처럼 웃음이 걸렸다. 미소가 걸린 동우의 얼굴은 잘 보니 꽤 그럴듯하게 생긴 얼굴이다. 남자답게 생긴 건 아니지만 나름대로 선이 뚜렷했고 균형미가 있었다. 목이 길고 어깨는 넓었다. 조금은 가벼워 보인 그의 성격이 드러났던 눈빛은 이제는 깊은 빛을 띠고 있었다. 4년 간의 세월이 그에게 가벼움을 앗아가고 진중함을 남겨놓았다. 동우는 천천히 차 안을 살폈다. 기름은 반 이상이 남아있었다. 과자 봉지가 뒷자리에 수북하게 떨어져 있고 맥주 캔 수십 개가 굴러다녔다.

"안주로 오징어만 처먹었나?……."

큼큼한 냄새에 코를 벌름거리며 눈을 굴리던 동우의 눈에 뒷자리 바닥을 점령한 휴지 뭉치들이 보였다. 동우의 눈이 묘하게 돌아갔다.

"형, 차 좀 빌려줘. 어차피 형 여행가면 누군가는 돌봐줘야 할 거 아냐."

동우가 여행을 떠나던 날, 후배 철규가 와서 동우에게 차를 지켜주겠다고 나섰다. 그리고 그 차로 두 사람을 공항까지 데려다 주었다. 차가 방치된 건 아마도 4년 내내는 아니었던 모양이다. 그러니 시동이 걸리지 않았겠는가. 혹시나 싶어 동우는 굴러다니는 우유갑 하나를 들어 유효기간을 확인했다. 그 우유갑에는 6개월 전의 유효기간이 적혀있었다. 이 차는 최소 6개월 전까지는 굴러다녔던 모양이다. '고맙다 철규야.'

"이 자식이 여관비 아끼려고 차에서 별짓을 다 했나 보네."

동우가 굴러다니는 휴지 뭉치를 돌아보며 중얼거리고 차의 히터를 켰다. 기름은 여유가 있었다. 잠시 찬바람이 돌더니 곧 차 안이 훈훈해지도록 더운 바람이 쏟아져 나왔다. 동우는 창문을 찔끔 열어놓고 의자를 눕혔다. 시간은 이제 4시를 넘어가고 있었다. 두어 시간쯤 눈을 붙여도 될 것이다. 휴대폰의 알람을 맞추고 히터 스위치를 적당히 맞춘 후 재킷을 벗어 얼굴을 덮은 동우가 잠에 빠져들었다. 자유가 된 후 첫 번째 밤이 그렇게 지나갔다.

"일어나, 응? 일어나. 에이 뭐해, 얼른 일어나. 응?"

"아, 5분만 더 잘게. 5분만."

잠꼬대처럼 중얼거리던 동우가 뭔가 이상한 느낌에 잠을 깼다. 대시보드 위에 올려둔 휴대폰에서는 5분 간격으로 알람 음이 울리고 있었는데 벌써 몇 차례가 지나간 모양이었다. 부스스 눈을 뜬 동우가 이상한 느낌의 근원을 찾아 눈을 돌렸다. 빠끔히 뚫어놓은 유리창으로 누군가 들여다보고 있었다.

"으악~!"

눈알 두 개가 창 너머에서 안을 들여다보고 있었다. 잠결에 놀란 동우가 비명을 질렀다. 동우의 비명에 그 두 눈도 놀라서 더 커졌다. 잠시 머리를 흔들어 정신을 차린 동우가 옆 창을 열고 보니 건물의 경비 아저씨다. 한동안 방치되어 있던 차의 시동이 걸려 있자 경비가 와서 확인한다고 본 모양이다. 동우가 경비에게 슬쩍 손짓을 해주고 후진해서 차를 돌려 나왔다. 시계는 8시가 거의 다 되어가고 있었다.

"세차 좀 잘 해주시고 이곳저곳 좀 봐주세요. 세차비는 더블로 드릴게요."

동우가 스팀 세차라고 쓰여 있는 카센터에 차를 맡기고 훈기가 도는 사무실로 들어왔다. 난로 옆 의자에 앉아 세차를 구경하던 동우의 눈에 알아서 타 마시라고 준비된 커피가 보였다. 봉지 커피는 참 오랜만이다. 종이컵에 커피를 담고 뜨거운 물을 받아 남은 봉지를 넣어 휘휘 저었다. 향긋한 커피 향이 코를 자극했다. 입속에 침이 고였다. 동우가 손에 쥔 종이컵을 조금씩 기울여가며 모처럼 만의 행복을 즐기고 있을 때 렉서스 한 대가 세차장으로 들어섰다. 동우의 차는 이미 외부 세차가 끝나고 내부 청소 중이었는데 안에서는 끊임없이 쓰레기가 밖으로 던져지고 있었고 뒷자리를 치우는 세차장 직원이 동우가 있는 사무실을 보며 옆 사람에게 뭐라고 떠들어 대는 모습도 보였다. 동우는 큼큼한 냄새에 돌아봤던 자신이 떠오르자 얼굴이 빨개져서 시선을 돌렸다. 여자가 막 렉서스에서 내려 가방을 꺼내고 있었다. 까만 치마와 까만 재킷 속에 그레이 니트를 받쳐 입고 목에는 연한 그레이의 머플러를 두른 여자는 차에서 내려 주인의 권유로 사무실로 들어섰다. 까만 렉서스는 광을 잘 먹어 아침 햇살에 반짝 반짝 빛을 뿌리고 있었다.

"아, 안녕하세요. 좋은 아침입니다."

동우는 자신도 모르게 인사를 건넸다. 동우의 인사에 여자가 동우를 의식하는 눈빛을 보내고 창으로 고개를 돌렸다. 머쓱해진 동우가 남은 커피를 홀짝거리며 점검과 수리가 시작된 소나타로 눈길을 돌렸다. 덜렁거리던 사이드미러가 다시 붙었다. 차가 점점 제 모습을 갖춰가고 있는 모습을 보던 동우는 자신이 계속 여자를 흘낏거리고 있는 걸 발견했다. 선글라스를 벗어 머리 위로 올려 쓴 여자의 얼굴은 왠지 어두워 보였다. 티 나게 드러난 건 아니지만 동우는 그냥 그런 것 같다는 생각이 들어 계속 여자의 얼굴을 보게 되었다. 누구라도 그렇게 대놓고 자신을 본다면 쉽게 알아차릴 것이다. 그녀도 마찬가지였다. 밖을 내다보던 눈이 동우를 향했다. 동우가 머쓱해서 시선을 피하며 콧잔등을 긁었다. 하지만 곧 자기도 모르게 또 그녀에게로 눈이 움직인 동우는 여전히 자신을 보고 있는 그녀의 눈빛이 알 수는 없지만 참 맑다고 느꼈다. 동우의 입이 불쑥 열렸다.

"저, 혹시……."

여자의 눈이 살짝 커졌다. 눈빛에 찔린 동우가 수습을 위해 허둥거렸다.

"아, 그러니까요. 눈빛 아, 아니 그게 아니고……."

동우가 낯선 여자에게 불쑥 말을 걸게 된 건 어떤 여고생의 뒤를 따라간 뒤 결국 그 여고생에게 어린애 취급을 받았던 고등학교 이후 처음이었다. 수습에 실패한 동우가 있는 말 없는 말을 둘러대며 당황할 때 어디선가 고양이 울음소리가 들렸다.

"냥~"

여자의 검은 가방이 별안간 눈을 떴다. 가방이 아니고 고양이였나? 동우가 눈을 끔뻑끔뻑 감았다 뜨자 뚜껑도 끔뻑 눈을 감았다 떴다. 다시 본 그 뚜껑은 가방에 들어간 고양이였다. 까만색 고양이. 눈이 파란 그 고양이는 주위를 두리번거리다가 동우를 발견하고 다시 한 번 '냥~' 하는 소리를 냈다. 여자는 고양이의 머리끝을 손가락으로 부드럽게 어루만지며 동우로부터 관심을 끊었다. 아주 어린 고양이였다. 고양이가 여자의 손가락을 입에 물려고 머리를 이리저리 움직인다.

"넬!"

넬? 고양이의 이름이 넬인가 보다. 여자의 부름에 손가락을 물려던 동작을 멈춘 고양이가 다시 동우에게로 관심을 돌렸다. 작은 고양이의 큰 눈이 또그르르 동우의 위아래를 훑었다. 까만 털 사이로 파란 눈이 초롱초롱하게 동우를 쫓고 있었다.

"다 됐는데요."

카센터 사장이 렉서스 여자에게 말했다. 렉서스 여자는 사장에게 세차비를 내밀고 밖으로 나갔다.

"광택 좀 한번 매길까요? 차를 워낙에 함부로 놔둬서 도장이 많이 까졌는데……."

동우는 그녀가 돌아서는 순간 넬이 꼬물거리다가 뭔가를 건드렸는지 가방에서 떨어지는 걸 바닥에 떨어지기 전에 낚아챘다. 카센터 사장이 뭐라 하는 게 보였지만 귀에 들어오지 않았다. 얼핏 살펴본 명함만 한 종이엔 무엇이든 맡겨달라는 심부름센터의 광고문구가 전화번호와 함께 보였다. 급하게 그녀를 따라나서는 동우에게 그녀의 방향과 반대방향으로 고개를 내밀고 자신을 바라보는 고양이가 보였다.

"넬~"

동우가 고양이를 불러보았다. '냥~' 동우의 부름에 고양이가 대답하고 렉서스 여자가 그 말에 멈춰 서서 동우를 돌아보았다. 카센터 사장은 동우의 말이 광택을 매기라는 대답인지 헷갈려서 동우의 얼굴을 살폈다.

"그럼 내일 매길까요?"

"네? 아 뭐요?"

"광택이요."

카센터 사장이 그제야 동우의 말이 대답이 아니란 걸 알고 조금은 실망한 투로 말했다.

"아, 아녜요. 나중에 할게요."

급하게 돈을 치른 동우가 렉서스 여자를 뒤따라 허겁지겁 달려나갔다.

"저기, 여보세요!"

차 문을 열던 그녀가 돌아봤다.

"혹시, 뭐 안 풀리는 문제 있으면 맡겨보세요. 믿져야 본전이잖아요."

그를 바라보던 여자가 입을 열었다. 낮은 목소리였지만 또렷하게 들렸다.

"무슨 뜻이죠?"

"그게 그냥 왠지 도움이 될 수 있을 것 같아서요."

동우가 그녀가 흘린 심부름센터 명함을 내밀자 힐끗 본 여자가 말했다.

"대가는요?"

"글쎄요……."

자신에게 겨울옷이 없다는 걸 생각한 동우가 겨울 코트 한 벌을 대가로 제시했다.

왜 이런 제안을 했는지 알 수 없었다. 그냥 나서지 않으면 안 될 것 같은 절실함. 운명이라고 해도 좋을 듯했다.

"좋아요."

대부분 갈색이거나 은색에 가끔 흰색이 보일 뿐 검은색 렉서스는 앞을 달리는 저 차가 유일하다. 렉서스의 검은색은 이질적인 느낌이 들었다. 잠시 딴생각에 빠진 대가로 차를 놓치고 말았다. 위반해서라도 따라가고 싶었지만 소심한 A형답게 동우는 파란 신호가 떨어지자 급하게 액셀을 밟았다.

"가버렸나?"

한참을 지나쳐도 보이지 않아 아쉬운 마음을 접으려던 동우에게 길 한쪽에 세워진 검은색 렉서스가 보였다. 렉서스는 동우가 나타나자 다시 앞서 달려 청담동의 한 갤러리 앞에 섰다. 동우가 따라 내리려는데 여자가 손짓으로 막았다. 발렛 파킹하는 남자가 주차장에 차를 넣었고 동우는 얌전히 따라 들어가 차를 세웠다. 갤러리에서 나와 백화점으로 들어간 여자가 쇼핑백을 들고 나왔다. 어떤 남자와는 식사를 하고 어떤 남자와는 커피를 마셨다. 그동안 동우는 창밖 여자의 모습을 바라보며 묵묵히 햄버거를 먹었다. 여자는 미용실에서 두 시간 동안 머리를 했다. 하루 종일 동우를 이리저리 달고 다닌 여자가 마침내 한남대교를 건너 언덕 위의 어느 빌라로 들어섰다.

렉서스가 문을 통과하며 손가락으로 뒤를 가리켰고 경비원이 동우의 차를 확인하고 고개를 끄덕이는 게 보였다. 동우는 뒤를 따라 주차장으로 들어갔다. 렉서스는 다섯 대 분의 주차선이 그어진 곳 한쪽에 차를 세웠다. 주차공간은 블록마다 다섯 대 분량으로 구획선이 그려져 있었고 여자가 차를 세운 자리는 다섯 대 모두 텅 비어있었다. 동우는 렉서스 옆에 차를 세웠다. '와, 비싼 차들뿐이네!' 동우가 내려서 주차장을 두리번거리자 렉서스에서 내린 여자가 동우를 지나치며 말했다.

"주차장에서 두리번거리면 오해 받아요."

동우는 얼른 시선을 여자의 등에 고정시키고 그녀를 따라 걸어갔다.

일곱 개 중 세 번째 문 앞에 여자가 서자 저절로 엘리베이터가 내려왔다.

여자는 동우가 엘리베이터를 타도록 손을 안쪽으로 내밀었다.

동우와 여자가 엘리베이터에서 내리자 그곳은 바로 거실 같은 넓은 공간이었다. 커다란 유리창 밖에는 혼잡한 강변북로 너머 하늘 끝부터 번지기 시작한 노을이 비쳐들어 실내를 붉게 물들이고 있었다. 하늘에 번진 장엄한 붉은빛은 일제히 켜진 수천 개의 브레이크 등과 어울려 장관을 연출하고 있었다.

'냥~'

고양이의 울음소리에 정신이 든 동우가 당황해서 여자를 바라보았다. 여자는 그런 동우에겐 무신경하게 접시에 우유를 따라 고양이에게 주었다. 넬이 우유를 할짝할짝 핥았다. 여자의 얼굴에 슬며시 웃음이 걸렸다가 사라졌다.

"저……."

동우가 여자에게 무슨 일을 해줄까요? 라는 말을 걸려는 참에 벽에 걸린 커다란 모니터가 켜지며 벨이 울렸다.

모니터에선 점심을 같이 먹었던 남자가 차에 탄 채 카메라 쪽을 보고 있었다. 그 얼굴은 황혼에 붉게 물들어 마치 술을 마신 것처럼 보였다. 여자는 인터폰에 들여보내도 좋다고 말했다. 그리고 잠시 후 그 남자가 들어섰다.

막 떨어지기 시작한 큼지막한 불덩이가 강 건너 빌딩에 반사되어 실내로 들어오자 그의 얼굴은 더 붉게 보였다. 뒤에 감춘 꽃다발을 내밀며 뭔가 말하려던 남자가 동우를 발견하고 여자에게 동우를 눈짓으로 가리켰다. 여자는 택시 기사에게 행선지를 말하듯 툭 던졌다.

"보디가드"

두 남자 모두 커진 눈으로 여자를 보았다. 여자는 고개를 돌려 넬을 보았다. 남자는 주름 잡힌 눈으로 동우를 보다가 여자를 보다가 했다. 동우에겐 그가 지금 이 상황을 어떻게 해석할지 고민하는 게 보였다. '보디가드라…….' 그 밑도 끝도 없는 말에 동우 역시 당황하다가 슬며시 옷차림을 살펴보았다. 회색 얇은 재킷 속에 반팔 셔츠, 청바지, 회색 컨버스. 시즌이 안 맞긴 하지만 보디가드라는 역할에 아주 어색한 건 아니다.

꽃다발을 탁자에 올려둔 남자가 뭔가 말을 하려다가 돌아섰다. 엘리베이터가 오는 동안 남자는 잠시 동우를 돌아보고 인상을 찌푸렸다. 동우는 그 시선을 맞받아쳐야 한다고 생각했다. 같이 인상을 찌푸리진 않았지만 엘리베이터에 올라타고 문이 닫힐 때까지 동우는 그 남자에게서 눈을 떼지 않았다.

여자는 동우가 함께 있다는 걸 조금도 의식하지 않는 것처럼 보였다. 앉으란 소리조차 없어서 동우는 머뭇거리고 있었다. 슬슬 다리가 아파온 동우가 둘러보다가 창 옆의 바 의자에 가서 앉았다. 의자는 높아서 창밖을 감상하긴 좋았지만 키가 작지 않은 동우라도 별수 없이 받침대에 발을 올려놔야 자세가 나왔다. 햄버거 하나로 하루 종일 버틴 동우의 배에서 꼬르륵 소리가 났다. 조용해서 더 크게 들리는 소리에 민망해서 겨드랑이 사이로 흘깃 뒤를 봤지만 아무도 없다. 넬은 소파 위에서 이리 뒹굴 저리 뒹굴 하며 놀고 있었다. 의자에 앉으니 모든 게 더 잘 보였다. 방은 심플했는데 다섯 개의 유리창이 전망대가 되었고 밝은 베이지 톤의 무늬 없는 벽과 단순한 디자인의 간접 조명이 인테리어의 전부였다. 꼬르르륵, 다시 한 번 배에서 신호가 왔다. 지난 4년 동안 오늘처럼 굶어본 적이 없다. 세끼 꼬박 강제로 챙겨주는 곳에서 나온 지 불과 하루 만에 동우의 식생활은 살짝 꼬이고 있었다.

먹을 게 없을까 하며 바를 이곳저곳 살피던 동우가 슬그머니 쿠키가 담긴 접시를 당겨 한입 베어 물고 씹었다. 오도독 오도독. 씹을 때마다 벼락처럼 울리는 소리를 들으며 동우가 진땀을 흘렸다. 소리 없이 과자를 씹느라 애쓰는 동우의 얼굴 앞에 잔이 불쑥 들이밀어 졌다. 목욕 가운을 입고 젖은 머리 그대로 발그레해진 여자의 얼굴이 보였다.

"지금부터는 별일 없을 테니 마셔도 돼요. 오른쪽에 있는 욕실에서 씻고 잠은 아무 데서나 자요."

여자는 동우의 대답을 기다리지 않고 다른 손에 들었던 잔을 한 모금 마시며 창으로 다가갔다. 잔에서는 진한 향기가 났다. 목이 마른 김에 슬쩍 혀끝으로 맛을 봤다. 부드러운 맛이 느껴졌다. 3년간 한 모금도 못 마셔본 술이었다. 소주 두세 잔이 주량의 전부인 동우가 브랜디를 다 마신 건 목이 말라서였지 술이 마시고 싶어서가 절대 아니었다. 그리고 그 대가로 아침까지 바에 머리를 박고 잠들었다. 물론 씻지는 않았다.

동우가 새벽에 눈을 뜬 건 정말 다행이랄 수 있었다. 여자는 분명 그에게 보디가드라고 했다. 그런 보디가드가 지켜야 할 대상을 내팽개치고 술에 뻗어버린 것이다. 당장 모가지를 친다 해도 할 말 없는 직무유기다.

동우는 바의 냉장고에서 찬물을 찾아 벌컥벌컥 마셨다. 동우가 엎드려 잤던 자리 옆에는 브랜디 잔이 넘어져 떨어질 것처럼 아슬아슬하게 모서리 앞에 서 있었다. 그걸 막 떨어지기 직전으로 착각한 동우가 놀라서 마시던 물이 기도로 넘어갔다. 쏟아지는 기침을 한 손으로 꾹 눌러 막으며 잔을 향해 몸을 날린 동우의 손끝에 부딪힌 잔이 바닥으로 낙하를 시작했다. '으아악' 동우는 사레들린 목에서 나오는 기침도 잊은 채 떨어지는 잔의 낙하 궤적을 따라 숨죽인 신음을 내쉬었다.

'와장창' 은 동우의 상상 속에서 난 소리였다. 잔은 아무 소리도 없이 바닥에 안착했다. 바닥에는 푹신한 카펫이 바를 중심으로 깔려있었다. 사레 때문에 시뻘게진 얼굴에 한 손으론 입을 막고 다른 한 손은 잔을 향해 내뻗은 그대로 굳어있는 동우에게 여자가 다가왔다. 일찍 일어나는 습관이 있나 보다. 여자는 동우에게 쇼핑백 하나를 내밀었다.

"에스코트해준 대가에요."

받아서 쇼핑백을 열어보니 겨울 코트가 들어있었다. 옷감이나 디자인이 고급스러워 보여 브랜드를 흘깃 살피니 명품이다. 어제 갤러리아에 들른 이유가 제시한 대가를 치르기 위해서였나 보다.

"하루의 대가치고는 너무 비싼 데요."

"그럼 하루만 더 에스코트해줘요."

그렇게 해서 앞날을 고민하면서도 별 대책이 없던 동우의 첫 번째 에스코트가 이루어졌다. 문득 동우는 여자가 누군지 여자를 어떻게 불러야 하는지 물어봐야 하는 게 아닐까 싶은 생각을 했다. 하지만 굳이 상대방이 말하지 않는데 물어볼 이유가 있나 하는 생각도 했다. 그리고 그 판단은 아마도 틀리지 않은 것 같았다. 이후에도 여자는 그에게 자신이 누군지 뭘 하는 사람인지 밝히지 않았던 것이다.

"저, '넬' 님. 오늘도 보디가든가요?"

결국 동우가 스스로 결정한 호칭은 고양이의 이름이었다. 여자는 그 호칭에 별 거부감이 없는지 아무런 말도 하지 않았다.

"오늘은 그냥 이곳에 있어요. 외출하지 않을 생각이니까."

있는 건 좋지만 밥은 좀 챙겨주시지……. 라고 말도 못 하고 동우는 고픈 배를 잡고 고양이 넬이 '넬'이 따라준 우유를 할짝거리는 걸 부러운 눈으로 째려봤다.

"식사는 알아서 해먹어요."

'넬'은 손가락으로 냉장고를 가리키며 그에게 말하고 안으로 사라졌다. 동우는 거대한 사이즈의 냉장고 문을 열었다. '계란이 있고 또 이건 소시진가. 이건 버터, 치즈, 딸기잼, 이 칸은 야채…….' 냉장고에는 여러 개의 문이 달려있었고 그 안은 각각 온도가 다르게 설정된 걸 알 수 있었다. 동우는 식빵과 딸기잼을 꺼내어 옆의 토스터에 식빵을 굽고 프라이팬에 기름을 살짝 둘러 소시지로 오해한 베이컨을 먼저 구운 다음 계란프라이를 만들었다. 노란 키위를 깎아 담고 우유를 한 잔 따라서 홈바로 들고 왔다. 먼저 빵에 햄과 치즈를 넣은 다음 잘라서 반을 접어 두 개의 샌드위치를 만들었다. 베이컨과 계란프라이를 넣어 샌드위치를 만들고 마지막으로 키위를 넣고 딸기잼을 고루 발라준 뒤 반으로 잘라 여섯 조각의 샌드위치를 만들었다. 세 개를 접시에 담아 한쪽에 놔두고 우유도 한 컵 따라서 뒀다. 그녀를 위한 아침 식사 준비가 끝나자 나머지 샌드위치를 맛있게 먹었다. 아침을 빵과 우유 – 치즈와 베이컨, 계란, 딸기잼, 키위 등은 까먹고 – 로 때웠어도 배만 부르면 좋다. 커피를 마시고 싶었지만 전문점에서나 볼 수 있을 것 같은 커피머신에

기가 죽어서 군침만 삼켰다.

어쨌든 배가 부르자 슬슬 고민해오던 문제를 다시 생각하기 시작했다. 어차피 오늘은 나가지 않겠다고 했으니 시간은 충분하다. 별로 한 일도 없이 코트를 한 벌 얻었고 그것으로 겨울은 버틸 수 있으리라 생각했다. '운이 좋은가?' 생각하던 동우가 하하 웃었다.

"하하, 운이 좋다고?"

스스로 생각해도 참 웃긴다. 그러나 다시 생각해보면 나쁘다고 할 수도 없었다.

"대학 졸업하고 몇 년 동안은 참 잘 살았지. 그것도 남의 돈 굴려서 편히 먹고 산 거잖아. 지난 3년간 약간의 불편함은 있었지만 하는 일도 없이 밥 줬지, 운동시켜줬지, 또 정시에 재워줬지. 그 규칙적인 생활과 운동 덕분에 건강도, 체력도 전보다 훨씬 좋아졌어. 아버지가 호적 파간 거 말곤 별로 손해난 것도 없네. 그것도 손해는 무슨. 부자관계가 그렇게 쉽게 지워지겠어? 돈이야 어차피 없는 거나 마찬가지였으니 아깝지도 않고. 그리고 나오자마자 이렇게 별일도 없이 또 먹고 마시고 옷까지 생겼잖아. 아, 차도 별 탈 없이 그대로 있었지. 그러고 보니 운이 상당히 좋은 녀석이네. 하하. 그래도 커피 한 잔 마셨으면 참 좋겠다."

혼자 자문자답하며 웃었다 찡그렸다가 중얼중얼 거리는 동우가 마지막엔 코를 벌름거렸다. '커피 냄새가 나는 것 같은데 그럴 리가 없어. 상상임신 같은 건가?' 누가 그 모습을 봤다면 아침부터 못 볼 걸 봤다고 할지도 몰랐다. 한 사람 '넬'만 빼고. '넬'은 커피머신의 레버를 눌러 커피를 내려 들고 창 앞에 서 있다가 동우의 말을 다 듣고 있었다. 유리창에 비친 '넬'의 입꼬리가 슬며시 올라갔다가 내려왔다.

'넬'이 동우가 상상에 빠져있는 동안 커피를 마시며 메모지에 뭔가를 적어 커피머신 옆에 세워둔 후 동우가 만들어둔 아침 식사를 잠시 보다가 접시를 들고 '고마워요.'라고 작게 말한 후 방으로 들어갔다. 동우는 이상하게 커피 냄새가 진하다고 느끼면서 아쉬운 미련에 다시 한 번 커피머신 옆으로 와서 이리저리 기계를 살펴봤다. 사실 이렇게 여자가 쓰게 되어 있는 기계가 어려울 리가 없다. 주방에서 쓰는 기계가 그렇게 까다로웠다면 노벨상은 아마도 대부분 여성들의 차지였을 것이다. 그러나 동우는 방법을 못 찾았다. '그깟 커피 안마시면 그만이지 뭐' 하고 '그깟 신포도' 하는 여우처럼 자기 위안을 하며 고개를 끄덕이던 동우가 메모를 발견했다.

'오른쪽 레버에 컵을 대고 밀어요.'

메모는 아주 간단한 커피머신 작동법이 적혀 있었다. 동우가 머리를 긁적거리며 오른쪽의 큰 레버에 머그잔을 대고 밀었다. 그곳엔 'spingere'라고 적혀있었다. '쪼르르르' 내려오는 커피 향이 그윽하게 퍼진다. 아까 맡았던 그 커피 향이 틀림없었다. 지금만큼은 동우에게 세상 그 무엇도 부러운 게 없었다.

이틀, 동우가 그 집에서 지낸 이틀 동안 동우는 자신이 앞으로 뭘 할지 결정을 내렸다. 다음 날 집에서 나온 동우는 을지병원 사거리로 차를 몰아갔다. 지나던 길에 봤던 소호텔이란 건물이 생각나서였다. 건물 앞에 차를 세운 동우가 위쪽에 큼직하게 임대라고 적힌 전화번호를 눌렀다.

"네, 소호텔입니다."

"안녕하세요. 밖에 임대라고 적힌 거 보고 전화했는데요. 거기 들어가려면 얼마나 드나요? 보증금이라든지, 월세라든지요."

"네, 저희는 소호텔이라서요. 책상 하나짜리 룸은 40에 40, 두 개짜리는 50에 50입니다만 지금은 할인 행사를 하고 있어서 하나짜리 룸이 35에 35, 두 개짜리는 40에 40으로 드리고 있습니다."

"아, 그러면 거기에 혹시 씻을 수 있는 시설이나 그런 건 있을까요?"

"화장실에 세면대가 있긴 합니다만 룸에는 책상 정도 들어갈 공간 외에는 다른 시설은 없습니다."

"네, 몇 층으로 가면 되지요?"

동우가 주차를 하고 올라간 사무실에서 바로 책상 두 개가 들어간다는 룸을 계약하고 한 달 치를 선불로 지급했다. 이제 동우에게 남은 돈은 전화 한 대 놓으면 딱 맞는 만큼 남았다. 동우는 1004호로 올라갔다. 비어있는 방 중 하나가 1410호, 또 하나는 1004호였다. '이건 완전 행운이야.' 동우는 당연히 1004호를 골랐다. 1004호를 쓰던 사람은 고맙게도 책상 두 개에 의자까지 세트로 두고 갔다는 말을 들었기 때문이다. 방 번호도 번호였지만 의자가 딸린 책상이 있다는 게 더 마음에 쏙 들었다. 책상은 생각보다 깨끗했고 의자도 오래 사용한 흔적이 없어 보였다. 의자에 앉아 들썩들썩 빙그르르 의자를 확인하고 서랍을 열어 상태를 확인한 후 흡족한 얼굴이 되어 전화국에 전화신청을 했다. 그리고 근처 하이마트에서 팩스 겸용 전화기에 자동응답기까지 달려 있는 모델을 골라 구입하고 곧바로 찾아온 설치 기사를 만나 전화

설치까지 끝냈다.

　남은 돈을 탈탈 털어 설렁탕 한 그릇으로 아침 겸 점심을 때운 동우는 코트를 입고 의자에 앉아 다리를 책상에 척 걸쳤다. 자기도 모르게 웃음이 나왔다. 뭔가 아주 잘 되고 있는 느낌이었다. 자신의 과거야 어쨌든 이젠 새로운 미래가 열릴 것이다. 그것도 왠지 느낌이 아주 좋았다. '모자를 하나 살까?' 험프리 보거트가 쓴 것과 같은 모자를…….

episode 2\ 고양이를 부탁해!

책상에 발을 올리고 있다가 살짝 잠이 든 동우가 배가 고파서 잠이 깼다. 고픈 배를 손가락으로 꾹꾹 누르며 어떻게 하면 사람들에게 좀 제대로 알릴 수 있을까 고민하고 있을 때 휴대폰이 울렸다.

"흠흠흠, 여보세요? 에스코트주식회사 조동우, 아, 아직 주식회사까지는 아닙니다만 조동우입니다."

"지금, 좀 와주실 수 있어요?"

"아, '넬' 님? 네 곧바로 가겠습니다."

"휴우~"

동우의 두 번째 에스코트는 보모 역할이다. 그녀는 오늘 넬을 데리고 갈 수 없다며 동우에게 몇 가지 주의사항을 적은 메모를 안겨주고 카사블랑카에서 험프리 보거트를 남겨 두고 비행기 트랩을 올라가는 잉그리드 버그만처럼 손을 흔들며 엘리베이터를 탔다. '띵' 하고 엘리베이터 문이 닫히자 동우는 참았던 숨을 내쉬었다.

"넬, 넬, 넬아 오늘은 내가 아빠다. 어때? 넬도 좋지?"

새삼 대상이 중요한 게 아니라 에스코트를 한다는 게 더 중요하다고 나름 굳게 마음을 먹은 동우는 편하게 바닥에 주저앉아 손바닥에 올라온 넬의 머리를 손가락으로 살살 문지르며 메모를 훑어봤다.

– 떨어뜨리지 말 것.

"으으악~!"

넬이 손바닥 위에서 훌쩍 뛰어내렸다. 깜짝 놀란 동우가 눈을 총알처럼 굴려 넬의 상태를 확인했다.

"으, 이 녀석. 너"

넬은 동우가 앉아 기댄 벽 바로 옆의 전용 운동장으로 내려갔는데 그 높이가 손바닥 하나 차이였다. 넬이 파란 눈동자로 동우를 보았다. 십년감수한 동우가 벌렁거리는 가슴을 비비며 메모를 읽었다.

– 1시간마다 우유를 줄 것.

동우가 시계를 확인했다. '넬' 님이 나간 지 이제 10분쯤 됐으니 50분 뒤에 우유를 주면 된다. 휴대폰의 알람을 50분 후로 맞췄다.

"근데 얼마나 주면 되지? 뭐, 조금 주면 되겠지."

가볍게 이겨낸 동우가 계속 메모지를 읽었다.

– 넬이 자리에서 맴돌면 화장실로 데려다 줄 것.

동우가 슬쩍 본 넬은 꼬리잡기를 하고 있었다.

"저건 노는 걸 거야."

자문자답한 동우가 메모지로 눈을 옮겼다.

– 씻겨줄 것

메모지를 주머니에 넣고 코트를 벗어 바 의자에 대충 걸쳐놨다. 커피를 내려 홀짝홀짝 마시며 창으로 갔다. 눅눅한 구름들이 낮게 내려와 자동차들의 브레이크 등 불빛을 더 진하게 만들고 있었다.

"눈이라도 오겠네."

조금씩 어두워져 가는 아스팔트가 보였다. 그러고 보니 이곳에서는 지나는 사람을 볼 수 없었다. 잡다한 건물들, 지나가는 차들 혹은 한 줄기 흔적을 남기며 지나가는 배들, 가끔은 저 먼 하늘을 스치는 인천발 혹은 인천행 비행기들뿐. 동우는 이곳도 그다지 살고 싶은 곳은 아니란 생각이 들었다. 눈발이 굵어지기 시작하자 렉서스가 후륜이었던가 하는 생각을 했다. 그는 지금 '그녀'를 챙기고 있었다. 어떤 시스템이 가동되는지 스웃 하는 소리가 가볍게 찡그린 동우의 옆머리를 살랑거리며 지나갔다.

'냥~'

넋 놓고 창밖을 보던 동우가 넬의 부름에 고개를 돌렸다. 넬이 그 파란 눈동자로 빤히 동우를 쳐다보며 냥냥 거린다. 넬의 까만 몸이 아이보리 쿠션 위에서 도드라졌다.

"그래 그래. 오늘은 너지. 근데 뭘 하지."

동우가 다시 넬 옆의 바닥에 주저앉아 뭘 해야 시간을 잘 보낼 수 있을까 생각하다가 자기도 모르게 손이 배를 쿡쿡 누르고 있는 걸 알아챘다. 첫 번째 식사 때처럼 몇 가지 먹을거리를 꺼내고 반쯤 마신 잔에 커피를 다시 채운 동우는 주위를 둘러보다가 꽃병이 놓인 작은 테이블을 넬의 운동장 옆으로 끌고 왔다. 넬은 동우가 맛있게 배를 채우는 모습을 바라보며 냥냥 거리고 있었다.

"넌 안 돼! 아직 밥 먹을 시간 안 됐거든."

동우가 입에 쑤셔 넣은 빵을 우물거리며 넬을 향해 집게손가락을 저었다. 넬이 그 손가락의 움직임에 따라 고개를 이리저리 돌렸다.

"하하하"

동우가 넬을 챙겨주는 동안 눈발은 점점 더 굵어졌다.

어슴푸레한 가로등들이 눈에 휩싸여 희뿌연 김을 훅훅 내뱉고 있었다. 그 입김으로 간유리처럼 탁해진 세상에는 물에 번지는 잉크처럼 흐려지는 불빛을 꼬리에 점점이 매단 자동차들이 미끄러운 강변북로를 기어가고 있다.

'철퍽' '철퍽'

"자, 착하지? 가만 가만 어? 어? 가만!"

동우가 넬을 씻기느라고 오히려 자신의 얼굴에 더 많은 물을 튀기고 있을 때 그녀가 돌아왔다. 돌아온 그녀의 얼굴은 세차장에서 봤던 예의 그 어두운 그늘이었다. 문에 기대어 동우가 하는 꼴을 가만히 보고 있던 그녀를 발견한 동우가 젖은 손으로 콧잔등을 긁적였다.

"아, 오셨어요?"

"넬이 말을 잘 듣던가요?"

"아, 그럼요. 이 녀석 무지 착해요."

그 말을 귀 뒤로 흘리며 그녀가 돌아섰다. 동우는 그녀의 얼굴이 그때 봤던 바로 그 얼굴이란 걸 느꼈다. '어딜 갔다 왔기에 또 저 얼굴이지?

"이제 가셔도 좋아요. 또 겨울 코트인가요?"

그 얘길 할 때 그녀 얼굴이 잠시 펴졌다. 그녀 딴에는 아마 농담을 했으리라고 동우는 생각하고 가볍게 웃어줬다.

"아니에요. 오늘 일은 그냥 해 드리죠. 지난번에 너무 많이 받았어요."

"그럴 수는 없죠. 넬이 미안해할 거예요. 잘 돌봐줬는데."

동우는 우유를 먹인 것, 화장실을 데려다 준 일, 그리고 씻겨준 일 정도에 대가를 받는 것이 너무 과하다 싶었지만 어떨 땐 과하더라도 그냥 넘어가는 것이 좋다는 걸 잘 알고 있었다. 다른 사람을 기쁘게 한다는 건 어찌 보면 그리 어려운 일도 아니다. 거스르지만 않으면 되는 거다. 상대방의 기분, 마음을 잘 헤아려서 원하는 데로 흐르도록 해주면 그는 거의 틀림없이 기뻐한다.

"네, 그럼 조금만 주세요. 저도 아직 일을 어떻게 해야 할지 정리를 안 해서 사실은 얼마 받을지도 몰라요."

그녀가 방으로 들어갔다가 봉투를 들고 나왔다. 동우는 살짝 웃으며 돈이 든 봉투를 내미는 그녀에게 멋쩍게 웃어 보였다. 그녀는 매력적인 편이었다. 얼굴도, 재산도, 그리고 마음도. 하지만 동우는 그것들 때문에 자신이 끌리는 건 절대 아닐 거라고 생각했다. 왠지 모르게 감싸줘야 할 것 같고 왠지 모르게 옆에 있어주지 않으면 안 될 것 같은 인연을 만난 느낌이랄까. 동우는 그녀와 눈이 마주칠 때마다 살짝 당황했다. 하지만 어차피 그녀에게 자신은 어울리지 않는다는 걸 잘 안다.

한남대교를 건너며 창문을 활짝 열었던 동우가 10초도 안 되어 다시 창문을 올렸다. 시린 바람, 그만큼 시린 눈이 사정없이 들이쳤기 때문이다. 신사동 사거리에서 신호에 걸리자 봉투를 열어보고 눈이 튀어나왔다.

"으~ 젠장, 너무 많잖아."

설렁탕을 먹을까 하다가 편의점에서 김밥과 사이다를 사왔다. 김밥에는 사이다. 첫 소풍 때부터 지금까지 변하지 않는 룰이다. 난방이 꺼진 사무실은 냉장고 수준이었다. 따뜻한 코트 속에 김밥을 넣었다가 냉기가 살짝 가시자 꾸역꾸역 입에 밀어 넣었다. 다다다다닥 입이 저절로 김밥을 씹었다.

"이거 완전 자동이네."

episode 3 \ 홀드미스

"오늘 난 전주로 떠날게, 그러고도 내가 보고 싶으면 나는 아직 네 사랑일 거야."

"네?"

"왜 못 들었어? 아니면 못 들은 척하는 거야?"

"네?"

"뭐야? 내 말이 말 같지 않아?"

전날 눈물도 얼어버릴 듯한 김밥을 먹은 동우는 하이마트가 문을 열기를 기다려 1등으로 들어섰다. 이것저것 신상품들을 감상하다가 제일 따뜻해 보이는 (비싸 보이는) 걸 골라 얼만지를 묻고 잠시 입맛을 다시다가 제일 작은 전기 히터를 샀다. 사실 따뜻한 것도 좋지만 사무실이 책상 두 개 들어가는 공간뿐이라 큰 건 꿈도 못 꾼다. 그가 히터를 책상 옆에 바짝 놓고 막 시험

가동을 하고 있을 때 문제의 휴대폰이 울렸다. 공간에 아직 익숙하지 않은 탓에 머리를 책상에 부딪쳐 요란한 소음을 만들고 허겁지겁 받은 전화기에서 느닷없는 대사가 흘러나왔던 거다. 동우는 지금 당황을 넘어 황당을 느끼며 진땀 나는 대응을 하고 있었다. 비록 아직 켜놓지도 않았지만 그래도 히터라고 들여놔선지 아니면 당황 때문인지 동우의 얼굴에 굵은 땀방울이 맺혔다.

"저, 실례지만 누구세요?"

"정말 완전히 잊으려고 작정했구나. 동우씨 왜 그래?"

"네? 아, 제가 조동우는 맞는데 지금 전화 거신 분이 누구신지는 모르겠네요. 정말 죄송합니다."

"네? 오동우씨 휴대폰 아닌가요? 어머, 죄송합니다." 뚜우우~

"뭐야. 깜짝 놀랐네."

중얼거리며 히터 스위치를 누르자 곧 빨갛게 달궈지며 옅은 온기가 느껴진다. 하지만 워낙에 작은 거라 손닿는 데만 따뜻하고 뒷골은 계속 싸늘하다. 그래도 이게 어디야 하는 생각에 행복해진 동우가 책상 위로 다리를 올리고 의자에 몸을 기댔다. 오늘은 어디로 움직일까. 사실 막막했다. '넬'을 만난 덕분에 당분간 먹고살 돈이 생겨 다행이란 생각이 들었다. 하지만 길게 보면 어떻게든 자리를 잡아야 한다. 그러지 않으면 이 사회에서 버림받을 것이다.

'RRRRRR, RRRRRR'

"안녕하십니까. 에스코트주식회사 조동우입니다."

"안녕하세요. 근데 주식회사요? 제가 소희에게 듣기로는 동우라는 분 혼자뿐이라고 들었는데?"

"아, 네 하하 아직은 혼자지만 미래엔 그렇게 되려고 합니다. 근데 소희라는 분의 소개라면?"

"어머, 호호호 그러시구나. 소희 모르세요? 넬을 아주 잘 돌봐주셨다고 해서 저도 부탁 좀 드리려고 연락했는데요."

순간 동우는 자기도 모르게 심장이 벌렁벌렁 뛰는 걸 느꼈다. 아, 소희. 그녀는 소희였구나.

"네, 감사합니다. 제가 바로 그 동우가 맞습니다. 하하. 무슨 일을 도와드리면 될까요? 고양이를 맡아 드릴까요?"

"아뇨, 제가 부탁드릴 일은 고양이가 아니구요. 올드미스 한 분을 오늘 하루만 좀 에스코트해주시면 되거든요. 오늘이 퇴원하는 날인데 그동안 너무 답답했다고……."

휴대폰을 열어 시간을 확인한 동우가 곧바로 지하주차장으로 내려가 차를 몰고 나왔다. 11시 35분. 조금 후면 도로에서도 런치 러시가 시작될 거였다.

"자, 로시난테, 아니 소나타니까 소잖아. 소시난테! 막히기 전에 어서 빠져나가자."

동우가 휘파람을 불면서 한남대교를 건넜다. 장충동, 동대문의 차들이 밀려와 꽉 막히는 밀리오레 앞을 지나 혜화동에 들어서니 12시가 넘는다. 12시 반에 약속 장소인 서울대학병원 로비에 들어선 건 정말 운이 좋았다.

주위를 둘러보다가 누가 클라이언트인지 감을 못 잡은 동우가 휴대폰을 열어 아침에 걸려온 전화번호를 찾아 눌렀다. 전화가 안 걸린다. 휴대폰을 사용할 수 없도록 해둔 것 같았다.

"이런, 누군 줄 알고 찾지?"

그때 정면에 있던 여자가 동우의 휴대폰을 보고 말을 걸어왔다.

"저기요. 혹시 에스코트?"

"아, 전화하셨던 분인가요? 소희씨 친구분이라고 하시던?"

"네, 제가 걸었어요. 저는 영서라고 해요."

그녀는 밝게 웃으며 손을 내밀어 악수를 청했다. 그 틈에 그녀의 눈이 날카롭게 동우를 훑었다. 속은 비록 여름 캐주얼이지만 겉모습은 그래도 명품 코트다. 속보일까 봐 단단히 잠갔으니 겉은 멀쩡해 보인다. 생김새도 나쁘지 않고 키도 178센티미터니 왜소해 보이지 않는 미남형이다. (라고 본인 스스로 생각하니 갑자기 속이 울렁거린다.)

"네, 반갑습니다. 아시다시피 조동우입니다. 하하. 제가 도와드릴 올드미스 분은?"

헛기침으로 메슥거림을 슬그머니 넘겨버린 동우가 본론으로 들어갔다.

"네, 그분은요."

그녀가 팔을 들어서 어느 곳을 가리켰다. 동우의 눈이 그 손가락 끝을 바라본 순간 동그래졌다.

"네? 저분이 그?"

동우가 바라본 곳엔 머리는 새하얗지만 미인인 할머니가 서서 동우를 살펴보고 있었다. 미인일 뿐 아니라 스타일도 정말 멋지다. 하얀 머리에 연한 회색 다운 재킷, 밝은 하늘빛 목도리를 두르고 청바지에 캔버스를 신었는데 그렇게 잘 어울릴 수가 없다. 머리카락색만 바꾸면…….

"어, 호 혹시, 저분은?"

"네, 아마 생각하시는 게 맞을 거예요. 호호. 제 이모세요."

"우와, 이거 정말 영광입니다. 보디가드라도 된 기분이네요. 하하."

동우가 약간은 과장된 표정으로 흥분한다. 앞에 서 있는 할머니는 한때 스크린의 여왕으로 군림한 그녀, 남정희였다.

"아직 미혼이신 거예요? 우와~ 현역이실 때 제가 팬이었거든요." 손에 수첩과 볼펜을 들고 사인을 받으려고 설레는 고등학생처럼 동우의 가슴이 벌렁벌렁 뛴다.

영서는 그냥 웃고만 있었다. 순간 너무 고객 신상에 대해서 꼬치꼬치 물었다는 생각에 동우의 얼굴이 붉게 물들었다.

"아, 죄송합니다. 시작한 지 얼마 안 돼서 많이 부족합니다. 하하."

영서는 동우에게 괜찮다고 말하고 이모에게 데려갔다.

"자네가 에스코튼가?"

"네, 안녕하세요? 조동웁니다. 만나 뵙게 되어 영광입니다."

동우는 조심스럽게 인사를 건넸다. 남정희는 동우의 위아래를 다시 한 번 살펴보더니 영서에게 고개를 끄덕이고 동우의 소매를 잡아끌었다.

"됐어. 오늘 하루 부탁하지."

동우가 서둘러 영서에게 인사를 하고 젊은 할머니에게 끌려나갔다. 영서는 오전에 나눴던 이모와의 대화를 떠올리며 얼굴에 웃음이 떠나지 않았다.

"뭐 전화받는 거로 봐서는 해코지하거나 그러진 않겠구나. 엉뚱한 전활 했는데도 당황하기만 하는 걸 보면 착한 녀석이야."

이모는 동우의 번호를 물어 전화를 걸었다. 그리고는 전주로 떠나니 어쩌니 하면서 엉뚱한 소릴 하고 반응을 살펴본 거다. 결과는 합격.

"자, 어딜 가볼까."

남정희는 병원 문을 나서서 깊은 눈으로 대학로를 바라본다. 동우가 그런 남정희의 옆얼굴을 조심스럽게 살펴보았다. 주름이 몇 개 있을 뿐 정말 곱다. 이런 분이 왜 아직 올드미스일까. 세상은 스스로의 잣대만으로는 잴 수 없는 각자의 이야기들이 있는 법이다. 그래서 동우는 섣불리 상상의 리포트를 쓰지 않기로 했다.

"얼마 만인지 아는가?"

"네?"

"내가 이 바깥 공기를 맡는 게 얼마 만일까. 상상도 안 되겠지."

"많이 아프셨나 봐요?"

"아픈 줄도 모르고 지냈으니까 뭐 괜찮아."

남정희가 동우에게 아름다운 미소를 보여준다. 무슨 병이었을까. 다시 고개를 드는 리포트 욕구를 다급하게 억누른 동우가 남정희에게 어딜 가고 싶은지 물었다.

"음~ 먼저, 그래. 마로니에 공원을 가보는 게 좋겠다. 요즘도 얼굴 그려주는 화가가 있을까?"

마로니에 공원은 길 건너에 있었다. 제법 쌀쌀한 날씨에도 비닐로 장막을 만들어 히터를 켜놓고 이젤을 펼쳐둔 화가들이 보였고 몇몇 장막 속에서는 커플이 나란히 앉아 화가의 손놀림을 지켜보거나 그려진 그림을 들고 즐거워하고 있었다. 남정희는 공원 안에서 그림을 그려주는 화가들 얼굴을 꼼꼼히 살펴보며 천천히 걸음을 옮겼다. 크지 않은 공원이기에 한 바퀴 도는데 5분이면 되지만 두 사람에게는 30분 이상이 걸렸다.

"어머!"

남정희가 어느 장막 앞에서 멈춰 섰다. 그곳엔 남정희가 젊었을 때의 모습이 샘플 그림으로 이젤에 올려있었다. 그림을 보는 남정희가 즐겁게 웃었다. 그때 장막 속에서 노화가가 벌어진 비닐 틈으로 탄성과 웃음의 주인을 내다 봤다. 그리고는 벌떡 일어났다.

"설마?"

모자를 벗어든 노 화가는 흰머리를 쓸어 넘기며 믿어지지 않는 목소리로 남정희에게 말했다. 남정희의 입에서도 같은 말이 나왔다.

"설마……."

고개를 흔들고 눈을 비빈 노 화가가 다시 한 번 더 설마라고 말할 때 남정희의 얼굴에 잔잔한 미소가 피어올랐다.

"잠시 들어오시겠나?"

노 화가가 남정희를 안으로 청했다. 동우는 안으로 따라 들어가지 않고 근처의 벤치에 앉아 기다리기로 했다. 남정희를 기다리는 동안 눈발이 날리기 시작했다. 일도 없이 앉아있으려니 냉기가 오른 동우가 손바닥을 비비며 다시금 상상의 리포트를 썼다.

'저 노 화가 때문에 마로니에 공원을 먼저 오자고 했나? 무슨 병이기에 그렇게 오랫동안 입원해 있었을까. 아니 얼마나 입원해 있었던 거지?'

30분쯤 지나자 노 화가와 남정희가 웃으며 나왔다. 건강하라는 둥 잘 지내라는 둥의 인사가 끝나고 남정희가 다시 동우를 이끌었다.

"오래 기다렸지? 미안해."

"괜찮습니다. 하하."

"궁금하지 않아?"

"네? 아닙니, 네"

손을 내젓던 동우가 결국 궁금증을 실토했다.

"내가 무슨 병으로 입원해 있었냐 하면……."

"내가 누구와 뭘 하고 다녀?"

남정희는 기가 막혀서 앞에 있는 남자를 노려봤다. 그는 결혼에 대해 시큰둥했던 남정희의 마음을 순식간에 바꾼 유일한 남자였다. 나이 마흔을 훌쩍 넘어 오십을 바라보는 나이에 심각하게 결혼을 생각할 정도로 남정희는 그에게 빠져들었다. 5살의 차이지만 그 정도야 연예계에서나 스캔들이 될 뿐이지 일반적으로야 뭐 어떻겠는가. 이제 42세가 된 이 남자, 유한수를 남정희는 진심으로 사랑했다고 생각했다. 유한수 역시 남정희에게 5년이나 열렬한 구애를 해서 마침내 결실을 맺기 일보 직전이었다. 두 사람은 연예 담당 기자들의 촉각을 모으고 있었다. 그런 와중에 느닷없이 유한수가 기가 막힌 질문을 던진 것이다.

"알 만한 사람들은 다 안다고 하더라. 당신이 그 개그맨이라면 사족을 못 쓴다고. 난 어제 인터넷 보다가 미쳐버리는 줄 알았어. 그게 설마 사실은 아니겠지?"

"나한테 그런 걸 왜 물어?"

남정희는 불가침의 성이었다. 수많은 영화를 찍었지만 단 한 번도 베드신이 없었다. 기껏 가벼운 키스신 정도. 그것도 안 해준다면 영화배우를 그만둬야 할 것이다. 그만큼 도도한 그녀였기에 이 루머는 급속도로 번져나갔다. 스포츠 신문 연예담당 기자로부터 시작됐다는 이 소문은 이제 기정사실로 받아들여지고 있었다. 다만 주변 인물들만이 쉬쉬하며 그녀의 눈과 귀를 가리고 있었을 뿐이었다.

"나도 처음엔 그냥 웃었어. 하지만 갈수록 점점 더 그럴듯해지는 거야. 봤다는 구체적인 장소까지 나올 때는 도저히 그냥 있을 수 없었어. 내가 당신을 얼마나 사랑하는지 알잖아? 내가 어떤 마음일 것 같아?"

유한수의 하얀 셔츠가 땀에 젖었다. 유한수는 세계적인 규모의 RPG 소프트웨어 회사를 운영했다. 20대 중반 벤처로 시작한 그의 기업은 온라인 유료 가입자 천만 명이 넘는 게임회사로 자리 잡았다. 그렇게 회사를 키우느라 아직 미혼이라고 알려졌지만 그건 표면적인 이유였고 사실 그는 오직 남정희만을 열렬히 사랑했다. 그런데 그 남정희는 이제 순수한 그 사랑에 최악의 배반을 저지른 것이다. 카섹스라니. 처음엔 스타에게 나붙는 루머 정도로 받아들였다. 그러나 매일 아침 대하는 직원들마저 그를 다른 눈으로 보기 시작하자 화가 치밀어 올랐다. 검찰의 친구에게 악성 댓글의 조사를 부탁했다.

친구 역시 그가 남정희와 결혼을 앞둔 사이라는 걸 잘 알고 있었기에 스캔들을 관심 있게 보던 중이었다. 하지만 무엇보다도 유한수는 먼저 자신의 신념에 대한 확고한 인증이 필요했다. 그건 당사자인 남정희가 해주어야 했다.

"나한테 만큼은 솔직하게 얘기해라. 정희씨가 만약 진짜 그랬다면 솔직히 실망스럽지만 노력할게. 당신 없이는 내 인생도 없어. 그러니 사건이 더 커지기 전에 여기서 막자."

유한수는 진심이 가득 담긴 눈으로 남정희를 보았다. 남정희는 그냥 웃었다. 그 개그맨 가끔 TV에서나 봤을 뿐 직접 본 적도 없는 남자였다. 무엇보다 그럴 거라면 뭐 하러 그 나이까지 베드신은커녕 속옷 차림조차 거부했겠는가. 수없는 정치적 경제적 권력자들이 줄을 댔다. 심지어 전직 대통령까지도……. 그 모든 걸 물리치고 자신을 지켜온 건데 뭐라고? 뭐라고?

"어? 정희씨? 정희씨? 이봐요. 누가 구급차 좀 불러줘요. 어? 구급차!"

남정희는 깨어나지 못했다. 아니 깨어났지만 깨어나지 않았다. 이름을 부르는 소리가 들렸지만 대답하지 않았다. 강한 빛이 눈동자를 자극했지만 의식하지 않았다. 아니 의식하지 않으려고 했다. 눈은 뜨고 있었지만 보려고 하지도 않았다. 육체적 단절을 거부당했기에 그녀는 정신의 단절을 시작했다. 담당의는 자폐증이라고 진단했다.

'남정희, 식물인간 된 듯'

'남정희, 악성 루머로 자폐증?'

'남정희 스캔들, 비극으로 마감될 것인가'

각종 추측 기사들이 난무했다. 기자들은 끈질기게 남정희에게 둘러쳐진 철벽을 파고들려고 했다. 2주 후 검찰이 스캔들의 전모를 밝혔다. 스포츠 신문의 모 기자가 인터뷰를 거부당하자 앙심을 품고 악성 루머를 흘린 것이다. 인증 사진으로 인터넷을 돌아다닌 사진은 포토샵으로 합성한 사진이었다. 악성 댓글을 단 사람들도 무더기로 입건되었는데 대학교수, 고교 여선생, 공무원들까지 포함되어있었다. 스타였던 만큼 팬이 많았고 그중에 기형적인 인간들도 많았던 것이다.

"의식의 단절……. 15년 동안 난 최고의 연기를 했어. 믿든 안 믿든 말야. 이제 난 다른 배역을 맡을 거야. 남정희라는 배역. 이게 기대가 참 크거든. 자, 갑시다. 어디로 갈까?"

긴 얘기였다. 눈발이 날리는 마로니에 공원 벤치에서 듣기엔 너무나 길었지만 동우는 꼼짝도 못 하고 그대로 앉아 그 얘기를 다 들었다. 남정희나 자신이나 모두 남에 의해서 인생이 다르게 흘러간 경우였다. 자신의 뜻과는 전혀 상관없이 말이다. 동우는 새삼스러운 눈으로 남정희를 보았다. 그런 동우를 남정희가 가볍게 비웃어 주었다.

"이봐, 엉큼한 생각 하지 마. 난 아직 남자들 용서 안 했어. 하하"

그 말에 머쓱해진 동우가 한마디 건넸다가 본전도 못 찾았다.

"아, 그래서 올드미스가 되신 거군요. 저는 사실 그게 조금 아주 쪼끔 궁금했었어요. 하하하하."

"누가 올드미스래? 난 미스가 올드 한 게 아니라 미스를 홀드하고 있었던 거라고. 알았어? 에스코트? 난 올드미스가 아니라 홀드미스라구."

그녀의 웃음이 눈발 날리는 마로니에 공원을 가볍게 울렸다. 동우의 눈엔 촉촉한 습기가 조금씩 차오르고 있었다.

세상이 얼마나 달라졌던가. 15년의 공백을 채워가는 남정희는 처음 세상 구경을 나온 아이처럼 보이는 것마다 신기해했다. 특히 놀란 건 사람들이 TV를 들고 다니며 아무 때고 본다는 거였다. 남정희가 동우를 끌고 제일 먼저 들어온 곳이 그래서 이 휴대폰 가게.

"어머 이것 좀 봐. 정말 작다. 이 화면으로 방송이 나온다는 거지? 이야~"

그녀는 쉴 새 없이 입과 눈과 손가락으로, 아니 온몸으로 자신의 놀라움을 표현하는 일에 열중했다. 바라보는 동우나 이것저것 권하는 휴대폰 가게의 직원이나 모두 그녀에게 동화되었다. 마침내 자신이 원하는 휴대폰을 갖게 된 남정희는 기능 설명을 듣는 동안 좋아하는 선생님의 수업을 듣는 여고생처럼 눈을 반짝거렸다. 그리고 직접 해보며 기능에 익숙해지려고 노력했다. 15년이 금세 메워지지는 않겠지만 최소한 그녀는 폰을 켜고 끌 줄 알게 되었고 충전시키는 법, 전화 걸고 받기, 메시지 보내기와 사진 찍기, TV 보기도 할 수 있게 되었다. 그리고 셀프 카메라를 찍는다, 기념 촬영을 해야 한다며 옆에 있는 사람들 모두 자신의 새로운 즐거움과 기쁨 안에 한꺼번에 몰아넣고 즐거워했다. 모든 사람이 귀찮아하거나 대충 대하지 않고 같이 즐거워하는 걸 보니 역시 예쁘고 볼 일이다.

"에스코트 씨, 이 휴대폰 어때? 괜찮지?"

남정희가 광택이 예쁘게 빛나는 휴대폰을 흔들며 자랑했다.

"우와~ 아주 멋진데요. 하하."

"좋아. 내 전화 첫 번째 통화의 영광을 에스코트 씨에게 주지."

동우의 휴대폰이 울렸다. 동우가 받아서 별말을 못 하고 우물쭈물하자 그녀가 유쾌하게 웃으며 전화를 껐다. 동우는 남정희가 번호를 어떻게 알고 걸었는지는 생각하지 않았다. 뭐 아침의 황당한 전화 주인공이 남정희라는 걸 알았다 해도 신경 쓰지 않았을 것이다.

"얼른 번호 저장해. 혹시 알아? 에스코트 씨가 프러포즈하면 받아줄지."

동우는 그녀의 농담에 마주 웃으며 저장을 눌렀다. 그리고 이름을 이렇게 적었다.

[예쁜 정희씨]

휴대폰 가게를 나온 두 사람은 가까운 카페에 들어갔다. 이미 시간이 많이 지나 저녁때였다. 대학로에는 많은 젊음들이 모여들기 시작했다. 남정희를 알아보는 사람은 거의 없었다. 가끔 나이 든 중년들이 지나가며 얼핏 봤다가 지난 후 갑자기 돌아서서 고개를 갸웃하며 바라볼 뿐이었다. 다만 젊은이들 중에도 남정희의 고운 얼굴에 시선을 뺏기는 경우가 제법 있었다.

"저, 뭐 하나 여쭤 봐도 괜찮을까요?"

길가 쪽으로 난 유리창 앞 의자에 앉아 커피 향을 음미하는 남정희에게 동우가 슬그머니 말을 꺼냈다.

"아, 커피 좋다~ 뭘? 물어봐?"

"아까 그 노 화가 분이요. 잘 아시는 분인가 해서요. 아, 물론 에스코트 해 드리는데 참고하려고 하는 건 아니구요. 그냥 개인적인 호기심, 아니 관심,

아니 애정 그러니까……."

"그러니까?"

남정희가 묘한 미소를 지으며 동우를 바라본다. 동우는 그 미소에 찔려 땀을 뻘뻘 흘리다가 그냥 체념했다.

"어휴, 아닙니다. 뭐 말씀 안 하셔도 돼요. 개인적인 거라. 하하하."

결국은 얼버무리는 동우다.

"잘 아는 사이는 아니고, 내가 그 사람에게 그림을 그린 적이 있어. 한 20여 년 됐을걸. 뭐 이런저런 기사가 났었으니까 죽었다고 생각했는지도 모르지. 그런데 멀쩡하게 나타나니까 놀란 거지. 그 사람 내가 그때 해준 사인을 안에 붙여뒀더라. 하하. 팬이래."

"아, 그러셨구나. 저는 그분이 혹시……. 흠흠. 아, 아닙니다. 하하하."

"혹시? 뭐 애인이라도 됐을까봐? 와, 멋진 이야기다. 거리의 노 화가에게 20년 전에 헤어졌던 여자가 나타난다. 그것도 호호백발로. 하하하 재밌네."

남정희는 재미있다고 했지만 동우는 그럴 수가 없었다. 얼마나 마음고생이 심했는지를 그녀의 하얀 머리가 알려주고 있었기 때문이다. 얼굴은 별로 늙어 보이지 않는데 머리는 하얗게 센 그녀였다. 처음부터 그 하얀 머리가 강렬하게 동우의 눈을 자극했었다. 그리고 지금은 그 하얀 머리 때문에 동우의 마음이 조금씩 저려왔다.

"정말 신기하세요. 어떻게 이렇게 아름다움을 그대로 지키고 계신지. 저도 막 대시해보고 싶어요. 하하."

결국 또 얼버무리고 마는 동우였다.

"음, 시간이 많이 됐네. 오늘은 여기서 그만 할까? 병원에 가면 영서가 기다리고 있을 거야. 병원으로 갑시다."

두 사람은 카페에서 나와 병원으로 걸어갔다. 눈은 그치고 거리는 두둑한 겨울옷으로 몸을 감싼 젊은이들이 바쁘게 걸음을 재촉하고 있었다. 거리 한 모퉁이에서는 간간이 키스를 나누는 커플도 눈에 띄었다. 남정희에게 그런 모습은 정말 낯설었을 것이다. 예전 같았으면 얼굴을 붉힐 그녀였을 텐데 자연스럽게 넘어간다. 바뀐 세상을 인정하는 거겠지. 동우는 병원까지 걸어가는 동안 그녀의 한 발 뒤에서 그 모습을 바라보며 슬며시 웃었다. 참 슬프고 즐겁고… 배고픈 하루가 아닌가.

'커피 한 잔으로 식사 끝이네. 왜 점점 먹는 게 부실해질까.'

episode 4 \ 키스 앤 세이 굿바이

‘RRRRRRRR~ RRRRRRRRRR~ RRRRRRRRRR’

세수를 하려고 화장실로 갔던 동우가 얼굴 가득 비누를 묻힌 채 천사호로 뛰어들어왔다.

“윽~ 안녕하십니까. 감사합니다. 에스코트주식회사 조동우입니다.”

급하게 휴대폰을 꺾다가 눈을 찔리고 그 찔린 눈에 비누 거품이 들어가 눈물을 줄줄 흘리며 동우가 전화를 받았다. 이곳 에스코트주식회사의 아지트, 책상 두 개 달랑 들어가는 공간인 1004호. 동우는 이곳을 천사호라고 이름 짓고 좋아서 낄낄거렸다. ‘천사호라니’ 아무튼 반은 썰렁하고 반은 온기가 감도는 이상한 냉난방 시스템을 갖춘 천사호. 작은 히터가 미치는 거리가 그것뿐이라 그랬는데 동우 역시 그 따스한 절반에 너무 몰입하다 보면 몸이 따라 꺾여서 저도 모르게 새벽에 깨어나 허리를 두드리곤 했다.

"안녕하세요. 너무 일찍 전화 드린 거 아닌가요?"

"하하. 괜찮습니다. 에스코트에 밤낮이 따로 있겠습니까? 하하."

"아 그러시면 다행이구요. 거길 좀 찾아가려고 하는데 어디로 가면 되죠?"

동우가 잽싸게 매운 눈을 뱁새눈으로 뜨고 천사호를 둘러봤다. '어? 좀 넓어졌나?'

"천사호로 오신다구요? 그러니까요. 에~"

"천사호요? 설마 사무실이 무슨 한강에 띄운 배 같은 건가요?"

"아, 아 지금 천사호가 동해안으로 나가서요. 제가 원하는 곳으로 찾아뵙겠습니다."

"동해안이요? 아, 정말 특이하네요. 오늘 오전에 동부이촌동으로 좀 와줄 수 있나요? 어디가 좋을까? 아, 커피빈이 있거든요. 거기서 보면 어떨까요?"

"커피빈이요. 11시 반까지 찾아뵙겠습니다. 하하."

"웃음이 좀 억지스러운데요. 아무튼, 이따 봐요."

"하하. 알겠습니다."

인사를 하며 자신도 모르게 비누거품 묻은 손으로 매운 눈을 비비던 동우가 휴대폰을 책상 위에 집어던지고 화장실로 뛰어갔다. '뚜우우우우' 통화 끝을 알리는 휴대폰 안내음이 뒤를 따라 달렸다.

11시 30분, 동우가 동부이촌동 커피빈에 도착했다. 추위를 막으려고 설치한 비닐 장막을 걷고 들어서니 매장 안엔 이미 자리가 없었다.

'이 시간에 자리가 없다니, 이 사람들이 커피만 마시나.'

군시렁거리며 쌀쌀한 바깥쪽에 앉자 직원이 와서 가스히터를 켜주었다.

"아, 고맙습니다. 하하."

투덜거린 걸 까맣게 잊은 동우가 고미안 운동을 실천했다. 고미안 운동이란 동우가 초등학생일 때 담임선생님이 학생들 간에 에티켓 훈련을 시킨다며 시작했던 캠페인이었다. '고맙습니다. 미안합니다. 안녕하세요.' 하는 세 마디의 에티켓 멘트인데 아이들은 이걸 비꼬아서 '고깝습니다. 미치셨군요. 안됐습니다.' 하는 말로 바꿔서 담임선생에게 돌려주고는 했다. 물론 속으로만.

"혹시 에스코트 조동우씨세요?"

20대 초반 정도 되어 보이는 깜찍한 아가씨가 대뜸 동우에게 와서 정체를 홀딱 밝힌다.

"안녕하십니까. 제가 에스코트주식회사 조동웁니다. 하하."

"정말 배 타다가 막 오셨나 봐요. 얼굴이 약간 벌건데요. 아무리 겨울이라도 바다에서는 선크림을 바르셔야 해요."

동우가 어물쩍 그 순간을 넘기려고 하는데 아가씨가 다시 말을 이었다.

"그리고 그 웃음. 정말 걸작이네요."

동우가 웃음에 대해 말하려고 하자 다시 아가씨가 입을 열었다. 아마 잠시라도 주도권을 놓치면 못 참는 성격인가보다.

"인사부터 드릴게요. 저는 인영이라고 해요. 황인영."

"네, 안녕하십니까? 저는 에스코트주식회사 조동웁니다. 하하."

"정말 그 웃음 매력적이에요. 앞으로도 자주 들려주세요."

인영은 동우의 웃음을 다시 한 번 언급한 다음 동우가 먼저 용건을 묻기도 전에 이야기를 시작했다.

"엄마는 평생 아빠만 바라보고 살았거든요. 아빠는 사실 엄마와는 달라요. 바람도 몇 번 피웠고. 물론 아니라고는 하지만요. 게다가 엄마에겐 무뚝뚝하면서 다른 사람에겐 그렇게 친절할 수가 없어요. 음식점 가면 종업원들에겐 언니라고 부르며 친한 척해요. 물론 그래야 서비스가 더 잘 나온다고 하지만요. 근데 집에만 들어오면 완전 돌부처예요. 물론……."

동우는 인영이 모터 펌프처럼 말을 쏟아내는 동안 아무 말도 못 하고 멍하게 있었다. 대화란 맞장구를 적당히 쳐줘야 원활한 법이다. 동우가 가만히 있자 신나게 얘기하던 인영도 조금 시큰둥해졌다.

"음? 어째 반응이 좀 그러네요. 하긴 뭐 남의 얘기 듣는 거 즐거운 사람도 있고 아닌 사람도 있는 거니까."

천방지축 같은 인영의 입에서 의외로 상대를 배려하는 말이 나왔다. 그래도 생각은 좀 있는 사람인가?

"네. 부모님에 대한 이야기는 잘 들었습니다. 이제 저를 부른 이유를 말씀해주시면 되겠군요."

인영의 입이 멈춘 틈을 타 잽싸게 동우가 끼어들었다.

"우리 엄마 좀 꼬셔주세요."

커피를 마시던 동우가 갑자기 기침을 해댔다. 기침이 얼마나 지독했는지 실내에 있던 사람들까지 고개를 내밀고 내다보았다. 얼굴이 완전히 빨갛게

변해서 기침을 해대던 동우가 마침내 가라앉히는 데 성공하고 인영에게 설명을 요구하는 눈빛을 보냈다.

"콜록! 헉! 쿨룩! 콜록! 그 말씀은?"

인영은 동우의 기침이 끝날 때까지 냅킨을 챙겨준다 등을 두드려 준다 하며 부지런히 왔다 갔다 했다.

"아유, 진정 좀 되셨어요? 뭔 기침을 그렇게 해요? 깜짝 놀랐잖아요?"

'놀란 건 이쪽이야 아가씨' 라고 동우가 말을 하지 않았기에 인영은 아무것도 모르고 말을 계속 했다.

"엄마 좀 꼬셔달라구요. 뭐 아주 잘 되어 엄마가 에스코트 씨랑 결혼을 한다고 해도 저는 인정할 수 있어요. 하하~ 멋지게 웃는 젊은 아빠 좋잖아요?"

물을 마시며 속을 진정하려던 동우가 다시 사레가 들려 기침을 시작했다.

"정말 죽겠습니다. 하하 콜록콜록."

"아, 그 상황에 하하. 라니. 정말 젊은 아빠로 만들어도 멋지겠어요."

인영이 여전히 웃음을 물고 늘어졌지만 동우는 정색을 하고 인영에게 물었다.

"무슨 말씀입니까? 엄마, 아니 어머니를 꼬셔 달라니요?"

동우의 표정이 굳어있자 인영은 섣불리 농담을 못 하고 같이 굳은 얼굴로 동우를 마주 바라봤다. 동우는 순간 자신이 좀 심했다 싶었는지 상황을 수습하려고 했다.

"뭐, 사정이 있겠지만요. 하하. 좀 어색하군요. 하하."

"하하를 두 번이나 했어요. 좀 당황하셨군요. 장난 좀 쳐봤는데."

'으이구 이 천방아.' 동우가 내심 흥을 봤다.

"말 그대로예요. 엄마를 꼬셔달라고요. 음, 어디까지 해야 꼬시는 거냐고 묻고 싶겠죠? 아, 잠깐만요. 그 커피 조금 있다가 마셔요. 또 사레들리면 저 책임 못 져요."

막 커피를 한 모금 마시려던 동우의 손이 움찔했다. 오늘은 더 열악하다. 그래도 전에는 커피만큼은 맘껏 마실 수 있었는데.

"어디까지 꼬셔야 임수완수냐 하면요. 우리 엄마랑 키스해요. 키스해야 임무를 끝낸 거로 하겠어요."

"커피 안 마시길 잘했군요. 막 침이 넘어가려는 걸 간신히 막은 것도 참 잘 했네요. 도대체 왜 그런 엉뚱한 생각을 하신 건가요? 너무 앞뒤 없이 막 넘어가니 도저히 따라갈 수가 없습니다. 하하."

동우가 머쓱한 표정으로 뒷머리를 긁었다. 키스라니! 그것도 천방이가 – 동우가 막 지은 그녀의 별명 – 20대 초반이라고 보면 최소 그 엄마의 나이는 40대 중 후반이라고 봐줘야 할 것이다. 나이 든 아주머니와의 키스? 음, 나름 로맨틱하네. 캬~ 이거 완전히 메디슨카운티의 다리 영화 찍는구나. 천방이 어머니는 메릴 스트립, 나는 클린트 이스트우드. 멋지다. 동우가 뒤섞인 정신을 바로 잡으려고 머리를 세차게 흔들었다. 커피빈의 배경음악이 그때 막 스웨거(Swagger)의 1집 앨범 Hello New World의 세이크로 바뀐 건 순전히 우연이었다.

"아까 앞뒤를 얘기하는데 시큰둥했던 건 에스코트 씨였잖아요. 하하."

동우는 또 할 말을 잃었다. 그 말이 사실이었으니까.

"아빠는 착각을 하고 있어요. 엄마가 절대로 아빠를 벗어날 수 없다는 착각. 하지만 그건 정말 착각이란 걸 알게 해주고 싶어요. 물론 엄마는 절대로 아빠를 못 벗어날 타입이지만요. 그래서 에스코트 씨에게 부탁하는 거죠."

천방이의 얼굴이 다시 진지모드로 바뀐다. 동우는 지킬박사와 하이드씨처럼 진지모드일 때의 황인영과 천방모드일 때의 황인영을 잘 살펴 헷갈리지 않아야겠다고 다짐했다.

"그렇다고 해도 제가 어떻게 어머니를 꼬실 것이며 키스까지 진행되도록 하겠습니까. 시간이 얼마나 걸릴지도 모르는 일이고 그렇다면 비용도! 아, 비용도 진짜 만만치 않을 거 아니겠습니까. 하하."

말을 끌면서 어떻게 사양을 할까 고심하던 동우가 기쁘게 비용을 언급했다. 저 나이에 돈이 있으면 얼마나 있을까. 돈 애길 하면 알아서 떨어져 나갈 거라고 희희낙락하며 즐거워할 때 천방이가 손가락을 세 개를 세웠다.

"네?"

"세 장이요."

"네?"

"어머 적단 말씀이세요? 저는 그거 만드느라고 얼마나 고생했는데요. 그러지 말고 그냥 세 장에 해줘요. 에스코트 씨. 네?"

천방이 갑자기 애원 모드로 바뀌었다.

"흠. 세 장이면 솔직히 좀 적습니다만. 흠흠……."

여기서 밀리면 끝장이다. 나이 든 분을 놀리는 것도 어느 정도지 키스라니. 동우의 눈빛에 절실함이 보였다. 게다가 고작 삼십만 원이라니. 평범한 커플이 키스까지 가기 위해 들어가는 돈이 얼마나 많겠는가. 그런데 더구나 마음을 꽉 닫은 사람과 키스까지 가려면 못 해도 백 단위 이상의 데이트 비용이 들 것이다. 자꾸 키스까지 상상이 전개되는 동우가 다시금 머리를 흔들었다. '그런데 겨우 삼십으로? 내가 흙 퍼서 장사하나 이 천방 아가씨야.' 라는 말은 물론 동우의 입 밖으로는 나가지 못했다.

"적다구요? 어쩌지 더 만들기는 어려운데."

천방이 곰곰이 생각하다가 아! 하고 가슴팍에서 사진 한 장을 꺼냈다.

"일단 이 사진을 보고 생각해봐요. 에스코트 씨도 이만한 미인과는 키스는 커녕 손도 못 잡아봤을 걸요?"

'그건 왜 거기서 꺼내는데?' 가슴팍에서 사진을 꺼내는 걸 보며 고개를 갸웃거리던 동우가 천방이 내밀어 놓은 사진을 힐끔 보고 생각했다. '하하하. 내가 바로 전에 만났던 분이 바로 스크린의 여왕 남정희 씨라오. 하하하……' 동우의 속웃음이 점차 사그라졌다. '하~ 예쁘다!' 하는 소리가 절로 튀어나올 뻔했다. 동우는 사진과 천방의 얼굴을 번갈아 보며 틀린 그림 찾기를 했다. 천방이도 미인이었지만 엄마 쪽보다는 아빠 쪽이 아닐까 싶게 흔적이 부족했다. 그 위아래의 눈 운동을 지켜보던 천방이가 피식 웃었다.

"훗, 눈 좀 그만 굴려요."

머쓱해진 동우가 다시 하하 웃었다.

"울 엄마 예쁘죠? 아빠는 어떻게 예쁜 엄마를 그렇게 힘들게 하나 몰라 정말. 미워."

천방의 감정 기복이 다시 급격한 다운 사이클을 그렸다.

"네, 정말 미인이시네요. 근데 저도 이런 미인과 손 정도는 잡아봤습니다. 하하."

천방이 동우의 으쓱거림에 콧방귀를 날렸다.

"하하. 이런 미인과 손을 잡았다구요? 키스라니까요. 키스. 이런 미인과 어떻게 손을 잡았는지는 몰라도 이번엔 키스라니까요. 아하하하."

"그러다가 정말 사랑하게 되면 어쩌려구요. 어머니도 마음 상하실 테고……. 물론 저도 마음 좀 아프겠네요. 천방 씨 같은, 아니 인영 씨 같은 딸을, 아니 예쁜 딸을 얻어야 한다는 게……."

동우는 자신이 생각해도 횡설수설하고 있었다. 천방은 그런 동우를 보며 뭔가를 결정하는 듯하더니 손가락 다섯 개를 다 폈다.

"다섯 장. 더 이상은 안 돼요. 그리고 서비스로 미인과의 키스. 그 정도면 훌륭한 대가 아녜요?"

"다섯 장이요? 오십만 원이면 일주일이나 혹은 아껴 쓰면 열흘 경비네요. 남는 거 없이 어떻게 일을 하겠습니까?"

"누가 오십만 원이라고 했어요? 한 달이 될지 두 달이 될지 모르는데 고작 오십만 원으로 이 일을 맡길 거라고 생각해요? 저 그렇게 철모를 나이는 아니에요."

"에이 많이 봐야 한 스물한둘 정도?"

"어머 정말요? 야, 이 분 완전히 꾼이네. 아하하. 신이여 감솨합니다."

또 오버군. 이라고 동우가 생각하는 동안 하늘을 찾고 땅을 찾고 알라까지 찾으며 감사한 천방이 다시 진지모드로 돌아섰다.

"뭐 조금 어려 보인다는 건 제가 잘 알아요. 엄마 덕이죠. 뭐. 그리고 오십이 아니고 오백이었어요. 오백. 근데 알고 보니 오백까지 안 들어도 되겠는걸요? 호호. 저는 제 차를 팔아서 비용을 보태려고 했는데 삼백만으로도 충분하지요?"

동우는 말 한마디 잘 못 해서 이백을 손해 보게 되었다. 하지만 뭐 아깝지는 않았다. 이 난관을 무사히 넘어가기만 하면 참 좋겠다는 생각을 하며 동우가 입을 연다.

"삼백에 미인과의 키스. 매력적인 제안이군요. 하지만 생각 좀 해보겠습니다."

"아뇨, 지금 결정해요. 생각해보고 나중에 연락하고 어쩌고는 안 돼요. 우리 이 자리에서 아주 끝내자구요. 울 엄마 꼬셔줘요. 에스코트 씨!"

황인영이 강경하게 나왔다. 천사호로 돌아가서 고민하는 척하다가 슬쩍 거부 문자를 보내고 태평양으로 항해 나간다고 잠수 타려던 계획이 바로 끝장났다.

"이 자리에서요?"

동우가 한숨처럼 말을 내뱉으며 고개를 오른쪽으로 돌렸다.

"어? 호 혹시?"

인영이 동우가 가리킨 쪽으로 고개를 돌렸다가 이내 얼굴을 동우 쪽으로 잽싸게 돌려 고개를 푹 수그렸다. 그런 인영을 보며 동우가 고개를 갸웃거리자 인영은 더욱더 고개를 숙이고 앞에 있는 머그잔으로 얼굴을 가리며 의자를 반대쪽으로 조금씩 움직였다. 동우가 그런 인영에게 말을 걸었다.

"인영 씨? 왜 그래요?"

인영이 오른손을 팔랑팔랑 흔들며 동우와 거의 반대의 자세를 취했을 때 그녀의 엄마는 티가 담긴 컵을 들고 자리를 찾았다. 동우가 그녀의 움직임을 쫓고 있을 때 인영이 곁눈으로 슬쩍 동우를 본 뒤 발을 힘껏 밟았다.

"으헛!"

동우가 아픔을 견디느라 야릇한 기합을 넣었을 때 인영의 엄마는 안에 테이블이 없자 밖으로 나와 동우의 옆 테이블에 앉았다. 그녀가 흘깃 인영과 동우의 테이블을 보았다.

"어머? 인영아?"

인영이 그 말에 가렸던 머그잔을 내려놓으며 눈웃음을 친다.

"아니 어머니께서 이곳에 웬일이신가요. 차는 이미 며칠 전에 제가 좋은 걸 구해서 비치해둔 것 같은데요."

"때로는 새로운 자극이 필요하지?"

그때 인영의 눈빛이 사악하게 빛난 걸 본 사람은 오직 동우뿐이었다.

"오호, 그러셔요? 아하하하."

"그나저나 드디어 우리 집에 딸 하나가 사라지려나? 엄마에게 지금 따님 앞에 계신 남자 분을 소개해 줄 생각은 없는가?"

"어머, 어머니는 이리 나이 든 분이 사윗감으로 보이시는지요. 아하하."

쿨럭. 머쓱해서 커피를 한 모금 마시려던 동우가 그만 잔에 깊고 쌉쓸한 콧바람을 날리고 말았다.

"나이? 아직 젊은 분 같은데 실례 아냐?"

"엄마, 이 분은 동안이라서 그렇지 이미 오십 대를 바라보는 교수님이라고요. 시문학 교수. 안 그러세요? 교수님?"

동우가 할 말을 잃고 앞에 앉아 거침없이 자신을 십오 년쯤 늙게 만든 천방지축을 바라보았다. 그녀는 그런 동우를 말똥말똥 바라보고 있었다. 천연덕스럽게.

"교수님. 제 입이 닳도록 자랑했던 우리 어머니에요. 교수님도 몇 번이나 저에게 소개시켜 달라고. 뵙고 싶다고 하셨잖아요."

"이 분이 교수님? 와 정말 동안이시네."

"그럼요. 이 분이 엄마 팬이라니까요."

동우는 아예 포기했다.

"호오, 그래? 이 분이 황자양 씨 부인의 팬이라고?"

동우는 순간 어디서 많이 들어본 이름이란 생각이 들었다. 황자양. 황자양. 황자양. 황자양?

"인영 씨, 황자양이란 분. 인영 씨의 부친이신가요?"

"들어보셨어요? 저는 듣기 싫지만 그분의 딸인 건 맞는 것 같아요."

"그러니까 황자양이란 분이 제가 아는 그 황자양. 그분이 맞는 거겠죠?"

"아마도요?"

"안녕히 계십시오."

동우가 벗어뒀던 코트를 들고 의자에서 일어났다.

"그렇게 떠나신다면 뭐 말리지는 않겠어요. 하지만!"

일어섰던 동우의 몸이 딱 멈췄다. 빠른 리듬으로 돌아가는 뮤직비디오가 일시 정지된 느낌이었다. 동우는 몸서리를 부르르 친 후 다시 자리에 앉았다.

"하지만?"

"일단은 약속을 어기신 거니까 평판이나 뭐 그런 거로 앞으로는……."

인영이 뒤를 얼버무렸다.

동우가 눈을 감고 잠시 생각에 잠겼다. 옆에서는 인영이 엄마와 계속 뭐라고 주고받으며 애매모호한 모녀의 정을 나누는 소리가 들려왔지만 조금 뒤엔 그마저도 주파수 못 맞춘 라디오처럼 윙윙 귓가를 흘러가고 있었다.

"내겐 천방지축 같은 딸내미가 하나 있거든. 예쁘긴 한데 성격이 좀 화끈하지. 자네 같은 사람이라면 음, 괜찮겠어. 하하하."

동우와 똑같이 재판을 기다리던 옆 방 남자. 운동 시간마다, 혹은 식사 시간마다 마주치며 알게 모르게 정이 들어서 꽤 친해진 그 남자가 지금 동우의 머릿속을 가득 채우고 있었다.

"나야 곧 나가게 되겠지. 자네는 조금 더 고생하겠구먼. 그래도 자네 말대로라면 아마 별 문제 없이 석방될 거야. 그렇게 믿어. 내 눈에 자네는 사기꾼도 못 될 위인이야. 하하하."

3개월 후 그 남자는 석방 되었다고 들었다. 지병이 도져서 구급차를 타고 병원으로 옮겨졌다가 한 달 후 무혐의 처리되어 석방된 것이다. '지병이라고? 아침마다 팔굽혀 펴기 150개씩 해야 밥 먹을 생각이 난다는 사람이?

"하하하~!"

동우의 속웃음이 자기도 모르게 겉으로 터져 나왔다. 뜨거운 신경전을 펼치며 대화를 주고받던 모녀의 시선이 동우에게 모였다.

"에스, 아니 교수님. 왜 이러세요. 아무리 좋아하는 사람이 앞에 있다 해도 좀 오버하시는 거 아녜요?"

인영이 계속 자신의 페이스로 이야기를 끌고 나가기 위해 동우를 오버맨으로 만들고 있는 동안 인영의 엄마는 찬찬히 동우를 살펴보고 있었다. 누군가 자신을 좋아한다는데 싫어할 사람이 어디 있겠는가. 그것도 뭘 하자는 게 아니라 팬이라는데.

"제가 지금 무슨 짓을 했죠?"

"하. 하. 하."

인영이 얼굴은 그대로 입만 벌려 동우의 웃음을 흉내 냈다. 그 모습에 인영의 엄마가 풋! 하며 웃었고 그 틈을 타서 동우도 슬쩍 웃음을 삽입시켜 얼버무리는 재주를 발휘했다.

"하하하. 그랬군요. 정말 그랬어요. 와, 세상에. 정말 대단한 세상이에요."

인영이 동우의 말이 무슨 뜻인지를 몰라서 잠시 페이스를 잃었다가 순식간에 되찾았다.

"어? 응. 맞아요. 세상이 정말 대단하죠? 좋아하는 사람을 이렇게 우연히 만나기도 하고. 원래 우리 엄마는 밖에 잘 안 나오시거든요. 그죠?"

"아니? 매일 산책하러 나오잖아."

엄마가 걸려들지 않자 인영이 대충 웃음으로 분위기를 흐트려 페이스를 되찾아오며 못을 박았다.

"어. 머. 니. 교수님도 계신데. 교수님. 아까 말씀드린 대로 꼭 그 책에 '사. 인.' 해주셔야 해요?"

"사인?"

"아, 오늘 뵐 줄 모르고 우편으로 먼저 보냈었거든요."

밀어붙이기 도사 인영이 어떤 상황이든 척척 받아넘기자 동우는 천방이 대신 응변이라고 별명을 바꾸기로 했다.

"응변이 능하신데 틀림없이 사. 인. 을 해 드려야죠. 다만!"

"다만?"

"이 부분은 나중에 따로 말씀드리겠습니다. 인영 씨."

"엄마, 저는 교수님과 조금 더 이야기를 나누다가 들어갈 건데 여기 더 계실래요? 아무래도 교수님과 술 한잔해야 될 거 같아요."

동우가 끝까지 저항하자 곧바로 인영이 작전을 바꿨다.

"아뇨. 저는 여기가 참 마음에 듭니다. 게다가 인영 씨 어머니도 계시고."

동우가 당황한 나머지 자충수를 두자 인영의 눈이 반짝 빛나며 자리에서 벌떡 일어났다.

"아참! 맞다. 명동에서 약속이 있는데 깜빡 잊었네. 교수님. 저 먼저 일어나요. 나중에 딴 소리 하기 없기에요. 아시죠? 아하하 엄마 나 먼저 가요."

천둥처럼 내쏘고 번개처럼 지나가 버렸다. 오토바이처럼 튀어나오는 말에 눌러 허우적거리다 보니 어느새 앞엔 아무도 없었고 옆엔 그녀의 엄마가 흥미로운 눈으로 동우를 바라보고 있었다.

"아 안녕하십니까? 에ㅅ……. 아니 조동우라고 합니다."

“새삼 인사는요. 조금 전에도 하셨잖아요. 그리고 교수님 실제로 아까 우리 딸이 얘기한 그 나이는 절대 안 되어 보이시는데 맞죠?”

엄마 역시 예리했다. 그 딸이 아무 바탕 없이 하늘에서 뚝 떨어진 게 아니었던 거다. 오늘 당황으로 일관한 우리 동우는 어항 속 붕어처럼 입만 벙긋거리며 아무 말도 못 하고 있었다.

“어, 어, 어······.”

“괜찮아요. 아무리 봐도 우리 딸이 지금 뭔가를 꾸미고 있는 것 같은데 귀신을 속여도 저는 못 속인 답니다. 교. 수. 님.”

두 사람은 지금 바깥쪽을 바라보며 나란히 앉아 있었다. 비록 테이블은 두 테이블이었지만 공간이 좁아서 두 사람이 앉은 의자의 사이는 참 가까웠다. 당황해서 버둥거리면서도 동우는 그녀에게서 나는 향기가 참 좋다고 생각했다.

“저, 인영 씨 어머님.”

동우가 떨어지지 않는 입을 간신히 떼어내 말을 걸었다. 어떻게든 이 일을 해볼 결심을 한 것이다. 가능하면 초특급으로 번개처럼 천둥처럼 일을 해치우리라 결심했다.

“팬이라며 제 이름도 모르네요.”

“아, 네. 하하.”

“웃음이 참 특이하세요. 전 인혜에요. 유인혜.”

“인혜 님. 사실은요,”

이판사판이라는 생각으로 동우가 막 사건의 전모를 털어놓으려고 할 때 휴대폰이 부르르 떨렸다. 양해의 미소를 띠고 동우가 문자메시지를 확인했다. 인영이다.

'저예요. 혼자 덜렁 키스했다고 임무완료가 아니겠죠? 반드시 저를 입회인으로! 시간과 장소를 꼭 알려주세요. 아하하.'

동우는 저도 모르게 신음을 냈다.

"무슨 안 좋은 일이라도?"

"아, 아닙니다. 하하. 아닙니다. 아무것도 아닙니다."

"너무 부인하니까 반대로 느껴지네요. 하하."

"아 네. 참 아름다우세요. 아 그게 아니고."

형편없이 꼬이는 동우다. 동우가 이렇게 누군가의 앞에서 당황하는 건 꽤나 오랜만이다. 라고 하려다 보니 그건 아니다. 만나는 모든 여자 앞에서 이런 모습을 보여 왔었으니까. 이건 순진한 걸까. 아니면 천성적으로 여자들의 호감을 사는 노하우를 익히고 태어난 걸까. 이제껏 동우를 좋아하면 했지 싫어한 여자는 없었다. 아, 물론 새로운 인생을 시작한 후로.

"참 좋아 보이세요. 하하."

동우가 다시 한 번 수습을 시도했다. 그녀가 무슨 뜻이냔 의미로 눈을 동그랗게 뜨고 동우를 돌아보았다.

"어, 그러니까 네. 뭐든요. 하하."

수습 실패.

"시문학을 전공했으면 시도 쓰셨겠어요?"

"아, 네. 뭐……. 조금요?"

동우가 엄지와 집게를 눈곱만큼 벌려 눈 위에 대고 말했고 그녀는 다시 풋풋 웃었다.

"혹시 하나만 들려줄 수 있나요?"

그녀의 부탁에 동우가 대학 시절 서클에서 지었던 시를 떠올렸다. 공학도니까 취미는 반대로 가야 한다는 철학으로 포렘이라는 서클에서 4년 내내 개폼을 잡던 시절이었다. 다물어져 있던 동우의 입이 가만히 열렸다.

그대의 등을 보고 싶지 않아서

늘 반걸음 앞서 걸었습니다.

당신은 그 반걸음 뒤에서 따라오고

오는 내내 나의 등을 보았습니다.

단 한 번도 그 등 뒤에서 보았던 걸

그대는 말하지 않았습니다.

가는 내내, 구부정하고 가는 내내

시름과 걱정으로 가득했던 시간들.

그대가 본 건 내 등이 아니고

내가 짊어진 시간의 무게였습니다.

단 한 번도 그 등 뒤에서 보았던 걸

그대는 말하지 않았습니다.

어느 날 내 등 뒤의 그대는

내 옆에서 나란히 걷고 있었습니다.

단 한 번도 말하지 않았던 그 등 뒤의

당신은 이제 마음으로 속삭입니다.

그대의 등을 보고 싶지 않아서

반걸음 앞서 걸었던 나는

이제 마음속에서 그대와 나란히 걷습니다.

그대가 그리울 때마다 뒤를 돌아보고

발자국조차 없는 길 위, 텅 빈 공간에

소리 없는 마음을 토합니다.

단 한 번이라도 그대 뒤에서 걸었었다면

지금 그 따뜻했을 등을 기억할 텐데…….

아주 작은 소리였지만 듣기 어렵지 않은 동우의 목소리가 끝나고 감겼던 눈이 열렸다.

"하하. 참. 쑥스럽습니다. 어렸을 때 썼던 거라 많이 유치하네요. 하하."

"유치하기는요. 혹시 논픽션인가요? 왠지 굉장히 사실적으로 느껴지네요. 정말 겪은 일인 것처럼 가슴 아프고 슬프고……."

"네, 제가 사귀던 여자 친구가 병으로 떠나고 지었던 거라 그런 느낌이 드셨나봅니다. 제가 분위기도 못 맞추고 청승을 떨었습니다. 죄송해요. 하하."

"아니에요. 정말 잘 들었어요."

그녀는 마치 소녀 때로 돌아간 것처럼 감수성 가득한 눈으로 앞을 바라보았고 동우는 그런 인혜의 옆모습을 보며 정말로 가볍게 키스라도 해주고 싶다는 마음이 들었다.

"그분은 무슨 병이었나요?"

"네?"

"어디가 아파서 젊은 나이에 목숨을 잃었는지……."

"아 네……."

그녀는 동우의 표정이 살짝 구겨지자 말을 잘 못 했다 싶어 사과했다.

"아, 미안해요. 공연히 아픈 곳을 건드렸군요."

동우는 구겨진 표정을 슬며시 웃음으로 바꾸며 수습을 시도했다.

"하하. 아니요. 병 치료하려고 미국으로 떠났어요. 죽을병은 아니었어요."

인혜의 눈썹이 올라갔다가 펴지며 풋풋한 미소로 바뀌었다. 미소는 곧 작은 소리가 되어 입에서 공기 중으로 잘게 잘게 퍼졌다.

"하하하 정말 웃음만큼이나 특이한 분이시네요. 아무튼, 그 시는 참 감. 동. 적. 이었어요."

"특이하단 소리를 조금 들어보기는 했습니다만 오늘은 아마도 평생 들은 것만큼은 들은 것 같네요. 하하."

"점심 식사 같이 할까요?"

"와, 정말 제가 들은 말 중 가장 멋진 제안이네요."

"어머? 그런 말도 할 줄 아세요?"

뒷머리를 긁적거리며 얼굴만 붉히고 있는 동우를 의외라는 눈으로 바라보는 인혜의 얼굴에서 눅눅한 감정은 찾아볼 수 없었다. 불 위에 놓인 프라이팬처럼 햇살에 충분히 달궈진 공기 덕분이었을까.

"오늘 여러 가지로 제가 생각하기에도 참 이상합니다. 하하."

그녀와 동우가 커피빈을 나와 음식점들이 늘어선 곳으로 움직였다.

"뭘 드시고 싶으십니까?"

"뭐 좋아하세요?"

두 사람이 동시에 입을 열었다.

"뭐든 말씀하십시오. 오늘은 제가 사드리게 되어 있는……. 아, 그게 아니고 뭐든 사드리고 싶은 날이라서요. 하하."

"그래요? 그럼 떡볶이 먹으러 가요."

"아, 네? 떠, 떡볶이요? 하하. 네. 그러시죠."

이거 무슨 고등학교 때 첫 미팅 나갔던 기분이네. 동우가 속으로 중얼거리며 거리를 둘러본다. 그런 동우의 팔을 손가락으로 톡톡 친 그녀가 길 건너편을 가리켰다.

"저기가 맛있어요. 이 동네에서는 제가 호스트 같은데 맞나요?"

"아, 그럼요. 그러시죠. 저야 이곳이 처음이니까 당연합니다. 하하."

"역시 그 웃음."

두 사람이 길을 건너 '아딸'로 갔다. 마땅히 앉을 자리도 없고 더구나 줄까지 제법 늘어서 있었다. 인혜가 줄 뒤에 섰다. 그곳에서 조금 떨어진 곳에서는 동우가 멍한 표정으로 인혜를 기다리고 있었다.

"저 1004호 맞으신가요?"

아직도 발그레한 미소가 가시지 않은 동우를 경비 직원이 불러세웠다.

"네? 네. 맞습니다. 제가 바로 그 천사호의 함장입니다. 하하."

"한잔하셨나 봐요. 발그레하니 좋아 보이시네요."

경비 직원은 약간의 오해로 비롯된 덕담을 나눠주고 동우에게 쇼핑백을 건넸다.

"하하. 네. 이게 뭔가요?"

"아까 낮에 퀵으로 도착했습니다. 안 계셔서 제가 대신 받아뒀었구요."

"아, 고맙습니다. 그럼 수고하세요."

동우가 쇼핑백을 들고 천사호에 탑승했다. 책상 위에 쇼핑백을 내려놓고 작은 히터를 켠 다음 의자에 앉아 발을 책상에 올린 동우는 낮부터 쭉 이어졌던 묘한 설렘을 만끽하며 혹시 자신에게 연상 성향이 있었던 건 아닐까 생각했다.

"참, 아름다운 분이네. 그 나이에도 그렇게 소녀적인 감성이라니."

동우는 인혜와 함께 있는 내내 조금도 나이를 의식하지 못했었다. 아니 반대로 오히려 자신이 그녀보다 더 나이 들고 닳고 닳은 사람처럼 느껴져서 머쓱해했었다.

"참 좋은 분이야."

몽상에 빠져있던 동우의 발에 바스락 쇼핑백이 걸렸다.

"아 참."

동우가 쇼핑백을 열어 내용물을 확인했다. 그건 겨울 양복과 심플한 셔츠, 셔츠에 어울리는 타이와 양말, 그리고 속옷 등이었다. 의아한 동우가 물건들 사이에서 카드를 찾아 열었다.

'에스코트 씨, 계절에 맞게 입고 다녀요. 의뢰비 일부를 조금 늦게 받았다고 생각하고 부담 갖지 말구요.'

손으로 쓴 그 카드엔 누구인지를 알 수 있는 서명이나 이니셜이 없었다.

"누구지. 아! 혹시 '넬' 님?"

그렇게 생각한 순간 동우는 오늘 하루 자신을 지배했던 그 사춘기스러운 설렘의 감정이 갑자기 부끄러워졌다. 어느새 그녀, '넬'을 까맣게 잊고 있었던 거다. '넬'에게 미안한 마음이 생기고부터 동우는 히유~ 하는 한숨을 수백 번이나 반복하며 밤을 꼬박 새우고 말았다. 미션 클리어까지는 아직도 가야 할 길, 넘어야 할 산이 제법 험난한 – 설레는 – 여정으로 남은 탓이었다.

한동안 생각에 잠겼던 – 잠깐 잠들었던 – 동우는 휴대폰을 열어 '넬'의 전화번호를 찾았다. 통화 버튼을 누르려던 동우가 잠시 멈칫거리다가 그냥 닫았다. 지금으로서는 연락을 할 면목이 없었다. 아무리 '일'이라지만 어쨌든 그는 지금 다른 여자와 키스를 메이드 중이다. 게다가 휴대폰 오른쪽 꼭대기에서 시계가 지금 새벽 3시임을 알려주려고 깜빡거리고 있었으므로……. 착잡해진 동우가 맥주나 한 캔 하자고 천사호를 나왔다. 칼칼한 바람이 옷깃을 파고든다. 부르르 한기를 털어낸 동우가 건물 오른쪽 코너를 거의 다 돌았을 즈음 손 하나가 불쑥 튀어나와 그를 멱살째로 어둠 속으로 끌어당겼다. 명색이 육군 병장 출신인 동우가 아무런 저항도 못 하고 그대로 어둠 속으로 끌려들어 갔다.

"어머? 왜 그렇게 되셨어요?"

"아하하. 문턱에 걸려 넘어졌는데 하필 거기 다른 사람 발이 있어서 부딪치고 말았습니다. 하하."

전적으로 거짓말은 아니다. 앞은 몰라도 뒤만큼은. 동우의 얼굴엔 큼지막하게 구두 발바닥 문양이 찍혀 있었다. 나올 때 뭐라도 붙이고 나오려고 화장실에 가는 동안 숱한 이들의 주목을 받았다. 그리고 거울을 본 순간 뭔가 해보겠다는 생각을 포기해버렸다. 얼굴의 그 문양을 가리자면 복면달호가 아니라 복면동우가 될 판이었기 때문에. 아니 좀 더 멋지게 쾌걸동우가 되려나. 타이거 동우?

"미안해요. 이럴 줄 알았으면 그냥 나중에 볼걸."

"아닙니다. 뭐 이왕 이렇게 나왔으니 오늘을 즐겨야죠. 하하."

동우는 아침에 그 꼴을 보고 곧바로 인영에게 문자를 보냈다. 사정이 생겨 당분간 외출이 어려울 것 같으니 이번 의뢰는 잠정 중단해야 될 것 같다고. 인영의 답문자가 곧바로 날아왔다.

'불가! 그 정도로 포기라니 실망인 걸요. 그만두세요. 하지만 그 뒤는……. 호호.'

모든 걸 다 아는 분위기? 이 마녀야~! 라고 문자에 치고 휴대폰을 닫았다. 물론 보내지는 않았다. 어둠 속에서 동우는 아무것도 못 보고 발따귀를 얻어맞았다. 뭔가 희미하게 번쩍하더니 쫘악~ 소리와 함께 볼이 얼얼해진 것이다. 뒤이어 가라앉은 목소리가 들려왔다.

“그만해라. 다음에 또 오게 만들면 정말 가만 안 둔다.”

발따귀는 그 한마디만 던지고 사라졌다.

“한 손으로 힘들 텐데 잠시만 기다려요.”

동우가 한 손은 얼굴을 가리고 다른 손으로 초코 머핀의 비닐을 벗기려고 애쓰자 인혜가 그걸 받아 봉지를 벗겨줬다. 떨어졌을 땐 고민이 되다가도 이렇게 얼굴을 앞에 놓고 대하면 모든 고민이 하얗게 사라졌다. 동우는 그게 참 신기했다.

“좀 드실래요. 하하.”

동우의 웃음을 들을 때마다 짓는 그 표정을 지으며 인혜가 고개를 설레설레 했다. 그리고 눈으로는 어서 더 먹으라는 말을 건넸다. 입가에 맺힌 그 웃음을 보며 동우가 다시 한 번 실없이 하하. 거렸다. 그 웃음이 조금 더 오래 머물기를 바라면서.

차를 몰아 강변북로를 달리면서 창문을 활짝 열었다. 칼 같은 바람이 자동차의 실내로 왈칵 밀려 들어왔다. 이번에는 창문을 서둘러 닫지 않고 히터를 최대한으로 높였다. 히터가 겨울바람 속에서 쉭쉭 더운 숨을 뱉어낸다. 동우는 그 따뜻함을 몸으로 느끼고 겨울바람의 칼칼함을 머리로 느끼며 따뜻한 가슴과 냉철한 머리를 유지하려고 애썼다. 맡은 일에 대한 충성은 따뜻한 가슴으로, ‘넬’ 님에 대한 충성은 차가운 머리로. 해낼 수 있을까. 가슴만 따뜻하게 인혜를 대해주고 일을 마친 뒤 그 가슴 그대로 머리까지 덥혀서 ‘넬’ 님을 만날 수 있을까. 새삼스레 '넬' 님이 보내줬다고 믿고 입은 자신의 옷차림을 본다. 세련되고 멋진 스타일의 옷은 맞춘 것처럼 동우와 잘 어울렸다.

빠아아아아앙!

퍼뜩 정신이 든 동우가 자신의 차선으로 돌아왔다.

"정신 차려. 조동우!"

자기 뺨을 마구 두드리려던 손이 슬그머니 밑으로 내려갔다. 발따귀에게 맞은 뺨은 여전히 욱신거렸다. 동우가 한남대교로 빠져나와 신사 사거리의 신호에 섰을 때 옆에 한 대의 차가 스르르 섰다. 비상 깜박이를 켠 그 차에서 선글라스를 낀 남자가 내렸다. 그는 동우의 차 앞에 서서 씨익 웃었다. 길러서 뒤로 묶은 꽁지머리가 어깨선까지 내려와 있었고 검은 양복을 잘 맞춰 입어 탄탄하게 단련된 가슴과 늘씬한 하체가 참 멋진 남자. 보잉 선글라스를 끼고 있어 얼굴이 제대로 안 보였지만 선이 뚜렷할 거라고 동우는 생각했다. '저 롱다리로 발따귀를 날렸으니 제대로 아플 수밖에 없었겠구나.' 동우는 다리의 길이와 그 길이가 만드는 회전력, 그리고 회전력에 의해 생기는 파워를 생각하다가 번쩍 두 손을 들었다.

쾅!쾅!쾅!

남자가 손에 든 걸 휘둘러 차 앞 유리창을 연달아 내리쳤다. 그리고는 옆 창문을 톡톡톡 세 번 두드렸다. '이 사거리 신호는 정말 길어.' 동우가 마음이라도 안정시키기 위해 딴 생각을 하는 동안 창문이 안 열리자 남자가 야구 방망이를 다시 들어 올렸고 동우는 서둘러 창문을 열었다.

"아, 누구신가 했네요. 안녕하세요? 뭐든 세 번이시네요. 지난밤과 다르게.

하하.”

남자는 들어 올렸던 방망이를 내리고 머리를 창에 불쑥 집어넣어 짧게 말했다.

“두 번째다.”

그 말을 남기고 남자가 자신의 차에 올라탄 순간 진행신호가 들어왔다. 남자는 유턴을 해서 동우가 왔던 길로 사라졌다. ‘저건 전문가야…….’ 멍하게 핸들을 꼭 잡고 있던 동우는 뒤차의 빵빵거리는 소리에 좌회전해서 천사호로 돌아왔다.

“휴우~”

동우가 짧은 심호흡을 했다. 아니 사실은 너무 깊어서 소화되려던 머핀이 깜짝 놀라 튀어나올 듯한 한숨을 내쉬었다.

“그녀는 그의 아내인데……. 왜 자꾸 눈에 담으려고 하지? 왜 등을 보여주지 않으려 하지? 왜 약한 부분을 가리려고 애쓰지? 왜 잘난 척하려 들지? 왜 멋지게 웃으려고 애쓰지? 왜 춥지 않은 척하지? 왜 아프지 않은 척하지? 왜 배고프지 않은 척하지? 왜 지성이 있는 척하지? 왜 유머러스 한 척하지? 왜 자꾸 웃고 왜 자꾸 그 눈을 보고 왜 자꾸 그 손과 그 얼굴과 그 입은 옷과 그 말하는 입과 그 살짝 찡그리길 좋아하는 콧등을 보는 거지? 조동우 너는 지금 뭘 하고 있는 거지?”

휴우우우우…….

동우의 한숨이 다시 깊어졌다. 뭔가 잘 못 됐다고 생각했다. 그래서는 안 된다고 분명히 생각했다. 그럴 수도 없다고 생각했고 그럴 이유도 없다고 생각했다. 단지 그녀가 아름답기 때문에? 그녀가 나를 정말 좋아하고 있다고 믿고 싶어서?

휴우우우우…….

땅이 꺼질 것 같은 한숨이 사무실을 채웠고 동우의 고개는 점점 숙여졌다.

'콰당'

20분 전부터 울리고 있는 알람 소리보다 더 큰 소리로 동우가 나동그라졌다. 온몸을 뒤틀며 양팔을 방어자세로 들고 레프트 라이트를 먹일 때까지 동우를 잘 잡아주던 의자가 발차기에 들어가는 순간 중심을 잃고 쓰러진 것이다. 짜짜짜짝! 꿈에서 동우는 왕복 네 번 발따귀를 맞았다. 워커 2단의 자세로 좌우 막기를 시도하고 돌려차기까지 했는데 때리기는커녕 막지도 못하고 모조리 얻어맞았다. 잠에서 깬 동우가 꿈에서 맞은 그대로 엎어져 눈을 동그마니 뜨고 뒤룩뒤룩 굴리다가 얼굴을 만지며 투덜거렸다.

"군대 태권도? 개나 배워라."

화장실로 간 동우가 손이 시리게 찬물을 받아 얼굴을 문질렀다. 물방울이 맺힌 동우의 눈이 뺨을 본다. 발따귀가 지나간 그 뺨에 몇 개의 생채기가 늘어났다. 찬물 때문에 통증이 거의 안 느껴지나 보다. 동우가 가볍게 뺨을 툭툭 치고 갑자기 눈을 부릅떠 거울을 째려봤다. 좌우 막기로 양팔을 올렸다가 고개를 좌우로 젖히면서 라이트 레프트를 날리자 공기를 가르는 날카로운 소리가 쉿쉿 퍼졌다. 동우의 입이 만든 음향효과였다.

"오늘은……."

동우는 오늘은……. 이라는 말을 반복하다가 누군가 서 있는 걸 보고 고개를 들었다. 햇살 때문에 눈을 찡그리고 앞에 선 사람을 보던 동우, 표정이 활짝 펴지며 특유의 웃음을 날렸다.

"혼자서 무슨 말을 그렇게 중얼거려요. 오늘은, 오늘은, 오늘은~!"

"아, 혹시 오늘이 생일이신가 하고 생각했습니다. 하하."

동우가 급하게 얼버무렸다. 인혜가 빙그레 웃는다.

"오늘은 아니구요. 내일이에요."

"앗 정말이요?"

"네, 정말 추웠다고 엄마가 가끔 얘기하셨어요. 그렇게 추운 날 태어났으니 저에게 평생 따뜻하게 살 거라고."

순간 동우의 머리에 어떤 생각이 번뜩 스쳤다. 잘하면 기회를 만들 수 있을지도 모르겠다는.

"내일은 만나뵙기 어렵겠죠? 하하."

"왜요? 생일파티 같은 거요? 제가 그런 거 싫어해서 안 한 지 꽤 되는 걸요. 그냥 아침에 가족과 함께 미역국 먹고 끝내요. 저는 특별하지 않은 이 일상이 너무 좋아요."

일상이 새삼 소중하게 다가오는 동우다.

다음 날, 동우는 약속시간보다 조금 일찍 커피빈에 도착했다. 작은 종이백에서 손바닥만 한 케이크를 꺼내 테이블에 세팅하고 케이크에 딱 맞는 사이즈로 준비된 초를 꽂았다. 큰 게 4개, 작은 게 8개. 동우가 추정한 인혜의 나이였다. 결혼을 조금 일찍 했다 싶었고 인영이 대학을 졸업한 게 3년 전이라 했으니 지금 스물여섯쯤으로 보고 그 나이에 스물둘을 더해서 마흔 여덟로 계산을 한 것이다. 실제로는 그렇게 보이지도 않았다. 삼십 대 초중반 정도라고 해도 믿을 만큼 동안이었으니까.

"어? 뭐에요?"

초를 다 꽂고 잠시 기다리자 인혜가 왔다. 인혜는 케이크와 초와 동우의 얼굴을 오가며 바라보았다. 뭔지 모를 리가 없다. 그 물음에 어떤 기쁨의 색깔이 묻어났기에. 동우가 의자를 빼내 앉기 쉽게 해주고 자리로 돌아와 초에 불을 붙였다. 열두 개의 초에 모두 불이 붙자 동우의 입에서 아주 낮은 소리로 부르는 노래가 나왔다.

"생일 축하합니다. 생일 축하합니다. 사랑하는 인혜님. 생일 축하합니다."

동우는 '사랑하는' 이라는 말이 자연스럽게 튀어나오자 화들짝 놀랐다가 단지 가사일 뿐이라고 자위했다. 인혜가 초 두 개를 빼낸 촛불을 불어 껐다. 동우는 아주 작은 소리로 박수를 쳤다.

"두 개를 더 넣었군요. 죄송해요. 하하."

"네, 하하 진짜 오십이 다 되어가네."

"나이는 제가 더 든 거 같은데요. 뭐. 하하."

동우는 말실수를 했다고 느끼고 수습하려고 애썼다. 인혜는 말없이 그냥 웃기만 했다.

"하하. 음, 음……. 선물을 준비하려다가 잠시 미뤘어요. 이왕이면 원하는 걸 해 드리고 싶어서요. 하하하."

"선물이요? 와, 뭘 원할까. 이런 건 너무 어려운데."

인혜가 골똘한 표정으로 동우를 본다. 그 모습에 꽉 껴안을 뻔했다가 공연히 날파리를 쫓는 시늉을 했다. 뭘 원할까 생각의 날개를 마구 펼치던 동우를 인혜가 아! 하는 소리로 불렀다.

"생각나셨어요?"

"네, 꼭 해 보고 싶은 게 있어요."

"어떤 건가요?"

"정말 고등학교 이후로는 한 번도 못 해봤네요."

"뭔데요?"

"기차 타요."

"기차요? 어디 가시고 싶은 데라도 있나요?"

"아뇨, 그냥요. 아무 역에서나 우동 한 그릇 먹고 돌아와도 좋아요. 그게 오늘 원하는 선물이에요."

인혜가 기대 가득한 눈으로 동우를 재촉했다.

"고2 때 무작정 춘천 가는 기차를 타본 게 마지막 기차 여행이었어요."

"그래도 대학 때 MT 같은 델 가면 기차를 타고 가지 않았었나요? 대성리나 청평 같은 곳은 많이 기차로 갔었는데."

"저는 MT에 가본 적이 한 번도 없어요. 얼마나 재미있었을까. 기차 타고 가면서 그 얘길 해줄래요?"

역으로 걸어가는 동안 내내 인혜는 여행을 처음 하는 아이처럼 얼굴에서 흥분이 떠나지 않았다.

이촌역에서 노선도를 살펴본 동우는 중앙선을 타고 양수리에 다녀오면 어떨까 생각했다. 전철이라 옛날 통일호 느낌은 덜 하겠지만 시간이나 거리나 불안하지 않아서 좋았다. 인혜가 고개를 끄덕였다.

'MT 얘기라, 술 먹고 뻗은 기억밖에 안 나네. 무슨 일이 있었지? 첫 키스를 MT 간 날 했던가? 아냐 그럴 수가 없어. 공대 주제에 MT에서 키스? 웃기는군. 조동우!'

인혜가 기대에 들뜬 목소리로 이야기하는 동안 동우의 머리가 바쁘게 돌아갔다. 캠프파이어를 했었고 또 수건돌리기 같은 자잘한 것들도 했었다. 촛불 켜들고 하는 진실게임 같은 걸 했던가? 가물거리는 동우다.

'능내 강변. 2시간 후.'

동우가 전송되는 걸 확인하고 휴대폰을 닫았다. 인혜는 동우의 뒤에서 상기된 얼굴로 열차가 들어올 철길을 보고 있었다. 문자가 전송되는 동안 곁눈으로 인혜를 살핀 동우는 미안한 마음에 얼굴이 살짝 붉어졌다.

곧 열차가 도착하고 두 사람이 올라타 자리에 앉았다. 치익 소리와 함께 문이 닫힌 열차가 속도를 내기 시작했을 때 이촌동에서 두 대의 자동차가 동시에 경춘가도를 향해 출발했다.

인혜는 덜그럭거리는 기차의 바퀴 소리를 즐기기라도 하듯 눈을 감았다가 차창 밖으로 시선을 옮겼다. 동우의 눈에는 매양 똑같아서 조금만 보고 있으면 그렇게 지루할 수가 없는 창밖 풍경이 인혜에게는 참 새로웠던 모양이었다. 사람이 다니는 길로 다니는 자동차와 달리 사람이 못 다니는 길로 가는 기차는 어지간해서는 볼만한 풍경을 선물하지 않는다. 인혜는 아마도 창밖 풍경에 감탄하는 게 아니라 그 풍경을 바라보고 있는 자신을 감탄하고 있는지도 몰랐다.

'어떻게 키스를 하나. 옛날 첫 키스를 했던 곳이라고 둘러대고 두 번째 키스를 하고 싶다고 해볼까. 그냥 분위기 탁 잡고 그윽하게 바라보다가 다가갈까. 아니면 좋아한다고 고백을 하고 기회를 봐서 확 덮쳐?'

천인공노할 염두를 굴리면서 동우가 슬쩍 인혜를 보았다. 마침 동우를 돌아보던 인혜가 동우의 눈빛을 보며 고개를 갸웃했고 동우는 제풀에 놀라서 고개를 돌리다가 목을 삐었다. 우두둑 소리에 인혜가 걱정 어린 눈으로 보다가 동우가 말없이 웃자 다시 창밖으로 고개를 돌렸다. 동우는 서서히, 아주 천천히 고개를 반대쪽으로 돌려보려고 노력했다. 동우는 안 돌아가는 목을 한 손으로 부여잡고 속으로 '난리 났네. 난리 났어.'만 반복했다.

동우와 인혜가 탄 기차가 건널목을 빠른 속도로 지나갔다. 차단기가 서서히 올라가고 길이 열렸을 때 앞서거니 뒤서거니 하며 두 대의 자동차가 건널목을 지났다. 선로에 부딪혀 바퀴가 튀어 오르자 그 중 한 차에서 머리가 부딪치는 소리와 함께 새 된 비명이 들렸다.

"아얏!"

건널목을 지나 한참 앞으로 달려가는 기차에서 동우는 왠지 인영의 목소리를 들은 것 같은 착각이 들었다. 하지만 목이 조금씩 돌아가면서 느껴지는 눈물 뺄 만큼의 고통에 곧 그런 시시한 생각은 잊어버렸다. 이 목을 제대로 돌릴 수 있어야 일이 끝나는 거다.

"양수리가 왜 양수리인지 아세요?"

동우가 머쓱해진 분위기를 돌려세워 보려고 말을 걸었다. 한동안 목을 좀 풀어준 덕분에 목소리가 떨려 나오지는 않아서 다행이었다. 인혜는 동우의 질문에 눈을 반짝이며 되묻는다.

"왜 양수리에요?"

"양수리가 두 물이 만난다고 해서 양수리랍니다. 북한강과 남한강이 양수리에서 하나로 합쳐진다구요. 그래서 그 두 물이 합쳐지는 곳을 두물머리라고 부른답니다."

"아, 두물머리라니 참 아름다운 이름 같아요."

"그렇죠?. 하하."

동우가 과장되게 하하. 하다가 크헉 소리와 함께 목을 잡았다. 조금 풀어졌던 목이 다시 삐끗한 거였다. 동우를 가만히 보던 인혜가 손을 들어서 동우의 목을 눌러주기 시작했다. 그 손길에 숨 쉬는 일까지 잊어버린 듯 그대로 굳어버린 동우의 얼굴이 새빨개졌다. 오늘 완전히 스타일이 구겨졌지만 또 만나서 최초로 스킨십(…)이 이루어진 것이다. 인혜의 손길은 부드러우면서도 시원하게 동우의 엉킨 목 근육을 세밀하게 풀어주고 있었다. 5분 정도 목을 주무르던 인혜의 손이 떨어지자 왠지 모를 아쉬움에 동우의 입에서 한숨이 터져 나왔다. 아니 한숨인지 멈춰버렸던 숨인지는 정확하지 않지만.

동우와 인혜는 능내의 강변을 걷고 있었다. 새벽이었다면 이곳은 짙은 안개가 피어올라 한 치 앞도 안 보였을 것이다. 하지만 지금은 건너에 뭐가 있는지 다 보였다. MT 와서 모닥불을 켜놓고 밤을 새다 만난 안개 짙은 새벽. 그 새벽이 떠오른 동우의 눈이 아스라해졌다.

"느낌이 새로운가 봐요?"

"네? 아, 하하. 뭐."

오후의 햇살이 잔물결에 일렁이는 강을 잘게 잘게 썰어 내고 있었다. 동우의 눈에 문득 납작한 돌멩이가 보였다.

'촤촤촤촤촤촤촤촤촤아압~'

냅다 던진 돌멩이는 제비처럼 물탕을 튀기며 날아가다가 물속으로 잠겨들었다. 인혜는 동우의 물수제비뜨기를 보며 탄성을 날렸다. 그리고는 바로 납작한 돌을 집어 동우처럼 던졌다.

'퐁'

인혜의 물수제비는 한 탕으로 끝났다. 다시 인혜가 돌을 집어 들자 동우가 자세를 잡아주었다. 잠수함 투수처럼 폼을 잡고 인혜의 손에 들려있는 돌을 회전력을 가해 집어던졌다. 돌은 햇살이 부서지는 물 표면을 찰라찰라 튕기며 날아갔다. 인혜가 환호하며 동우에게 매달렸다.

"인혜님."

인혜가 기쁨이 담겼던 그 눈으로 동우를 바라보았다.

"사실은요. 제가 에스코트주식회사 조동웁니다. 따님의 의뢰를 받았구요. 의뢰대로 하려면, 그러니까요. 음, 근데 의뢰 때문이 아니라 실제 마음속에서요. 그러니까. 사. 사. 사……."

인혜가 동우의 다음 말을 기다리는 눈으로 동우의 입 근처를 바라보는 게 동우의 새카만 눈동자 가득 들어왔다. 동우가 그 눈을 보다가 자기도 모르게 인혜의 입술로 자신의 입술을 들이댔다.

"안 돼~!"

그 순간 벼락 같은 외침이 능내의 로맨틱한 침묵을 깼다.

그 순간 동우와 인혜의 얼굴이 동시에 소리가 들린 쪽으로 돌아가며 두 개의 입술이 짧게 닿았다가 떨어졌다.

'어? 해버렸다. 아니 되어버렸다. 이러면 끝난 건가?

동우가 급정거를 한 차에서 내려 달려오는 두 그룹의 사람을 보다가 인혜의 옆얼굴을 슬쩍 훔쳐봤다. 인혜는 동우의 입술이 자신에게 닿았는지도 모르는 사람처럼 걸어오는 사람을 보았다. 동우의 눈에도 인영인 듯한 모습이 보였고 어디서 많이 본 듯한 사람들이 걸어오는 것도 보였다.

"아빠, 이건 반칙이라구요."

인영이 다가오는 남자의 뒤쪽에 따라오는 남자에게 소리쳤다. 조금씩 가까워지는 두 사람을 보며 동우는 그 앞에 오는 남자와 뒤에 오는 남자가 누군지 알았다. 물론 그 확신엔 인영의 호칭이 결정적인 단서가 됐지만.

"인영 씨, 지금 이 상황은 뭔가요?"

다가온 인영에게 동우가 황당한 얼굴로 물었다.

"보시다시피 이런 시추에이션이죠. 뭐. 호호."

곧이어 두 남자도 도착했다. 동우의 손이 자기도 모르게 뺨으로 올라갔다. 한 남자는 발따귀였기에.

"아빠, 반칙이라니까요. 이번 일은 아빠가 망친 거예요."

"반칙이라니. 내가 소리쳤니? 이 친구가 소리쳤지."

인영의 아빠, 황자양은 노련하게 인영이 쳐둔 그물을 빠져나갔다, 역시 빠져나가는 실력만큼은 국보급이다.

"무슨 일이에요?"

인혜가 웃음을 물고 물었다.

"인영이에게 물어봐."

인혜의 눈이 발따귀에게 향했다.

"저는 그저 저 친구가 형수님을. 인영이에게……."

인혜의 시선이 향한 곳에는 이미 인영이 없다. 발따귀의 가장 강력한 무기인 오른발을 하이힐로 지그시 누르고 있었기에.

"끄으윽~"

발따귀의 속 깊은 신음 소리가 오슬오슬 소름이 돋게 했다.

"진구 오빠. 각오는 하고 소리친 거지?"

"인영아, 진구가 엄마에게 형수님이라고 부르는데 네가 오빠라고 부르면 촌수가 이상해진단다."

인영은 황자양의 농담을 가볍게 씹어주고 동우에게 돌아섰다.

"미션 실패! 맞죠?"

"어, 그러니까요. 미션 클리어했는데요."

발따귀 진구의 매서운 눈이 동우에게 향했다. 동우의 손이 자신도 모르게 가드를 올렸다.

"어? 언제요?"

"바로 그 안 돼!~라는 소리 때문에 저절로 그렇게 된 거거든요."

인영이 진구를 다시 한 번 째려봐준 후 인혜에게 물었다.

"엄마, 했어요?"

"뭘?"

"키스!"

"아, 키스! 입술과 입술이 닿는……. 그거 했어."

인혜가 곰곰이 생각하다가 긍정을 했다. 미션 클리어 판정이 내려졌다.

"에이, 너무 시시하잖아요. 두 분이 찐하게. 찐하게 다시 한 번 합시다. 응? 엄마~"

"흠. 인영아, 아빠는 투명인간으로 캐스팅된 거냐?"

"아빠랑 진구 오빠는 원래 관객이지 등장인물이 아니라구요. 관객이 스크린에 대고 삿대질은 할 수 있어도 그림 속으로는 못 들어가잖아요. 그쵸?"

황자양의 헛기침 소리가 멎지 않았다.

"동우씨 걱정 말아요. 이미 아빠와 난' 합의서까지 써놓고 왔으니까 이번 일로 어떤 피해도 없을 거예요. 예를 들면 편의점 옆 같은 곳에서도요."

그 말에 진구의 어깨가 움칠했다.

"아무래도 그건 무리네요, 하하. 그냥 여기서 끝내죠."

"그럼 의뢰비도,"

"네, 그 의뢰비. 그냥 받은 거로 하겠습니다. 하하."

인영이 의뢰비로 협박하려고 하자 동우가 대뜸 돈을 포기해버렸다. 자칫 목숨이 왔다 갔다 할 수 있는 상황에 그깟 몇백이 대순가. 사실은 대수다.

"뭐 아무튼 그렇다구요. 주시면 좋구요. 하하하."

동우가 살짝 한발 물러섰다. 그 찬스를 놓칠 인영이 아니다. 곧바로 인혜의 손을 잡아 동우의 손을 잡아준 뒤 황자양과 진구를 잡아끌고 길옆의 나무 뒤로 숨었다.

"자, 레디~"

"레디는 무슨. 동우씨. 여러 가지로 참 고마웠어요."

인혜가 인영의 독주를 막으며 앞으로 나섰다. 그 말에 제일 먼저 반응을 보인 사람은 물론 동우였고 황자양이 활짝 펴진 얼굴로 다가왔다.

"이리 와봐 인영. 어이, 어이 맏따님."

인혜가 인영을 불렀다. 심상찮은 낌새를 챘는지 인영은 딴청을 부리며 먼 산보기를 하고 있었다. 인혜가 황자양에게 물었다.

"도대체 무슨 일이에요?"

황자양이 머뭇거리고 대답을 못 하자 인혜가 진구 쪽을 바라봤지만 진구도 먼 산보기에 열중하고 있었다.

"내가 이 분과 사귀는지 감시하려고 따라온 거에요?"

황자양이 움찔했고 인영과 진구도 움찔하는 게 느껴졌다.

"어, 나는 당연히."

"당연히?"

"엄마, 아빠는 내가 알려서 왔어요."

인영이 쏙 끼어들었다. 그때까지 관찰자가 되어 상황을 살피던 동우는 정신이 번쩍 들었다.

"그럼 처음부터 목표가 그 키⋯⋯. 하여튼 미션 클리어의 순간을 아빠에게 보여주는 거였어요?"

"그 그건. 뭐 솔직히 난 정말 엄마가 그러길 바랐어요. 아빠는 이번 기회에 정신 좀 차리셔야 해."

"그러니까 아빠에게 엄마와 다른 남자의 밀회를 보여주고 결정적인 순간을 목격하게 하여 질투를 불러일으키면서 엄마에 대한 소중함을 느끼게 하겠다는 게 이번 황. 인. 영. 표. 해프닝의 목표?"

인혜가 정리를 했다. 마지막으로 살짝 올라간 톤에 인영이 움칠했다.

"음, 헷갈리네요. 아무튼 이번 의뢰는 저도 여기서 끝내겠습니다. 하하. 아무래도 좀 그렇군요."

"사실은,"

황자양의 입이 열렸다.

"나야 뭐 당신을 철썩 같이 믿으니까 인영이가 아무리 뭐라고 해도 소용이 없었지. 근데 진구가 두 사람이 만난다고 자꾸 보고를 해와서. 하하하."

"크음~"

그 웃음이 다 끝나기도 전에 신음으로 바뀌었다. 인혜가 지그시 밟아준 탓이다. 그 틈에 진구는 고수답게 다섯 걸음이나 뒤로 물러났다.

"그 대상이 저라는 것도 아셨습니까?"

"처음부터 안 건 아니야. 정말 오랜만이네. 잘 지냈어? 이야, 신수가 훤해졌잖아? 뭐 좋은 일이 있었나? 난 그때 말야 거길 나와서……."

분위기가 슬그머니 바뀐다. 역시 빠져나가는 데는 황자양만한 인물이 없다. 둘은 이런저런 이야기를 나누며 강가를 걸었다. 아니 황자양이 동우의 어깨에 손을 얹고 떠밀어 자연스럽게 모두로부터 멀어졌다는 게 맞다.

'찌지직 찌지지직 찌지직'

동우가 통장에 찍히는 금액을 확인했다. 3백만 원. 입금자 황인영. 어쨌든 미션은 끝났다. 지금도 동우는 자신이 경험했던 그 순간들이 긴가민가해서 기분이 묘했다. 사랑이었을까? 생각해보면 확실히 즐거웠고 가끔은 행복했고 때때로 안타까웠다. 이런 게 사랑을 표현하는 감정들일까. 아직까지 제대로 사랑을 해본 적이 없는 그에겐 그 순간들이 참 낯설면서도 좋은 느낌이었다. 꿈같은 몇 주였지만 어쩌면 동우의 삶에서 가장 긴 며칠이었고 또 가장 짧은 며칠이었을지도.

은행을 나온 동우에게 다가오는 남자가 있었다. 동우는 자기도 모르게 가드를 올렸다. 발따귀, 진구다.

"안녕하십니까? 오늘은 환한 대낮에 오셨네요. 하하."

"손댄 거 사과하려고 왔다. 뒤늦게 들었다. 미안하다."

"손이 아니라 발을 대셨, 아 아닙니다. 괜찮습니다. 하하."

진구가 손에 든 걸 내밀었다. 빨간 하트 모양의 박스다.

"이게?"

"사과의 의미다."

진구가 동우에게 하트 박스를 넘기고 돌아섰다. 멀어지는 진구를 보며 동우는 두 가지 감정이 교차했다. '병 주고 약 주냐?' 와 '완전 멋있네.' 하는 상반된 감정. 남자라면 누구나 저런 남자가 되고 싶지 않을까? 남을 팰 힘과 실력이 있기에 늘 당당하다. 하지만 굽힐 땐 또 굽힌다. 물론 팰 힘이 있기에 굽힘이 더 돋보이는 거다, 약한 놈 백 날 굽혀봤자 절대 폼 안 난다. 동우가 사라져버린 진구의 흔적을 좇으며 고개를 끄덕였다. 천사호로 돌아와 박스를 뜯으니 케이크다. 먹음직스러운 초콜릿 케이크 곁에는 카드도 들어있었다.

'동우씨, 고마웠어요.'

'에스코트 씨, 이 케익은 엄마가 직접 만든 거니까 남김 없이 먹어야 돼요. 알았죠?'

'자네, 더 이상 내 마누라에게 접근하면 안 돼!'

'미안했다.'

"하하~"

동우의 입에서 맥없는 웃음이 터졌다. 어쩌면 이렇게 생긴 것과 똑같을까. 인혜는 인혜다웠다. 인영은 여전히 천방지축이고 감옥 동기는 본심이 나왔다. 진구는 또 진구답다. 게다가 카드 하나에 이걸 한꺼번에 쓰고 싶었을까. 그들이 서로 눈치를 보며 카드를 쓰는 모습이 떠올라서 동우의 얼굴이 유쾌해졌다. 마무리가 어정쩡했지만 어쨌든 즐거우면 된 거다. 그런 거다.

episode 5 \ 캐치 미 이프 유 캔

오늘도 동우는 양많이 양많이를 외친 끝에 '남기면 뒈질 줄 알어' 하는 욕과 함께 보통의 두 배는 넘는 양의 비빔국수로 늦은 점심을 먹었다. 강남에 이런 곳이 있을까 싶은 그 허름한 집을 발견한 뒤로 별 일이 없다면 동우의 끼니는 이곳에서 해결되었다. 거리를 둘러본다. 사람들의 옷차림이 아주 가벼워졌다. 아직 한강에서 밀려오는 바람은 날카롭지만 그래도 3월이다. 어찌 보면 지겨웠던 겨울, 하지만 여러 가지로 의미가 많았던 겨울도 어느새 지나갔다. 동우의 옷차림이 계절에 맞게 바뀌었고 겨우내 동우와 함께 했던 '넬'의 코트는 세탁소에 맡겨졌다. 첫 번째 의뢰였고 첫 번째 수입이었기에 또 아직까지 끊어지지 않는 '넬'과의 감정 때문에 코트는 동우의 재산 목록 1호고 보물 1호다.

'RRRRRR, RRRRRR,'

천천히 거리를 걸으며 봄을 만끽하고 있는 동우의 휴대폰이 울렸다.

"안녕하십니까? 에스코트주식회사 조동웁니다."

동우의 목소리가 봄날 햇볕을 뒹구는 먼지처럼 통통 튄다.

"에스코트죠? 지금 의뢰가 가능할까요?"

약간은 허스키하게 들리는 낮은 목소리, 또 여자다. '넬' 과의 첫 번째 거래 이후 지금까지 고객들은 모두 여자였다. 아무튼, 동우가 반가운 목소리로 대답했다.

"네, 가능합니다. 하하."

"그럼, 오늘 저녁 여섯 시에 만날 수 있을까요?"

"네, 어디로 가면 될까요?"

"충무로 대한극장 앞에서 6시 정각에 만나요."

"네, 충무로 대한극장 앞으로 6시 정각까지 도착하겠습니다."

"흰 스카프를 두르고 있을게요. 금방 찾으실 수 있을 거예요."

"아, 흰 스카프. 알겠습니다. 하하."

"그럼."

지난 미션 이후 일주일 정도 휴식이 있었다. 쉬려던 게 아니라 의뢰가 없었기 때문이지만 몇 년 만의 사회생활에 지친 동우에게는 방전된 배터리를 충전시키는 시간이 되었다. 사무실의 의자에서 자다가 지겨워지면 근처의 여관에서 편하게 목욕도 하고 따뜻한 침대 속에서 포근한 잠도 자면서 텅 빈 시간을 만끽했다. 그리고 충전이 끝나자마자 바로 의뢰다. 조짐이 좋다.

차를 공영주차장에 넣어두고 대한극장으로 걸었다. 참 오랜만이다. 대학 때 인쇄소 알바를 하면서 인연이 있었던 동네다. 남들은 충무로 하면 영화를 먼저 떠올리지만 동우에게 충무로는 달랐다. 좁은 골목길은 늘 번잡했다. 라면 쟁반을 이고 뛰는 배달 아줌마들, 사진으로 찍은 글자들이 가득 담긴 하얀 인화지를 들고 제판집으로 뛰는 아가씨들. 눈 녹은 질퍽한 길에 하얀 종이가 가득 실린 짐자전거를 위태롭게 끌고 가는 노인네들. 길가 화덕에 삼치를 굽던 식당 아줌마들. 잠시 상념에 젖어 걷던 동우의 눈에 대한극장 간판이 보인다. 예전의 그 대한극장이 아니다. 멀티플렉스로 바뀐 최신식 영화관이다. 시간을 보니 5시 55분. 극장 앞엔 하얀 스카프가 안 보인다. 동우의 눈이 자연스럽게 영화를 선전하는 간판들로 향했다. 한꺼번에 십여 개의 영화가 돌아가는지 영화광고판들은 정신없이 사람들의 눈을 끌려고 기교를 부렸다. '간판 영감님은 잘 계실까.' 어설픈 그림이 아닌 실사로 프린트된 간판을 보며 간판쟁이 영감의 얼굴을 떠올리려고 가늘어지던 동우의 눈에 순간적으로 하얀 스카프가 보였다.

"앗, 이봐요. 위험해요."

동우가 막 바뀐 신호에 차들이 움직이기 시작한 차도로 뛰어들어 하얀 스카프 두른 여자를 잡아챘다. 여자를 안고 인도로 올라서자마자 경적과 욕설이 난무했다. 여자를 사이에 두고 수십 대의 오토바이들이 빠져나갔고 오토바이 때문에 시야가 가려진 차가 여자를 발견하지 못해 자칫 대형사고가 날 뻔한 순간이었다.

"왜 그런 곳에 서 있어요? 큰일 날 뻔했잖아요."

“지금 몇 시에요?”

동우에게 혼나던 여자가 느닷없이 시간을 물었다. 그 말에 여자를 놓아주고 시계를 보니 여섯 시다. 동우가 여자를 보자 여자가 자신의 하얀 스카프를 가리킨다.

“에스코트씨 맞죠?”

“아, 그럼 의뢰하신 분이세요?”

“네. 제가 그 사람이에요.”

“어쨌든 왜 그렇게 위험한 짓을 했어요?”

“과연 에스코트씨가 날 구해줄 수 있을지 궁금했거든요.”

“네? 무슨 말도 안 되는, 만약 내가 늦게 왔으면 어쩌려구요.”

“늦게 왔으면요? 그럼 내 소원대로 됐겠죠.”

“소. 원. 이라니요?”

“저는 죽는 게 소원이에요. 에스코트씨는 제가 죽는 걸 막아줘야 해요. 그게 저의 의뢰입니다.”

동우가 멍한 얼굴로 그녀를 바라보았다. 죽는 걸 막아 달라, 자살을 막아 달란 얘긴가?

“지금부터 저를 지켜주셔야 하는데 조건이 있어요.”

“네, 말씀하시죠.”

“24시간.”

“네?”

“그리고 장소 불문, 제가 소원을 이루게 되면 의뢰는 자동적으로 끝나게 되죠. 돈을 낼 사람이 없을 테니까요.”

동우는 지금 막 정신 없이 구해놓은 하얀 스카프가 내놓는 정신 없는 말을 듣고 있자니 더 정신이 없어지는 거 같아서 정리에 들어갔다.

“그러니까 의뢰는 소원을 이루지 못하도록 하는 게 미션이고 그러기 위해서는 24시간 장소불문 에스코트 해드려야 한다는 거죠?”

“의뢰비는 얼마죠?”

예스 노도 듣지 않고 대뜸 가격 협상이다. 24시간. 장소불문이고 그렇다면 말 그대로 5초대기조 아닌가. 얼마를 달래야 하지? 비용을 고민하고 있는 동우의 얼굴이 곤혹스럽다. 24시간. 장소불문. 조금만 생각해봐도 골 아프다.

“일단 24시간 밀착 에스코트니까 하루 당 얼마로 계산하는 게 맞겠습니다. 제가 의뢰비로 받는 금액을 하루로 나눠봤더니 1시간에 약 2만 원 정도 되는 것 같네요. 그 금액에 24를 곱하면 48만원입니다. 특정 장소의 출입 경비는 별도 정산입니다.”

잘 된 계산일까. 겪어봐야 안다.

“좋아요. 하루 48만 원. 기타 경비는 별도.”

하얀 스카프는 동우를 근처의 PC방으로 데리고 갔다. 하얀 스카프의 발걸음이 자연스럽게 차도 쪽으로 향하자 동우는 슬그머니 차도 쪽을 가로막으며 엉거주춤 걸었다. 또다시 슈퍼맨이 되고 싶은 생각은 없다. PC방은 2층이었다. 계단을 오르는 동안 동우는 그녀의 뒤에서 걸어 올라갔다. 짧은 미니스커트를 입은 하얀 스카프 뒤를 쫓아 올라가는 일이 민망했음에도 동우는 세 걸음 네 걸음마다 계단을 헛디디려는 하얀 스카프를 받치느라 감상할 틈이 없었다. 동우의 고행은 그렇게 시작되고 있었다.

"시작된 건가요?"

PC방에 들어오자 동우가 헉헉거리며 하얀 스카프에게 물었다.

"아뇨. 계약서 써야죠?"

"아?, 아!, 네! 하하."

하얀 스카프는 워드 프로그램을 열어 조건과 금액을 일목요연하게 정리한 뒤 프린트 했다.

"자, 사인하세요."

동우가 먼저 사인하고 이어 하얀 스카프가 사인했다. 서금주. 하얀 스카프의 이름은 서금주였나 보다.

"새삼 인사드리겠습니다. 저는 조동우라고 합니다."

"네, 잘 부탁드려요. 저는 서금주예요."

"네, 서금주 씨. 이용해주셔서 감사합니다. 하하"

서금주는 동우가 사인한 서류 2장 중 하나를 접어 자신의 백에 넣었다. 나머지 한 장은 동우의 안주머니에 들어갔다.

"저는 이제 식사를 하러 갈 거예요."

"네?"

"약속이 있어요."

"아, 네."

서금주가 계단으로 나설 때 동우가 부리나케 서금주의 앞에 섰다. 그리고 양팔을 벌려 계단 전체를 커버하듯이 막아서며 천천히 내려온다. 계단 한 층 내려오는 동안 동우의 등에 서금주가 세 번 부딪친 건 우연이 아니었다.

택시를 잡으려고 차도로 나서는 서금주를 동우가 막아섰다. 자연스럽게 동우의 포지션은 차선을 반쯤 막아선 모양새가 되고 지나는 차들이 그런 동우에게 경적을 쏟아냈다. 어쨌든 여자에 대한 배려로 자신이 먼저 택시를 탔던 동우다. 그러나 서금주가 택시 문 여는 고리를 잡는 걸 보고 억지로 자리를 옮겨 자신이 열리는 문쪽에 앉았다. 택시 기사가 이상한 눈으로 룸미러를 보았다. 그 눈을 무시하고 동우가 서금주의 옆모습을 훔쳐보았다. 예쁜 건 아니지만 꽤 귀여운 얼굴이다. 무슨 이유로 그런 말도 안 되는 소원을 갖게 되었을까. 막 리포트의 첫 줄을 쓰려고 했을 때 택시가 하얏트 호텔에 도착했다. 서금주가 택시 요금을 내고 내리는 동안 동우는 주변을 살폈다. 혹시 내리는 사이에 무슨 일이 있을지도 모르니까. 동우가 서금주를 감싸 안듯이 하며 로비로 들어서자 사람들이 호기심으로 쳐다보았다. 연예인인가? 싶을 만큼 밀착경호를 벌이는 동우의 액션이 조금은 오버스러웠던가 보다. 하지만 어쩔 수 없다. 동우는 이제야 눈치를 챘다. 서금주. 그녀는 언제 무슨 짓을 할지 모른다.

동우는 서금주가 앉아있는 테이블이 마주 보이는 곳에 앉아 두 남녀를 지켜보고 있었다. 두 사람의 분위기는 마치 헤어진 연인들이 마주 앉은 것처럼 무겁고 어두운 느낌이었다. 아무렴 어떤가. 무슨 이유로 만났든 사고만 안 치면 된다. 동우의 눈이 서금주의 일거수일투족을 따라 예민하게 움직였다.

"당신 때문이야? 아냐, 도. 라. 가. 기. 시러! 아닌가? 당시에 우이야? 이게 뭐야. 당신이 울렸어? 아, 대체 뭔 소리야."

동우가 서금주의 입 모양을 읽어보려고 흉내를 냈다. 독순술은 군대 있을 때 잠깐 배우긴 했는데 그것만으로는 어렵다. 종업원이 서빙용 카트를 밀고 그쪽으로 가는 걸 보던 동우가 미소 지었다. '스테이크를 시켰나. 그러고 보니 배고프네. 어휴 또 굶나.' 라고 생각하던 동우의 머릿속에 한 단어가 위태롭게 걸렸다. '썰어? 뭐로?' 동우가 서빙 카트를 따라잡아 왼쪽에 올려진 나이프를 째려보았다. 이런 곳에선 기본으로 여자에게 먼저 서빙을 한다. 그렇다면 종업원의 포지션 상 왼쪽이 서금주, 오른쪽이 남자다. 동우는 휴대폰을 꺼내 서금주에게 문자를 날렸다. '식사만 하실 거죠?' 서금주는 자신의 휴대폰을 힐끗 보더니 다시 남자를 보았다. 씹혔다. 하긴 앞에 사람을 두고 어떻게 문자를 보내겠는가. 두 사람은 작은 소리로 대화를 나눴다. 그리고 와인 잔을 들어 한 모금 마시고 스테이크를 작은 조각으로 잘라 입에 넣었다. 그 사이 동우는 꼬르륵거리는 배를 부여잡고 커피만 세 번째 리필해 물배를 채우고 있었다. 좋은 호텔답게 종업원이 동우가 눈치채지 못하게 슬쩍 째려보고 지나갔다.

커피를 물 마시듯 하던 동우의 표정이 허탈하게 무너졌다. 두 사람은 작은 소리로 대화를 나누며 식사를 마쳤고 이어 나온 후식과 커피를 마신 후 자리에서 일어났다. 남자가 서금주에게 다시 한 번 더 뭐라고 말하고 먼저 일어나 계산 하고 나갔다. 서금주는 잠시 후 일어나서 화장실 쪽으로 갔다. 동우가 그런 서금주의 뒤에서 바짝 붙어 입술을 움직였지만 목소리가 되어 나오지는 않았다. 서금주가 여자화장실로 들어가고 동우는 멈칫거리다가 입구에서 멈췄다. 동우가 여자화장실 입구에 서 있자 드나드는 여자들의 눈이 한 번씩 동우의 위아래를 훑고 지나갔다. 머쓱해진 동우가 남자화장실 쪽으로 한 걸음 움직인 순간,

"꺄아아아아아아악~"

비명소리가 대리석으로 마감된 복도를 찢으며 울려 퍼졌다. 정신이 번뜩 든 동우가 여자화장실로 뛰어들어갔다. 한 여자가 자신의 구두 끝에 묻은 붉은 액체를 보며 정신없이 소리를 질러대고 있었고 그 여자의 구두 끝에서 거꾸로 따라 올라간 곳에 닫힌 문이 보였다. 피는 거기서부터 흘러나오고 있었다. 화장실 칸막이를 넘어 안으로 뛰어내리자 서금주가 왼손 손목에서 피를 흘리며 변기에 널브러져 있는 게 보였다. 급하게 지혈할 만한 걸 찾던 동우가 넥타이를 풀어 서금주의 왼손을 칭칭 감아 잡고 다른 손으로 휴대폰을 열어 119를 불렀다. 그 넥타이, 소희가 선물했을지도 모르는 그 넥타이였다. 서금주의 오른손 아래 바닥엔 아까부터 동우가 째려보던 나이프가 떨어져 있었다.

"괜찮을 겁니다."

의사의 말에 동우는 살짝 긴장이 풀렸다. 상처는 생각보다 깊지 않았다. 그 작은 상처에도 피는 제법 흘렀다. 서금주는 잠에 빠져 있었다. 침대 옆 의자에 앉아 동우는 서금주를 물끄러미 보다가 습관처럼 넥타이를 느슨하게 하려고 손을 올렸다.

"어? 넥타이!"

병실을 뛰어나가려던 동우가 다시 서금주를 돌아본다. 아직 깨어나지 않았다. 하지만 안심이 안 된다. 문에서 반쯤 몸을 내밀고 두리번거리니 지나가는 간호사가 보였다. 동우가 간호사를 불러 서금주를 봐달라고 부탁했다.

"이 분이 언제 사고 칠지 모르니까요. 주의 부탁드려요."

간호사가 서금주의 차트를 보더니 고개를 끄덕였다. 동우는 간호사를 믿고 응급실로 갔다. 응급실 담당 간호사에게 넥타이를 물어보니 폐기물 버리는 통을 가리킨다. 뚜껑을 열어 넥타이를 찾았다. 넥타이는 염색된 것처럼 빨갛게 물들어있었다. '피묻은 걸 어떻게 빼더라.' 피묻은 넥타이를 들고 오는 동우를 경계하는 눈으로 바라보는 환자와 방문객들 사이로 동우가 고개를 숙이고 병실로 돌아왔다. 봐주겠다던 간호사는 자리에 없었지만 다행히 서금주는 아직 깨어나지 않았다. 동우의 얼굴에서 특유의 여유로움, 낙천적 상징의 웃음, 이런 것들이 사라졌다. 두 번째 슈퍼맨 역할을 하고 나니 온몸의 진이 다 빠진 것처럼 피곤했다. 쉬고 싶은 마음이 간절했지만 쉴 수도 없었다. 돈이 문제가 아니라 한 사람의 생명이 달린 일이니 그만두자고 할 수도 없었다. 게다가 호텔에서 기다리며 흘깃 살펴본 계약서에는 계약을 포기할 시 5배의 위약금을 물어낸다고 적혀 있었다. 도대체 언제 그런 항목이 들어간 건지 동우는 모른다. 처음부터 있던 항목이다. 생명도 생명이지만 돈 문제가 아주 아닌 것만도 아닌 듯 하다.

"앗!"

깜빡 잠들었던 동우가 화들짝 깼다. 서금주는 다행스럽게 아직 깨어나지 않았다. 였으면 참 좋겠지만 이미 깨어나서 멍하게 맞은 편 창문을 보고 있었다. 머리를 두세 번 흔든 동우가 서금주를 살폈다. 엎드린 모습을 보니 아마도 서금주의 허벅지를 베고 잠을 잔 것 같았다. 허벅지 근처의 시트에 침 자국이 보였다. 손을 들어 시트를 스윽 문지르고 입을 열었다.

"뭐 먹을 만한 것 좀 줄까요?"라고 말은 했지만 사실 동우는 그런 걸 사러 나갈 수 있을 거란 생각은 할 수도 없었다.

"아니요. 됐어요."

속으로 안도의 한숨을 내쉬는 동우의 귀에 꼬르륵 소리가 들렸다. 자신의 배에서 나는 소리다. 배를 가만히 눌러 진정시키고 새삼 병실을 둘러보았다. 병실은 5층에 있었고 창에는 보호 창살이 있었다. 창문 쪽은 안심. 일단은 서금주의 팔뚝에 꽂혀있는 링거 주삿바늘과 호스가 요주의 1호. 저 링거가 다 들어갈 때까지는 꼼짝없이 얼음땡일 판이다. 그밖에는 특별히 주의할 만한 물건은 안 보인다. 주린 배를 달래며 동우가 입을 열었다.

"저, 저기요. 뭐 좀 물어봐도 될까요?"

웃을 기분이 아닌 동우가 하하. 마음속으로만 웃고 서금주를 보았다.

"네."

"아까요. 그 자리. 그런 자리 앞으로도 많을까요?"

"글쎄요."

"혹시 헤어진 애인?"

"……."

"그럼 누군가요? 알려주기 어려우신가요?"

"······."

"계약서에는 일정을 반드시 통보한다는 조항이 없더군요. 그 조항을 추가하는 거 괜찮으세요? 미리 알려주지 않은 일정으로 인한 사고는 책임지지 않는 걸 추가하는 거죠."

"······."

서금주는 아무런 대답도 안 했다. 긍정인지 부정인지 동우가 서금주를 살피며 대답을 찾으려고 했지만 서금주는 무표정한 눈으로 창문만 바라보고 있었다. 동우가 기다리다 제풀에 지쳐 다시 입을 열려고 할 때 문득 서금주의 입술이 열렸다. 무척이나 힘이 없어 보인다. 저 정도면 꼼짝할 힘도 없어 보이니 별일 없을 거 같다. '밥 먹고 와도 될까······.' 라고 말하려고 할 때 서금주가 말을 시작한 것이다.

"계약서 내용은 바꿀 수 없어요."

서금주가 동우를 보는 눈이 '너 바보냐?' 하는 것 같았다.

"어디 가십니까?"

"편의점에 가요."

"뭐가 필요하세요. 제가 사오지요."

"네?"

"제.가 사. 다. 드릴게요!"

"그래요. 생리대 날개형, 밤에 쓰는 종류로 부탁해요."

"네?"

"생. 리. 대. 요!"

"아!"

잠시 멈칫했다가 바로 간호사를 불러 자리를 지켜달라고 하고 나갔다. 간호사가 차트를 확인하더니 고개를 끄덕였다. 동우는 간호사들이 보는 그 차트에 대체 뭐라고 적혀있는지 궁금했다. 자리를 지켜달라는 동우의 말에 처음엔 시큰둥하던 간호사들은 차트만 보면 수긍하는 모습으로 바뀌기 때문이다. '자해?' '자살기도?' 뭐 대충 그런 말이 아닐까. 편의점에 내려온 동우가 우선 알바생이 남잔지 여잔지를 살폈다. 동우의 표정이 일그러진다. 예쁘장한 여자가 카운터에 있었다.

"흠, 흠,"

헛기침으로 맘을 가다듬은 동우가 생리대를 찾아 편의점을 훑어보다가 한쪽에 진열된 걸 찾아냈다. 그 앞엔 또 다른 여자가 물건을 살펴보고 있다. 동우가 그 뒤쪽에 서서 먼눈으로 생리대를 살폈다. '날. 개. 형이라고 했지?'라고 떠올리며 보니 이것도 날개, 저것도 날개. 다 날개가 달렸다는 그림이 붙어있다. 밤에 쓰는 게 뭘까. 한참 고심하다가 대충 비슷하겠지 싶었던 동우는 대충 날개 하나를 집어 카운터로 갔다. 그런 동우를 생리대 진열대 앞에 서 있던 여자의 눈이 레이더처럼 따라갔다. 등이 뜨끔했지만 뭐 어쩌겠는가. 카운터에 생리대를 올려놓고 계산을 했다. 알바생이 아무 표정 없이 계산 해준다. 다행이다. 아니 더 해서 까만 비닐봉투를 꺼내 안에 담아주었다. 가볍게 목례를 한 동우가 병실로 돌아왔다.

"이거 아닌데요."

간호사가 아직 있음에도 불구하고 생리대를 내놨지만 서금주는 다른 걸 요구했다.

"그, 그러니까 왜 그게 있잖습니까? 뭐 브랜드라든지 아니면 뭐든. 정보를 좀 주세요."

"그냥 아무거나 상관없어요."

"아니 그러니까. 그게."

"……."

다시 편의점으로 돌아갔다. 알바생이 눈치를 챘는지 비닐봉지를 받아들었다. 이번엔 동우가 용기를 내서 물었다.

"저, 그거요. 긴 밤 종류가 어떤 건지 좀 골라주시면 안 될까요?"

"잠시만요."

생긋 웃는 얼굴이 천사 같다고 동우가 생각하는 동안 그녀가 생리대 하나를 골라 바코드를 찍고 비닐에 담았다. 동우가 꾸벅 인사를 한 후 편의점을 막 나왔을 때 전화가 울렸다.

"안녕하십니까? 에스코트주식회사 조동웁니다."

"동우씨?"

"아, 어떻게 지내셨어요?"

"저야 뭐 늘 그렇죠. 지금 뭐 하세요?"

"저요? 네 지금 생, 생일 파티 준비를 하는 중입니다. 하하."

"그러시군요. 바쁘신가봐요. 부탁 좀 드리려고 했는데."

"지금 진행 중인 게 있어서요. 급하신가요?"

"아, 아뇨. 급할 건 없구요. 끝나면 전화 부탁할게요."

"네 연락드릴게요. 하하."

전화가 끊겼다. 동우의 얼굴에 미소가 떠오른다. 역시 '넬' 님이다. 이해심도 많고 참 좋단 말야. 하하. 병실로 가는 동우의 얼굴에서 미소가 사악 걷힌다. 서금주의 병실 쪽이 왠지 뭔가 부산스러워 보였던 거다. 재빨리 병실로 달려 들어간 동우의 눈에 산소마스크를 쓴 서금주의 모습이 보인다. 동우가 서금주를 부탁했던 간호사를 찾았다. 그 간호사는 안 보이고 다른 사람이 서 있었다.

"저, 무슨 일인가요?"

"네, 이 분이 시트를 목에 감고 침대에서 굴렀어요."

시트를 보니 한쪽은 침대의 난간에 묶여있다. 이 여자 정말 접시 물에 코 박을 여자다. 잠시만 한눈을 팔아도 사건이 생기는 거다.

"제가 어떤 간호사분께 부탁드리고 갔는데요."

"응급상황이 생겨서 간호사들이 모두 모였었어요. 그 틈에 시도한 것 같구요. 그 간호사가 저에게 좀 가봐 달라고 부탁을 해서 와보니 보시다시피……."

"지금 어떤 상탠가요?"

"호흡기 달았으니 괜찮을 거예요."

"고맙습니다."

동우는 레지던트인지 인턴인지 가운을 입은 여자에게 인사를 하고 답답한 눈으로 서금주를 보았다. 그리고는 어딘가로 전화를 했다.

"이 분은 누구죠?"

서금주가 동우 옆에 서 있는 여자를 가리켰다. 동우가 웃음으로 그녀를 소개했다. 동우 옆에는 늘씬한 몸에 긴 생머리를 자끈동 묶고 티셔츠에 청바지가 참 잘 어울려 보이는 여자가 서 있었다.

"하하. 이분은 서금주 씨를 앞으로 '밀착' 에스코트해 줄 분입니다."

동우가 그녀를 바라보자 그녀가 깍듯하게 인사를 했다.

"안녕하세요. 오해정입니다. 앞으로 불편함 없이 모시겠습니다."

"아, 네. 어쨌든 반가워요."

서금주는 동우를 흘깃 쳐다봤지만 말을 하진 않았다. 계약서 내용에 다른 사람을 고용해서는 안 된다는 조항은 없었으니까.

"일단 퇴원이나 하죠."

"퇴원이요? 담당 의사가 며칠 더 애기하던데요."

"괜찮아요. 이 정도는."

서금주가 옷을 갈아입으려고 하자 동우가 오해정에게 눈짓을 보내고 병실 밖으로 나왔다. 밖에 나온 동우의 얼굴에 웃음이 떠나지 않는다. '정말 잘 구했다. 각종 무술이 도합 11단이라니. 저 말썽꾼도 이제 완전 잡힌 거야.' 비록 비용이 좀 나가긴 하겠지만 아까운 마음이 전혀 들지 않았다. 서금주 때문에 돌기 일보 직전까지 간 생리대 사건 날을 생각하면 정말 속이 다 후련했다.

동우가 상상의 날개를 펼치는 동안 옷을 갈아입은 서금주가 오해정과 함께 나왔다. 딴 건 몰라도 싸움이나 그 밖의 경호에 관련된 노하우는 오해정이 고수다. 서금주를 오해정과 함께 양쪽에서 싸고 걷다 보니 정말 보디가드가 된 기분이었다. 양복도 검정으로 하나 할까 생각하던 동우가 양복이란 말에 '넬' 님의 전화가 떠올랐다. 오해정에게 몇 시간 정도 단독 임무 수행을 부탁한 동우가 휴대폰을 열어 '넬'에게 전화를 걸었다.

"여보세요? 동웁니다. 지금 시간이 좀 났는데 가서 뵐까요?"

주차장에서 꽤 많은 주차료를 내고 차를 찾은 동우가 이 주차비를 청구할 수 있을까 셈을 하며 한남동으로 이동했다.

"2층이요."

"2층이라니요? 그런 데는 없습니다."

"아, 그러니까 엘리베이터가 지하에서 올라가잖아요? 그때 세 번째 엘리베이터를 타거든요."

경비원이 동우의 얼굴을 위아래로 훑어보고 인터폰을 눌러 확인을 했다. '네, 알겠습니다.' 라고 대답한 경비원이 차단 바를 올렸다.

"들어가 보세요."

평소 고맙습니다. 했을 동우가 이번엔 빼먹었다. 맘이 상했나 보다.

"무슨 사람을 무조건 도둑놈 취급해."

그게 기분이 나빴던 거다. 이곳에 오는 사람은 입주자가 아니라면 무조건 도둑놈 취급 되는 그 기분. 주차장에 차를 대고 엘리베이터로 가서 벨을 누르자 잠시 후 작동음이 들리며 엘리베이터가 내려왔다.

"안녕하세요? 정말 오랜만이네요."

지난번에 그렇게 애를 먹였던 커피머신에서 커피를 뽑아준 '넬' 이 자신의 잔을 들고 창가로 갔다. 동우가 뒤를 따라간다. 창가의 의자에 두 사람이 앉았다.

"어? 넬은요?"

"잃어버렸어요."

"네?"

동우의 얼굴이 희한하게 구겨졌다. 갈피를 잡는 중이다. 변하는 동우의 표정을 그대로 보며 '넬' 이 말을 이었다.

"실은 날치기 당했어요. 넬과 함께요."

"날치기요?"

"검은색 오토바이였어요. 차에서 내리는 순간을 노렸나 봐요."

"어디였죠?"

"청담동 엠넷 사거리였어요."

"넬 외에 다른 물건은요?"

"사실은 넬도 넬이지만 그 백엔 중요한 서류가 있었어요."

"중요하다면?"

"말 그대로죠. 한유그룹 주식 7%에요."

"아, 그러니까 그게 어떤 의미일까요?"

동우가 헷갈리는 표정으로 멀뚱멀뚱 '넬' 을 보았다.

"그 정도면 그룹을 소유할 수도 있을 거에요. 큰아버지가 15%, 작은아버지가 13% 거의 균등하게 세력을 유지하고 있는데 그 어느 쪽이라도 7%가

더해진다면……."

"지금 대세는 누군가요?"

"경영권은 명목상 가장 많은 지분을 소유한 큰 아버지예요. 자신의 지분 외에도 다른 주주들의 우호지분까지 끌어안아서 19%의 지분을 소유하고 있으니까요. 작은아버지는 17% 정도지요. 두 분은 지금도 당신들의 영향력은 높이고 상대방은 깎아내리려고 애쓰고 있어요."

"아 그럼 그 7%가!"

"네. 그보다 많았는데 유산 받고 세금 내느라 그렇게 줄었죠."

"유산이요?"

"부모님은 몇 년 전에 세상을 떠나셨으니까요."

"아, 죄송합니다. 제가 그만."

"아니에요. 이미 오래 전 일이라……."

"그러면 그 날치기가 혹시?"

"네. 그들 중 누군가 시킨 걸지도 몰라요."

"그 왜, 그런 거엔 소유권 같은 게 없나요? 이름이 쓰여 있다든지."

"무기명이에요. 누구든 갖는 사람이 임자죠."

"그런 게 가능한가요?"

"회사 정관에 규정하면 가능하다더군요. 저도 이번 일 때문에 좀 물어봤어요. 그 두 분의 주식은 이미 기명주식으로 전환 되어 있다고 하더라구요. 제가 가진 건 그동안 크게 관심을 두지 않아서 내버려두고 있다가 이번에 전환하려고 하던 중에 그렇게 됐어요. 마치 노리기라도 한 것처럼."

"하지만 분실이 입증되면 그걸 주운 사람이 맘대로 못 하지 않나요. 점유이탈물 횡령이던가? 신고는 하셨어요?"

"아직 생각 중이에요. 만약 집안일이라면······."

'넬'의 얼굴에 살짝 그늘이 감돌았다. 동우의 가슴을 아프게 했던 그 그늘. 동우는 더 이상 파고들지 못하고 묵묵히 커피를 마셨다.

"그런데 왜 갑자기 기명으로 전환하려고 하셨던가요?"

동우가 끝내 궁금함을 못 참고 다시 말을 꺼냈다.

"곧, 총회가 있어요. 변호사가 그때를 대비해서 기명 전환을 권하더군요."

"아."

동우는 들으면서도 뭔 소린지 도무지 헷갈렸다. 그쪽으로야 백지나 마찬가지다. 서민이라면 누구나 그렇듯 동우에게도 부자들의 권력, 암투, 세력다툼 같은 건 다른 세상 얘기다.

"아무튼 지금 중요한 건 그것들을 찾는 일이겠네요? 물론 넬도 함께요."

"아니에요. 어제오늘 곰곰이 생각해봤는데 그걸 찾는 건 그다지 중요하지 않을 수 있어요. 세금을 냈으니 제 소유라는 기록은 있을 테고 분실 신고하면 그만일 수 있으니까요. 어쨌든 맘먹고 움직이면 그 정도 규모를 쉽게 좌지우지하지는 못할 테니까 그보다는 우리 넬을 좀 찾아주세요."

휴~ 동우는 자신도 모르게 한숨을 내쉬었다. 제대로 알지도 못하는 일에 뛰어들기엔 부담이 너무 컸던 탓이다. 하지만 넬을 찾는 일이야 발로 뛰면 되겠다 싶어 절로 안도의 숨이 나왔다. '휴우, 며칠 날밤 새우며 공부할 뻔했네.' 그런 동우를 보며 '넬'이 살짝 웃었다.

"동우 씨에게 무리한 부탁 하고 싶지 않아요. 부탁하면 어떡하든 해결이야 해주겠지만 그건 다른 사람에게 맡길게요."

"하하. 그렇게 믿어주신다니 저로서는 고맙네요."

하하. 거리는 동우의 얼굴이 살짝 민망하게 느껴졌다.

"아무튼 저는 청담동으로 가볼게요. 그쪽엔 CC-TV도 많으니까 단서가 될 만한 게 나올지도 모르겠네요. 그리고 혹시 신고하실 거라면 저에게도 좀 알려주세요. 그렇게 되면 제가 물어보고 다니는 데도 많은 도움이 될 것 같아요."

"네, 그렇게 할게요. 우리 넬 부탁드려요."

"네. 그럼 가보겠습니다."

동우가 돌아서 나오려다가 문득 몸을 돌려 '넬'을 보았다. 그리고 뭔가를 물으려는 듯 입술을 오물거리자 '넬'이 의아한 표정으로 물었다.

"그, 아, 아닙니다. 하하. 그럼."

동우가 뒤돌아서고 엘리베이터 문이 닫혔다.

"불쌍한 우리 넬."

동우의 독백이 막 올라가는 차단기 위를 타고 허공으로 스러진다. 그 넬이 넬인지 '넬'인지는 동우만이 알 것이었다.

동우가 막 한남대교를 넘었을 때 '넬'로부터 문자메시지가 도착했다.

'동우씨, 저쪽일 듯한 메일이 왔어요. 한 번 봐주셨음 좋겠는데요. 이메일 주소가 어떻게 되나요?

좌회전하자마자 차를 세운 동우가 메일 주소를 문자로 보냈다.

'제 메일은요. uooo.dong@gmail.com 입니다.'

'아, 우동. 제 메일은 nell@······.'

근처의 PC방을 찾았다. 필요할까 싶어 만들어둔 메일이 이제야 빛을 발하게 되었다.

"어? 이게 뭐야?"

동우가 '넬'이 전달한 메일을 열자 대뜸 새장에 갇힌 고양이 한 마리가 보이고 그 밑엔 신장 2억에 팝니다. 라는 내용이 보였다.

"뭐야? 넬의 신장으로 돈을 요구하는 건가? 무슨 놈의 고양이 신장으로 협박을······."

동우가 그 아래쪽으로 스크롤을 하자 본문이 올라온다.

'당신이 오래전부터 신장을 구하는 걸 알게 되었음. 기증 순위를 기다린다면 늦을 것. 나는 어렵게 당신이 다니는 병원에서 당신의 신장에 필요한 조건이 나와 일치한다는 걸 확인하였음. 나는 돈이 필요하고 당신은 신장이 필요하니 내 신장을 팔고자 함. 고양이는 의도와 상관없이 따라온 것임. 거래가 끝나면 보내줄 것임. 거래가 이루어지지 않더라도 고양이는 보내겠음. 추신: 가방에 있던 서류는 내겐 휴지조각이므로 이미 등기로 발송했음. 수신 확인 후 앞으로 3시간 이내에 답장을 원함. 그렇지 않을 경우 당신에겐 더 이상의 기회가 없을 것임.'

"신장의 조건? '넬' 님에게 신장이 필요하단 거야?"

동우가 '넬'의 휴대폰 번호를 눌렀다. 전화는 연결음이 울리다가 음성

사서함으로 넘어갔다. 메시지를 남기자니 잘 알지도 못 하는 이야기를 두고 막상 뭐라고 남길지 난감하다. 몇 번이고 더 눌러보다가 안 되자 휴대폰을 덮은 동우가 미간을 찌푸리며 고민했다.

"아, 정말 골치 아프네."

PC방에서 뭉개면서 시간을 보낸 동우가 다시 '넬'에게 전화를 했지만 통화는 불가능했다. 이미 기한으로 정했던 3시간에는 20분 정도밖에 안 남았다. 그 시간이 거의 다 되도록 통화를 시도하다가 실패한 동우가 입술을 깨물었다. 남은 시간은 4분.

'두두두두'

'저는 '넬' 님 대리인입니다.' 까지 썼던 동우가 백스페이스키를 눌렀다. '넬' 님이라니. 썼다가 지우고 썼다가 또 지우고 망설이던 동우의 손이 다시 키보드 위를 분주하게 오르내렸다. 남은 시간은 3분.

'네, 저는 당신이 말한 그분의 대리인입니다. 일단…….' 까지 쓰고 다시 고민하는 동우다. '신장이 필요합니다.' 라고 하자니 이건 불법 장기밀매다. 잘못되면 어쩌지. 불법인데 정상적인 수술은 가능한 걸까? 그런 생각이 들자 동우의 표정이 일그러졌다. '만약 사기라면', '돈은 또 어쩌구.' 하다 보니 이제 남은 시간은 2분.

'일단 구입…….(탁탁탁 백스페이스를 정신없이 누른다.) 입수……. (다시 백스페이스를 누른다.)' 도대체 사람의 장기를 가지고 지금 자신이 무슨 단어를 쓰고 있다는 말인가. 잠시 당혹감에 빠진 동우의 손이 정신없이 키보드를 눌렀다. 남은 시간은 점점 더 줄어들고 있었다.

'거래에 응하겠습니다.'라고 쓰고 재빨리 보내기 버튼을 눌렀다. 메일 보내기가 완료 되었다는 메시지가 뜨고 시간을 확인하니 1분이 채 안 남았다. 동우의 이마에 흥건하게 땀이 맺혀있었다. 잠시 후 새로운 메일이 도착했다. 다시 그자다.

'좋습니다. 적출은 이쪽에서 합니다. 수송부터는 그쪽이 합니다.'

말하는 스타일에 악의는 없다. 다행이라고 생각한 동우가 답신을 날렸다.

'그런데 그쪽에서는 어떻게 그분에게 신장이 필요하다는 걸 알게 되었는지요. 이건 중요한 기밀 사항이라서 제가 대리인으로서 점검 차원에서 질문하는 겁니다. 뭐 정 불편하면 밝히지 않아도 괜찮습니다.'

동우가 오랜만에 머리를 쓴다. 혹시나 추궁하는 것처럼 보이면 곤란해질 것이다. 답신이 바로 왔다. 이 상황만으로도 동우는 이 친구가 나름 급한가 보다 싶었다. 그렇지 않다면 붙어 앉아서 즉답을 하지는 못할 것이다.

'밝혀도 상관은 없습니다. 어차피 당신이 대리인이라면 다 아는 부분일 테니까요. 한유그룹에 관련된 뉴스에서 보았습니다. 어린 시절부터 건강이 좋지 않았다던 얘길요. 거기엔 친절하게 신장에 이상이 있다는 얘기까지 있고 주치의에 이니셜이지만 병원 이름까지 나와 있잖아요. 그러니 그때부터 조금 조사를 했죠.'

'이거 정말 큰 일 날 얘기네. 개인의 사생활을 다 까발려대는 썩어빠진 언론이라니.'

혀를 쯧쯧 차며 동우가 메일을 보냈다. 어차피 대기 중인 사람에게 보내는 메일이니 마치 채팅 하듯 빠르게 질문과 답이 오간다.

'그랬군요. 그건 그렇고 대금을 받는 건 어떻게 하겠어요? 만약 말로만 들어낸다고 하고 정작 오지 않는다면 이쪽에서는 곤란한 거 아니겠어요?'

'그 부분은 이미 생각해두었습니다. 일단 선수금으로 1억을 보내세요. 이쪽에서도 수술 등의 비용으로 꽤 많은 돈이 들어갑니다. 물론 그 1억에 대해서는 제약을 걸어둬도 좋습니다. 예를 들면 어음처럼 준다든지 하는 거요. 물론 기일은 신장을 전달받기로 한 그 날짜 바로 다음 날에 찾을 수 있도록 해준다는 조건입니다.'

동우가 좋다는 답변을 보내고 시간과 장소를 나눈 뒤 PC방을 나왔다.

"이거 뭐지? 생각보다 심각하네."

머릿속으로 열심히 앞뒤를 정리하며 천사호로 돌아온 동우가 서랍 속에 넣어둔 통장을 꺼냈다. '1억이라.' 동우의 통장엔 1억의 절반이 간신히 넘는 돈이 적립되어 있었다. 에스코트를 시작한 후 쓸 거 안 쓰고 버는 대로 바로 은행에 넣었는데도 턱없이 부족한 것이다. 난감해서 휴대폰 전화번호부를 뒤져봤지만 들어있는 번호도 몇 개 안 되고 그 몇 개 안 되는 전화번호 중 돈을 빌려줄 만한 번호는 하나도 없었다. 그날 밤 동우는 머리를 쥐어뜯으며 고민했지만 방법이 떠오르지 않았다.

"아 그것참."

자신이 할 수 있는 부분이 너무 없다는 생각에 고심하던 동우에게 번뜩 놓치고 있던 게 떠올랐다. 궁하면 통한다는 속담 그대로다.

"얼마나 되죠?"

"네, 고객님 현 싯가 계산으로 수수료 공제하고 3천8백입니다."

"매도해주세요."

예전에 주식매매를 하다가 여행을 가는 바람에 증권사에 운영을 맡겨둔 게 떠오른 동우가 잔고를 확인해보니 엄청나게 까였다. 동우는 다 털리지 않고 남아 있는 것만으로도 정말 반가웠다. 혹시나 싶어서 물어본 건데 살아있었던 거다. 부족하긴 하지만 이래저래 모으니 꽤 됐다. 다음 날 동우는 모든 돈을 현찰로 찾았다. 눈앞에 돈다발을 놓고 협상하는 거다. 가방의 거금에 뿌듯해하며 동우가 천사호로 돌아올 때 '넬'에게서 전화가 왔다.

"동우씨?"

"네,' 넬' 님. 메일 봤습니다. 그 신장 얘기는 뭔가요? 제가 모르는 얘기라서요."

하긴 뭐는 아냐. 동우는 자신의 말에 스스로 허탈해하며 귀를 세웠다.

"신장이요? 어, 그건 별거 아니에요. 그냥 그 사람이 오버한 거예요. 동우씨가 신경 안 써도 괜찮아요. 그건 그렇고 우리 넬은 찾을 수 있겠어요? 보셨죠?"

동우는 '넬'의 대화분위기에서 뭔가 말하지 않은 부분이 있음을 눈치챘다. 하지만 본인이 말하지 않는데 캐묻기는 어렵다.

"네. 사진에서 봤습니다. 그리고 메일도 주고받았어요. 조만간 약속이 정해지면 찾아올 수 있을 겁니다. 그리고 주식 관련 서류는 이미 등기로 부쳤다고 하더군요. 그것도 이삼일 내로 도착할 겁니다."

"네, 고마워요. 그럼 나중에 다시 통화해요."

전화가 끊겼다. 미간을 찡그리며 생각을 정리하는 동우의 휴대폰에 새로운 메시지가 떴다.

'이 고객 완전 또라이임. 현재까지 차도로 뛰어든 게 네 번. 길 가던 사람에게 덤벼든 게 두 번. 손에서 포크를 뺏은 게 한 번. 이 정도면 최초 약속했던 금액의 세 배는 주셔야겠어요.'

휴우~ 절로 한숨이 나왔다. 그동안 에스코트해서 번 것과 바닷속 보물처럼 묻혀 있다가 찾아낸 것까지 다 해도 아직 부족한데 서금주는 파트너를 괴롭혀서 결국 경비 지출이 늘어나는 사태를 만들고 있는 거였다. 그러나 어쩔 도리가 없다.

'오케이. 요구하는 금액대로 하겠음. 그러니 사고 없도록 잘 부탁함.'

곧바로 답이 날아왔다.

'타고 가던 택시 문이 거의 다 열린 걸 잡았음. 끔찍함.'

에휴~ 다시금 동우의 한숨이 길게 내뿜어졌다.

"여보세요? 안녕하세요. 저 조동우입니다. 에스코트주식회사요."

전화기 너머로 반가워하는 목소리가 들려온다.

"어머? 웬일이세요? 반가워요."

동우가 웃음으로 반가움을 받으며 말했다.

"한번 뵙고 싶은데 시간이 괜찮으실지요?"

"그럼요. 덕분에 이모님이 아주 좋아지셨어요. 그렇지 않아도 식사 한 번 대접해 드리려고 했는데."

"아 정말이요? 참 다행이네요. 가능하시면 오늘 저녁은 어떠세요?"

"네. 오늘 저녁 괜찮아요. 근데 동우 씨 무슨 안 좋은 일이라도 생겼나요? 목소리가 어둡네요."

"하하, 일은요. 그냥 '넬' 님에 대해서 좀 상의드릴 게 있어서요."

"'넬' 님이요? 넬? 아, 소희요? 그래요. 아무튼 이따 보고 얘기하죠."

약속시간 장소를 정하고 전화를 끊은 동우가 이번엔 '넬'의 번호를 찾아 눌렀다.

"여보세요? 동우씨?"

수화기에서 '넬' 님, 소희의 목소리가 들린다. 동우는 뭐라 할지 몰라 입만 뻐끔거리다 말했다.

"아,' 넬' 님. 어, 그러니까 소..소희씨."

"네?"

"아, 아닙니다. 나중에 다시 전화 드릴게요. 하하."

전화를 끊고 동우는 반은 기쁘고 반을 슬픈 마음으로 웃을지 찡그릴지를 결정하지 못했다. '넬'의 이름을 처음으로 부른 것이다. 비록 '넬'은 별 반응이 없었지만 상관없다. 동우의 마음은 일방통행이니까. 반면에 '넬'의 몸이 어딘가 문제가 있을 거란 생각을 하니 마음 한구석이 무거워졌다. 메일에서 본대로라면 그녀는 지금 시한부일 가능성이 높다. 동우는 자신이 할 수 있는 모든 걸 다 하겠다고 생각했다. 가방의 돈을 생각하며 주먹을 불끈 쥘 때 또 메시지가 도착했다.

'큰일 났어요. 지금 병원으로!'

번뜩 머릿속을 스치는 생각, '서금주다.' 급히 병원에 도착한 동우는 병실 앞에서 고개를 숙이고 앉아있는 오해정을 발견했다. 두 손으로 머리카락을 움켜쥐고 고민하고 있는 그녀의 모습이 며칠 전 자신을 보는 것 같아서 안쓰러웠다.

"해정씨 무슨 일이에요?"

그녀가 퍼뜩 고개를 들었다.

"어?"

그녀는 서금주였다. 당연히 오해정일 거로 생각했던 동우가 그제야 메시지를 확인하니 서금주의 번호다. 자리에 앉아있던 서금주가 동우를 올려다보며 미안한 표정을 지었다.

"서금주씨, 해정씨는 어디 가고 혼자 여기에 있습니까?"

동우는 오히려 자신이 미안한 마음으로 서금주에게 말을 걸었다. 에스코트를 해야 하는 사람은 어디로 사라지고 에스코트를 받아야 하는 사람이 혼자 병실 앞에 앉아있다니. 동우로서는 입이 열 개라도 할 말이 없는 상황이었다.

"그게요."

서금주는 그녀답지 않게 우물쭈물했다. 동우는 그나마 다행이란 생각이 들었다. 서금주가 혼자 있는 사이에 무슨 짓이라도 벌였으면 상황은 끝인 거다. 동우는 서금주가 그냥 얌전하게 있어준 게 고마워서 절이라도 하고 싶은 심정이었다.

"일단 들어가시죠. 대체 무슨 일이 있었기에……."

동우가 서금주를 앞세워 병실로 들어갔다. 지금까지는 어땠는지 몰라도 지금부터 서금주는 또 무슨 일을 벌일지 모르는 거니까. 서금주는 얌전하게 병실로 들어섰다. 침대에는 그녀가 머리에 붕대를 감고 링거를 꽂은 모습으로 누워있었다. 안 봐도 비디오다.

'아, 서금주가 길 가던 껄렁이들에게 시비를 걸었고 그녀가 앞에 나서서 막아주는 사이에 다른 놈들이 덤벼들어 깼구나. 그렇지 않으면 저 고수가 저렇게 될 리가 없지…….'

"어떻게 된 거냐면요."

"아, 아니에요. 이미 지난 일, 뭐 어쩌겠습니까. 잠시 동안이나마 서금주씨를 에스코트하지 못한 상황이 생겼으니 이 부분 나중에 감안하셔서 대금을 지불하셔도 받아들이겠습니다. 오히려 저희가 죄송하게 되었습니다."

서금주가 뭔가를 말하려고 입을 열었는데 동우가 다시 그 입을 막았다. 손을 들어 자신의 입을 가리키며 살짝살짝 흔들었다.

"아닙니다. 말씀하지 않으셔도 좋습니다."

서금주가 입술을 살짝 깨물더니 병실 창 쪽에 놓인 의자에 가서 앉았다. 서금주가 창으로 가는 동안 동우는 창을 살폈다. 촘촘한 창살이 창문을 덮고 있다. 안전! 안전! 그때 간호사가 들어왔다. 바이탈을 체크하는 동안 입을 열 기회만을 찾던 동우에게 간호사가 먼저 말을 건다.

"이분 보호자 되세요?"

"아, 네."

"일단 응급으로 외상 치료가 되었구요. CT 결과가 나와봐야 정확한 상태를 알 수 있어요."

"아, 네. 알겠습니다."

"저⋯⋯."

간호사가 나가고 나자 다시 서금주가 입을 열려고 했다.

"아, 괜찮습니다. 이런 상황에 대한 비용도 모두 감안이 되어 있으니까 치료비용에 대한 추가 부담은 없도록 하겠습니다. 걱정 마세요. 하하."

서금주가 두 손을 들어 고개를 흔들고는 시선을 창밖으로 옮겼다. 동우는 서금주의 클레임을 잘 막았다는 생각이 들어서 속으로 안도의 숨을 내쉬었다. 해정은 출혈 때문인지 얼굴빛이 창백해 보였다. 머리 일부를 잘라내고 붕대를 감았는지 그녀의 머리는 좌우가 언밸런스하게 보인다. 미안한 마음에 동우가 시트를 들어 그녀를 덮어주고 옆으로 빠져나온 손을 살며시 잡은 후 시트 안으로 밀어 넣었다. 시간을 보니 이제 두 시간 남았다. 오늘 약속은 아무래도 포기해야겠다고 생각한 동우가 서금주를 힐끔 살피곤 병실 안을 두루 점검했다. 통화시간 몇 분 남짓일 테니 건물 밖에 나가서 통화하고 오는 시간을 다 감안해도 약 십 분 정도의 시간이 필요할 것이다. 그동안 일을 벌일 수 있는 것들이 있는지 살펴보았다. 하지만 곧 나가는 걸 포기했다. 분명 잠시 떨어져 있었다고 감각이 떨어진 거다. 아니 어쩌면 '넬', 소희 그녀 때문인지도 몰랐다. 지금 서금주가 병실에 그대로 붙어 있으리란 법이 어딨나. 동우는 밖에 나가는 걸 포기하고 병실 전화를 들었다. 휴대폰을 꺼내 전화번호를 찾아 누르고 신호가 가길 기다렸다. 서금주가 그런 동우를 살핀다. 그 눈엔 뭔가 꺼림칙한, 미안함 같은 종류의 빛이 묻어났다. 동우가 통화를 시작하자 귀를 기울여 듣는다. 그리고 약속시간을 연기하자는 소리에 입을 열었다.

"잠깐요. 잠깐만요."

동우가 통화를 멈추고 그녀를 돌아봤다.

"그 약속 연기하지 말아요."

"무슨 말씀?"

"연기하지 말라구요. 그냥 만나러 나가라구요."

"네? 하지만."

"무슨 생각 하는지 알아요. 아는데 그런 염려는 말고 다녀오세요. 저는 에스코트씨 올 때까지 얌전히 이분 간호 하고 있을게요."

"그래도."

"남자가 뭐 그래요? 진심을 담아 얘기하면 그런 줄 알아야지."

버럭 화를 내는 그녀를 동우가 황당한 얼굴로 본다. 그리고는 일단 전화를 끊었다. 아직 연기하지 말자는 확정을 안 지었기에 전화기 속에서 영서가 상당히 궁금한 듯 재우쳐 물었지만 잠시 후 다시 하겠단 말로 수습했다.

"서금주씨. 제가 할 일을 하기 위해서입니다. 서금주씨가 저를 고용한 그 일이요."

"알아요. 아는데 괜찮아요. 절대 아무 짓 안 하겠다고 맹세할 테니까 안심하고 다녀오세요."

서금주가 얼굴에 미소까지 띤 채로 말하자 동우는 점점 더 묘한 느낌이 들었다. 그렇게 쉴 새 없이 일을 벌이던 그녀가 맹세까지 하니 더 이상한 거다.

"혹시 무슨 일이라도?"

"아, 그게 그러니까요. 아무튼 다녀오세요. 정말 별일 없을 거고 이분도 제가 잘 지킬게요."

주객이 전도됐다. 이런 상황은 생각지도 않았던 동우라서 잠시 사고체계에 혼선이 왔나 보다. 하지만 서금주가 워낙 완강하게 나오니 믿어볼까 싶었다. 위험천만한 생각이라고 스스로 경고했지만 진심이 담긴 서금주의 눈을 믿고 싶었다.

"네, 그럼 믿고 다녀오겠습니다. 지금 다른 분의 생명이 걸려있을지도 모르는 일 때문에요. 제가 지금 빠진 부분에 대해서도 나중에 지불하실 때 감안해서 지불해주세요."

"아녜요. 이것도 어차피 일의 연장선에서 생긴 거니까 신경 쓰지 말아요. 에스코트씨는 할 일을 다 한 거예요."

갈수록 모를 얘기를 하는 서금주에게 동우는 그저 하하, 웃으며 감사를 표했다. 동우가 그래도 미심쩍은 서금주의 말에 긴가민가하면서도 병실을 나와 병동의 인포메이션으로 갔다.

"저, 808호 환자요. 어디를 어떻게 다친 건지 알 수 있을까요?"

간호사가 차트를 넘겨보더니 후두부 두피에 열상이 있다고 말해주었다. 역시 어떤 비겁한 자식들이 뒤에서 친 거다.

"뼈는 괜찮은가요? 비겁하게 사내자식들이 여자 하나를 공격하다 안 되니까 뒤통수를 치다니. 세상이 어찌 되려고 이러는지 원……."

동우가 혀를 차며 말하자 간호사가 눈을 동그랗게 뜨고 고개를 끄덕였다.

"정말이요? 그런 나쁜 놈들이 있어요? 저분 아주 싸움을 잘하시나 봐요?"

"네, 무술 고수에요. 태권도 유도 합기도 검도 이런 저런 단수 다 합하면 저보다 몇 단이나 높거든요. 근데 저 뼈는?"

동우가 신나서 해정을 치켜세웠다. 간호사는 동그래진 눈이 더 커지며 감탄했다.

"우와, 저는 센 남자보다 센 여자가 더 멋있더라. 남자 센 거야 당연한 거지만 여자가 센 거는 절대로 당연한 게 아니잖아요. 그죠? 어마 멋지다."

그녀의 눈에 하트가 그려지는 것 같다. 간호사가 너무 앞서 나가자 할 말을 잃은 동우가 멍하게 그녀를 바라본다. 속으로는 '혹시 이 분 레즈?' 하는 섣부른 생각을 하며…….

"네. 멋있죠. 남자인 제가 봐도 정말 멋있어요. 하하하. 근데 저기 뼈는요? 그리고 치료가 얼마나 걸릴까요?"

"뼈는 괜찮아요. CT 결과에 별문제가 없으면 한 이삼 주 정도 입원하면 되실 거예요. 물론 어느 정도 안정 기간은 지키셔야 할 거구요. 자세한 설명은 담당의사 선생님이 해주실 거니까 너무 걱정 마세요."

"휴우~ 네, 고맙습니다."

동우가 인사를 하고 물러났다. 그런 동우의 뒷모습을 보는 간호사의 눈이 아직도 하트가 남아있는지 별처럼 반짝거린다. 슬그머니 뒤를 돌아봤다가 그걸 본 동우가 얼른 몸을 돌려 병실로 돌아왔다.

"서금주씨, 아무래도 해정씨는 더 이상 서금주씨 에스코트가 어려울 것 같습니다. 다른 분을 다시 구해보도록 하겠습니다."

"네? 그, 그렇게 많이 다쳤나요?"

서금주가 놀란 얼굴이 되어 말을 떨었다.

"자세한 건 CT 결과가 나와봐야 안답니다. 다만 최소한 이주일 이상 입원해야 하고 한 달 이상 안정을 취하라고 하니 그동안 서금주씨를 모실 수가 없을 듯해서요."

"아, 그럼 전치 7주 진단인가요?"

"글쎄요? 아마도?"

"사람 바꾸지 말아요. 이 분, 오해정씨요. 제가 간호할게요. 퇴원할 때까지 제가 간호하고 퇴원한 다음에도 제가 함께 있을게요. 그냥 그렇게 하게 해주세요."

서금주의 목소리가 조금씩 떨린다. 그 목소리에서 절실함이 느껴졌다.

"아니 그래도 일단은요."

"그만요. 제 말대로 해요. 그게 제가 하고 싶은 거예요. 원하시면 계약서를 다시 써드릴게요."

"아, 아니 뭐 그러실 것까진 없습니다. 그럼 그렇게 하도록 하지요."

일이 참 묘하게 풀렸다고 생각했다. 가장 골치 아픈 고객이었던 서금주가 자발적으로 문제를 해결해준 것이다. 고개를 갸웃거리던 동우의 머릿속에 문득 간호사의 하트 눈이 떠올랐다. 그리고 그 간호사의 얼굴에 서금주의 얼굴이 오버랩 된다. 동우의 눈이 동그래졌다.

"어? 뭐지? 저 혹시요?"

"네?"

"혹시, 그러니까 혹시……."

"호, 혹시 뭐요?"

서금주가 당황한 얼굴로 되물었다.

"어, 아 아닙니다. 하하하하하."

동우가 당황해서 다섯 개의 하하를 날렸다. 평소엔 두 개, 약간 민망하거나 과장이 필요할 땐 세 개까지가 한계였던 하하가 다섯 개나 나온 거다. 아무리 동우라도 동성애 운운하는 얘길 대놓고 물어볼 수는 없었다. 그저 짐작이나 할 밖에. 서금주는 웃음으로 얼버무리는 동우의 모습에 살짝 마음이 놓인 듯한 얼굴로 말했다.

"싱겁군요."

그 말에 찔끔한 동우가 시간을 확인하고 자리에서 일어난다.

"네. 제가 좀 그런 면이 있습니다. 하하."

서금주가 어이없는 표정으로 동우를 본다.

"흠흠. 네 그럼 저는 민. 고. 다녀오겠습니다. 잘 부탁드립니다. 하하."

민. 고. 에 강조점을 두 개나 찍어 압력을 가한 동우가 무안한 얼굴을 감추며 일어났다. 뒤에 남은 서금주의 휴우~ 하는 소릴 들은 것 같아서 다시 문을 열어볼까 싶었던 동우는 '별일이야 있으려고. 그렇게까지 말했는데…….' 하는 자기 위안을 에스코트 삼아 병원을 나섰다.

"그나저나 정말 무슨 일이지?"

동우가 혼잣말로 중얼거리며 영서와의 약속장소로 움직였다.

영서는 입구를 보고 있다가 동우가 들어서자 얼굴에 담뿍 웃음을 담고 손을 흔늘어 환영했다.

"하하, 영서씨 잘 지내셨어요?"

"저는 늘 잘 지내죠. 워낙에 성격이 느긋해서요."

영서가 웃는 얼굴로 대답한다. 커피가 오기 전까지 남정희는 어떻게 지내고 지금은 완전히 퇴원해서 같이 살고 있다는 등의 일상적 안부를 주고받은 동우에게 영서가 마침내 본론을 꺼낸다.

"근데 뭐가 궁금한 거예요? 마음이 급해 보였는데 의외로 차분하네요?"

미소를 머금고 묻는다. 동우가 소희에게 어떤 감정을 갖고 있는지 알기라도 한 듯한 눈치다. 동우는 '설마 그럴 리가' 라고 생각하며 입을 열었다.

"저,' 넬' 님, 아니 소희 씨요. 몸이 안 좋다고 들었는데 어느 정돈지 좀 알 수 있을까 해서요. 본인은 별거 아니라고 하니 더 캐묻기도 그렇고. 누가 기사에 나왔다고 해서 검색을 해보니 아주 오래 전 기사에 신장에 무슨 문제가 있다는 거밖에 안 나오더라구요."

더 자세한 애기를 하고 싶어도 앞뒤 정황도 모른 채 사적인 부분을 말하는 건 아닌 것 같아서 동우는 일단 소희의 병에 대해서 어느 정도인지 물어보았다. 하지만 영서는 그 정도만으로는 이야기해줄 수 없다는 입장. 결국 동우는 현재 상황을 그대로 다 실토하는 수밖에 없었다.

"그렇게 되어서 일단 거래를 하기로는 했는데요. 아직 소희 씨에겐 말하지 않았습니다. 일단 뭐가 어떻게 된 건지 좀 알아봐야 할 것 같아서요."

"잘 되면 참 좋을 텐데요. 소희가 워낙 자존심이 강해요. 부모님 돌아가셨을 때도 다른 사람 앞에서는 눈물 한 방울 안 보였던 친구예요. 소희 부모님이 돌아가신 일도 좀 미심쩍은 구석이 있었거든요."

"미심쩍다니요? 부모님은 어떻게 돌아가셨는데요? 대체 소희 씨에게 무슨 일이 일어났던 겁니까?"

동우가 영서의 이야기에 자기도 모르게 흥분해서 캐묻듯이 하자 영서는 그런 동우를 물끄러미 보다가 다시 입을 열었다.

"소희랑 저는 어렸을 때부터 가장 친한 친구예요. 만약 제 신장이 소희에게 맞았다면 하나를 떼어줬을 만큼이요. 검사를 받아봤는데 제 신장이 소희에겐 안 맞는다고 하더군요."

영서는 소희를 생각하며 눈시울이 붉어졌다.

"양성신장경화증이라고 하는 병이에요. 벌써 20년이 넘었어요. 소희에게 그 병이 시작된 게요. 지금은 상태가 점점 악성으로 이행되고 있다네요. 그래서 정기적으로 신장투석을 받으러 다니고 있어요."

"아!"

동우의 입에서 탄식 같은 한숨이 흘러나왔다. 소희,' 넬' 님과 처음 만났던 그 순간이 떠올랐다. 어딘가 모르게 어두웠던 표정. 다가서기 어렵게 만들었던 그 분위기들. 영서는 동우의 탄식에 눈을 돌려 동우를 바라보고 다시 말을 잇는다.

"소희의 부모님은 두 분 모두 교통사고로 돌아가셨어요. 소희 아버님은 차를 좋아하셨어요. 낡은 포르쉐를 즐겨 타셨는데 차 그 자체가 주는 소리, 분위기 뭐 그런 걸 더 즐기셨던 것 같아요. 직접 정비도 하고 광도 내고 그러셨거든요. 제 기억으로는 무척이나 연식이 오래된 차였는데도 정말 깔끔하고 잘 관리된 차였어요. 차들이 좀 뜸할 새벽 한 두시면 드라이브를 다녀오시고 했는데 그날도 그 정도의 일상적 드라이브를 나가신 거죠. 그리고 나간 지 두 시간이 지나서 발견되셨어요. 소월길에서 사고가 난 채로. 차는 대파됐고 물론 두 분도 무사하실 수가 없었죠.”

“소월길이면 남산이요? 대체 누가 그랬습니까? 교통사고라면 받은 차가 있을 거잖아요.”

“없어요. 상대방 차가 없어요. 아무런 다른 흔적도 없었다고 해요. 경찰은 결국 운전미숙에 의한 사고로 종결시켰어요. 사고 대상이 없이 혼자 그랬다는 거죠. 하지만 제가 아는 소희 아버님은 차를 좋아하시는 만큼 운전도 아주 잘하셨어요. 사고가 난 게 사실이라고 해도 그렇게 차가 대파될 만큼 실수를 하실 분도 아니라고 믿거든요.”

“조사를 더 하지는 않았던가요? 왜 교통사고만 전문적으로 담당하는 변호사도 있다고 하던데요.”

“심적인 의구심만으로 돌아가신 두 분을 욕보이고 싶지 않다고 하더군요. 소희가요.”

“그렇게 해서 두 분은 떠나고 소희 씨만 남았는데 이젠 소희 씨마저도 앞으로 어찌 될지 모르는 삶을 살고 있다는 거군요.”

동우는 마음이 아팠다. 아니 아팠다는 말로는 표현이 부족했다.

“아무튼 소희가 싫다는 걸 억지로 대기 명단에 넣었어요. 부모님이 계셨다면 어찌해 볼 수도 있었는데 정말 걱정이에요. 소희는 모든 걸 포기하고 정리하려고 하는 것 같고…….”

“쉽지 않은 얘길 해주셔서 정말 고맙습니다.”

동우가 자리에서 일어나며 고마움을 표한다. 영서는 소희의 일에 앞에서 나서주는 동우가 믿음직하다고 느꼈다.

"잠깐만 앉아보세요."

동우를 자리에 다시 앉힌 영서가 의뢰를 하겠다고 하자 동우가 손을 흔들었다.

"이건 제 일이에요. 제 일을 자신에게 의뢰하는 경우가 어딨겠습니까."

평소의 동우였다면 하하. 하고 끝날 이야기가 오늘은 쉽지 않았다. 하지만 영서는 동우를 그냥 놔두지 않았다.

"알아요. 지금 보니 동우 씨가 소희를 마음에 두고 있는 것 같은데 그래도 이번 일은 저도 무관한 일이 아니에요. 어차피 할 일이라면 형식도 중요하잖아요. 소희는 동우 씨가 돕는다고 하면 아마 거부할 거예요. 하지만 제가 의뢰한 거라고 하면 소희도 어쩔 수 없을 거예요. 그러니까 그냥 그렇게 해요. 우리가 같이 소희를 한 번 살려보자구요."

결과야 어찌 됐든 동우는 영서의 말에 일리가 있다고 생각했다. 만약 소희가 거부한다면 그도 별다른 방법이 없을 것이다. 하지만 의뢰라고 하면 어찌되지 않을까 하는 기대가 생겼다. 영서의 의뢰를 받아들인 동우가 거래하기로 한 시간과 장소를 알려주고 병원으로 돌아왔다.

병원에서는 아직도 깨어나지 않은 해정의 머리맡을 서금주가 곱게 지키고 있다가 동우가 들어서자 눈인사를 건넸다.

"아직 이군요. 의사는 다녀갔나요?"

서금주가 고개를 끄덕였다. 머리가 복잡해진 동우가 서금주에게 마찬가지로 고개를 끄덕이고 의자에 주저앉았다. 내내 긴장을 풀지 못한 몸에서는 삐걱거리는 소리가 날 것만 같았다.

"마취가 풀리면 깨어날 거래요. CT 결과는 큰 이상이 없다고 괜찮을 것 같다고 했어요."

던져진 모습으로 눈을 감고 의자에 앉아있는 동우가 고개를 끄덕였다. 잠시 후 다시 서금주의 목소리가 들려왔다.

"피곤해 보여요. 여기서 조금 자요."

고개를 돌리니 침대 밑에서 간이침대를 꺼내 손으로 가리키는 서금주가 보인다. 동우가 미소를 짓고 고개를 흔들었다.

"아닙니다. 서금주씨도 의뢰자신데 제대로 에스코트를 못해드려서 죄송하네요."

"그럴 거 없어요. 지금 상황은 제가 원해서 그런 거니까 괜찮아요. 그 얘긴 정말 이제 그만 하기로 해요. 진심이에요."

고개를 끄덕인 동우가 잠시 해정의 얼굴을 바라보다가 입을 열었다.

"서금주씨. 해정씨에겐 어떤 일이 있었던 건가요? 아, 요즘은 정말 힘드네요. 이런 일이 없었거든요."

움찔했던 서금주가 고개를 흔들었다.

"별일 아녜요. 해정씨는 괜찮을 거예요. 그리고 힘든 일은 언제고 있을 수 있잖아요. 차라리 잘 된 거라고 생각해요. 이렇게 어려운 일도 겪어봐야 내성이 생기지요."

서금주가 마치 윗사람이라도 된 듯 위로와 격려를 하자 동우가 피식 웃었다. 학생이 된 기분. 훈련병으로 돌아간 기분을 느낀 탓이다. 서금주의 말이 맞다. 언제까지고 평탄하리라는 보장은 없는 거다. 하지만 정말 소희의 일은 감당하기가 쉽지 않았다. 서금주는 피식 웃는 동우의 표정에 순간적으로 눈초리가 픽 올라갔지만 해정을 보고는 다시금 축 처진다. 그걸 본 동우의 마음엔 의혹의 구름이 뭉게뭉게 피어올랐다. 서금주에게 다시 뭔가를 묻기 위해 막 입을 열려고 할 때 해정이 깨어났다.

"아, 서금주씨는요? 괜찮은가요?"

동우가 얼른 침대 옆으로 다가가서 해정을 살폈다. 해정이 눈에 힘을 모아 동우를 바라보았다. 깨어나자마자 서금주의 안부를 먼저 챙기는 해정이 너무나 고마워서 동우가 고개를 끄덕이며 살며시 손을 잡아주었다. 해정은 서금주가 괜찮다고 하자 마침내 안도의 숨을 내쉬었다.

"휴우~ 정말……."

해정이 막 뭐라고 말을 하려고 했을 때 서금주가 그 눈앞에 불쑥 얼굴을 들이밀었다.

"해정 언니, 나야. 금주. 어때? 좀 괜찮아?"

"아, 서금주씨. 다행이에요. 정말……."

"아냐, 난 괜찮아. 언니가 고생했지. 내가 언니 다 나을 때까지 간호해줄게. 그러니까 마음 푹 놓고 휴가 왔다 생각하고 잘 추슬러요. 알았지?"

해정이 서금주를 물끄러미 보자 서금주가 간절한 눈으로 해정을 마주 보았다. 마침내 가볍고 힘없는 웃음으로 그 눈빛을 받아준 해정이 고개를 끄덕였다. 서금주는 웃음이 가득한 얼굴로 해정의 손을 잡았다. 동우는 두 사람 사이에 뭔가 일이 있었다는 걸 눈치챘지만 좋은 게 좋은 거라고 그냥 넘어가기로 했다. 굳이 캐자면 못할 것도 없었지만 그럴 필요가 아직까지는 없을 듯했다. 게다가 골칫덩이 서금주가 자연스럽게 그 말도 안 되는 소원을 일단 접은 것 같지 않은가. 그것만으로도 충분히 다행이라고 생각했다. 의뢰고 뭐고를 떠나서 서금주의 소원은 정말 이뤄져서는 안 되는 거다. 하지만 막상 정말 죽고 싶은 마음이 있었다면 무엇 때문에 자신을 에스코트해달라고 의뢰를 했을까 싶기도 했다. 알고 보면 서금주도 뭔가 상당히 복잡한 사연이 얽혀있는 게 아닐까. 동우의 생각이 해정의 병원비에서 잠시 머물렀다. 거기 쓸 돈을 닥닥 긁어 소희의 일에 쓰게 된 것이다. 병원비 걱정은 좀 됐지만 '뭐 어떻게 되겠지' 라는 생각으로 넘어갔다. 퇴원까지는 아직도 한 달 정도 남았으니까 그 사이 어찌 되겠지 하는 낙천적인 마음으로 돌아간 거다. 원래의 동우답게.

해정의 머리맡을 서금주에게 맡겨둔 동우가 중간에서 영서를 픽업해 춘천으로 움직인 건 3일 후였다. 예전의 경춘가도는 이제 새로운 포장도로와 연속되는 터널로 바뀐 상태였고 마을을 피해 새로 뚫린 길은 속도는 더 늘었지만 그만큼 황폐해 보였다. 내비게이션이 알려주는 길을 따라 차를 움직이던 동우가 도착했다는 안내에 차를 세웠다. 차에서 내린 영서와 동우에게 낡은 창고가 보였다. 양곡 창고로 쓰였던 모양이라고 생각한 동우가 녹이 잔뜩 슨 철문을 힘써서 밀어봤지만 문은 꼼짝도 안 했다. 팔을 빙빙 돌려 몸을 푼 동우가 다시 있는 힘을 다해 문을 밀었지만 문은 역시 꼼짝도 안 했다. 마음이 급해진 동우가 주먹을 들어 막 두드리려고 할 때 문이 스르르 미끄러지듯 열렸다. 문은 여닫이가 아니고 미닫이였다. 머쓱한 표정으로 영서를 한 번 바라보고 하하 웃은 동우가 열린 문을 바라보니 한 남자가 그 안에 서 있었다. 그 남자는 동우와 영서를 살피더니 팔을 들어 안으로 안내하는 몸짓을 했다. 한 번 더 영서를 바라본 동우가 배에 힘을 주고 문안으로 들어섰다. 그 뒤를 영서가 따라 들어왔다. 두 사람이 들어서자 사방으로 눈을 돌려 밖을 살핀 남자가 문을 닫고 뒤를 따라 들어왔다. 창고 한쪽으로는 사무실로 쓰이는지 문이 반쯤 열린 공간이 보였다. 남자가 먼저 안으로 들어가고 동우와 영서가 따라 들어갔다. 낡은 2인용 소파가 두 개, 탁자 하나. 그리고 금고 같은 물건들이 놓여있었고 한쪽엔 책상도 있었다. 책상 위에선 컴퓨터와 모니터가 놓여있었는데 컴퓨터에서 틀어놓은 음악인지 알토 색소폰과 피아노로 연주하는 재즈 음악이 실내를 잔잔하게 흐르고 있었다. 두 사람에게 마실 것을 주문받은 남자가 밖으로 나가자 영서가 동우를 보았다.

"밖에서 본 것보다 안은 좁은 거 같아요."

"네, 저도 그렇게 보았습니다. 아마 저 문 안쪽에 또 뭔가 공간이 있는 것 같아요."

두 사람이 그런 이야기를 나누고 있을 때 남자가 종이컵에 커피 세 잔을 들고 들어왔다.

"이런 식으로 만나게 되어 참 유감입니다."

남자가 먼저 입을 열었다. 겉보기에 남자는 도시 스타일이었다. 그 남자에 대한 어떤 선입견도 갖고 있지 않았던 동우지만 왠지 뭔가 어색한 느낌을 지울 수가 없었다. 메일에서 본 느낌이 역시 맞았다. 이 남자에게선 범죄를 꾸밀 듯한 냄새가 나지 않았다.

"메일을 보내신 당사자신가요?"

"네. 제가 본인입니다."

"그러시군요. 제가 메일에서 느꼈던 분위기가 맞았네요."

"어떤 분위기였는지는 모르겠지만 저는 본인이 맞습니다. 그러니 염려하지 않으셔도 좋습니다."

"네. 그러시다면 우선 좀 확인할 게 있습니다. 먼저 소희 씨 자료를 보고 연락했다고 했는데 조건이 일치하는 게 맞는지 확인해야 될 것 같네요."

영서가 옆에서 머리를 끄덕였다. 남자는 옆에 둔 슈트케이스에서 준비한 서류봉투를 꺼내 건네주었다. 그 안에는 두 개의 파일이 있었고 하나는 소희의 검사 데이터, 또 하나는 익명으로 된 검사 데이터가 들어있었다. 동우는 지금 자신이 그걸 봐야 어차피 알 수 있는 게 없다는 생각에 대충 훑어보고 영서에게 넘겨주었고 영서 역시 마찬가지로 대강 훑어보고 다시 탁자 위에 놓았다.

"이 자료가 지금 앞에 계신,"

동우가 말을 끌자 남자가 눈으로 뒷말을 재촉했다.

"분의 것이라는 보장을 어떻게 받을 수 있을까요? 물론 여러 가지로 준비를 많이 하신 건 잘 알고 있습니다만 일이 일이니만큼 조금이라도 문제가 생기면 안 되니까요."

영서가 옆에서 다시 고개를 끄덕인다.

"게다가 적출을 이쪽에서 해주시겠다는 건 좋지만 혹시라도 다른 문제가 생길 수도 있는 일이니 그 부분은 받아들이기 어렵습니다. 일단 재검 및 결과가 확인 되는 대로 적출까지도 모두 이쪽에서 해야 한다는 걸 전제로 했으면 합니다."

"충분히 이해합니다. 저라도 그렇게 생각했을 것입니다. 하지만 제 입장이 그렇게 드러내놓을 입장이 못 됩니다. 그 부분은 제가 오히려 이해를 부탁드리고 싶습니다."

"그렇다면 저희들이 어떻게 댁을 믿어야 할지요. 적당한 방법을 제시해주시기 바랍니다."

동우가 나서서 이야기를 정돈했다.

"그래서 준비한 것이 있습니다. 다만 그전에 일단 저의 신상에 관한 것들은 모두 비밀로 해주신다는 각서를 써주신다면 그 부분에 대해서 말씀드리겠습니다."

남자가 프린트를 내밀었다. 그 프린트에는 무슨 일이 있더라도 그의 신상을 공개하지 않을 것이며 만약 신상이 공개되면 무슨 일이라도 감수하겠다는 각서 내용이 들어있었다. 동우와 영서가 잠시 내용을 확인하고 고개를 끄덕였다. 남자가 탁자 아래서 인주를 꺼내 내밀었다. 동우와 영서는 각각 자신들의 이름을 적고 사인을 한 후 그곳에 지장을 찍었다. 그 아래 그가 자신의 이름을 쓰고 지장을 찍었다. 그의 이름은 김영호였다.

"이제 어느 정도 터놓고 이야기할 준비가 된 것 같습니다. 물론 각서를 쓰셨으니 괜찮겠지만 다시 한 번 더 부탁드립니다. 반드시 비밀을 지켜주시길……."

동우와 영서가 동시에 고개를 끄덕였다.

"제 직업은 의사입니다. 아니 의사였습니다."

이 말로 시작한 김영호의 이야기가 잠시 이어졌다. 결혼과 함께 처가의 도움으로 개인병원을 연 김영호는 때맞춰 일어난 성형수술 붐을 타고 서울 강남에서 꽤 유명한 성형외과를 운영했다. 게다가 친구의 부탁으로 거의 무료로 단체 수술을 해준 아이돌 그룹이 폭발적인 인기를 끌기 시작하면서 그 수술을 집도한 김영호의 성형외과는 대박이 터졌다. 가벼운 쌍꺼풀 성형 같은 건 아예 취급도 하지 않았고 페이스오프 수준의 수술도 한 달에 여러 번 잡힐 만큼 호황을 누린 김영호는 병원이 어느 정도 궤도에 올랐다고 생각하자 의사를 고용해 일을 나누고 인생을 즐기기 시작했다. 돈은 넘쳐났고 페이닥터들은 실력이 뛰어난 사람을 스카웃 해서 뽑아 놨기에 병원 운영에 아무 문제가 없었다.

"그래서 정선 카지노를 다니기 시작했습니다."

동우는 그가 자신의 애기를 시시콜콜 하는 게 신뢰를 주기 위한 거라는 걸 알았지만 듣고 있으니 마음이 아팠다. 자신과 비슷한 삶의 변화들.

"그러고 다니는 동안 페이닥터 중 하나가 아내와 관계를 가졌습니다. 그들에 의해 제가 축출된 거죠."

결국 김영호는 거액의 위자료를 받고 이혼했다. 처가에서 지원받아 연 병원이었기에 병원도 아내에게 넘어갔다. 하지만 그런 일까지 겪었음에도 도박

중독을 이겨내지 못하고 위자료로 받은 돈까지 모두 날려버린 것이다.

"이 서류는 제 주민등록증을 복사한 것과 친구들의 증명, 그리고 친구 병원에서 검사와 결과를 기록한 자료입니다."

"그래서 소희 씨의 데이터를 뽑아내는 일도 가능했던 거군요."

동우가 고개를 끄덕이며 의사였기에 그게 가능했나 보다 하자 김영호가 고개를 흔들었다.

"그건 결코 쉽지 않습니다. 의사라면 절대로 그런 짓을 할 수 없지요. 그건 범죄니까요. 이 데이터를 어떻게 얻었는지는 말씀드릴 수 없습니다. 그것만큼은 그냥 넘어가 주시기 바랍니다."

"그래서 이제 어쩌시겠습니까?"

"적출 수술은 제 친구가 해줄 것입니다. 저는 이 돈을 바탕으로 다시 시작할 생각입니다. 도박은 이미 끊었구요. 뭐 도박할 돈도 없지만요. 그러니 앞에 말씀하셨던 조건은 저를 따라주셨으면 합니다. 절대로 거짓을 말하거나 사기를 치지 않겠습니다. 저도 목숨을 걸고 하는 일이니까요."

"아무튼 좋습니다. 죄송하지만 이분들에게 확인 전화를 드려도 괜찮겠습니까?"

"네, 정말 친한 친구들입니다. 이런 거에 동의하지는 않지만 암묵적으로야 인정했겠죠."

동우가 명단을 들고 밖으로 나갔고 영서와 김영호는 말없이 커피를 마시며 실내에 흐르는 색소폰을 듣고 있었다. 한 시간이 지나도록 동우가 돌아오지 않자 슬슬 실내에 어색한 분위기가 더해졌다. 영서는 뭐라고 말을 하고는 싶었지만 인생의 극단에 몰린 남자에게 무슨 말을 해야 할지 몰랐고 남자는 묵묵하게 커피를 마시며 음악을 감상하는 건지 아니면 인생을 돌아보는 건지 모를 표정을 짓고 있었다. 분위기에 질린 영서가 자리에서 일어서려고 할 때 동우가 다시 돌아왔다. 하하. 라는 웃음소리를 물고.

"확인되었습니다. 신원 확실하신 분이네요. 믿겠습니다."

영서가 궁금한 눈으로 동우를 본다. 동우는 그런 영서에게 잠시 후라는 눈짓을 한 뒤 주머니에서 돈이 든 봉투를 꺼냈다.

"당신의 앞날이 잘 되길 바랍니다."

동우는 진심을 담은 덕담과 함께 돈을 건넸다. 금액을 확인한 김영호가 잠시 의문을 표했지만 나머지는 수술 이후에 다 합쳐서 일시불로 주겠다는 말을 듣고 표정을 풀었다. 계약서를 작성한 뒤 창고를 나온 두 사람이 차에 타자마자 영서의 질문이 이어졌다.

"왜 그렇게 오래 걸렸던 거예요?"

"네, 가까운 동네 PC방을 찾아가서 확인하느라고 그랬습니다. 요즘은 모두 홈페이지를 운영해서 확인이 쉬웠습니다. 서류에 적힌 번호와 인터넷에 올라온 번호를 대조하고 대조된 번호부터 먼저 확인했구요. 열 명 중 다섯 사람에게 전화를 걸었는데 대놓고 말은 안 하지만 긍정의 의미는 다 전달해주더군요."

철저한 동우다. 동우는 자신과 통화했던 사람 중 한 사람은 이식수술에 꽤 권위가 있던 사람이며 그 사람이 수술할 거란 말을 전해주었다. 영서가 그런 동우를 믿음직한 눈으로 보았다. 계약서를 썼다고는 하지만 이런 불법에 계약서는 휴지조각이라는 걸 모를 영서가 아니었다. 한두 푼도 아닌 거액을 선뜻 건네는 동우의 모습에 혀를 내두른 영서가 이제야 이해를 한 것이다.

"이제 어떻게 해야 하나요?"

"글쎄요. 뭐 어떻게든 해야겠지요. 제 생각엔 이 일이 불법이라 대놓고는 못 할 것 같아요. 하지만 안 할 수도 없으니 일단 소희 씨 담당 의사를 만나서 이야기를 해봐야 하지 않을까요. 근데 그분이 어떻게 나올지 모르겠어요. 쉬운 일이 아니죠. 그것만 해결되면 소희 씨는 저와 영서 씨가 어떻게든……."

"그렇군요. 이런 방법은 어떨까요. 만약 수술을 담당할 분이 못하겠다고 하면 일이 크게 번질 수 있으니까 적출수술을 하겠다는 분에게 소희까지 부탁하면 어떨까요?"

"그 생각을 안 해본 건 아닙니다. 하지만 상황이 어떻게 돌아갈지 몰라서요. 수술 후의 조치도 필요할 것 같고. 일단은 좀 두고 보면서 판단하죠."

이제 첫발을 내딛었을 뿐이었다. 두 사람의 한숨을 뒤로하고 차는 서울로 달려갔다.

"저, 해정 씨, 이건 위로금 정도로 생각하고 받아주세요. 형식이 조금 이상하긴 하지만……."

"이게 뭐예요? 차용증이요? 하하."

해정은 동우가 내민 봉투를 열어 내용물을 확인하고 마치 동우처럼 웃었다. 동우가 머쓱해서 손이 콧잔등으로 간다. 종이에는 일금 이백만 원 정.

이라는 말과 함께 3개월 이내에 틀림없이 지급하겠다는 문구와 동우의 사인이 들어가 있었고 맨 위에 차용증이라는 말로 그것이 무엇인지를 밝히고 있었다. 한 달을 말했던 회복기간이 2주로 줄어든 건 해정의 뛰어난 체력 덕분이었다. 심한 부상까지 당한 해정에게 뭔가 해주긴 해야 하는데 지금 그는 완전 무일푼이었다. 병원비는 임시로 영서에게 카드를 빌려 해결했지만 해정에게 줄 위로금은 어쩔 수 없어서 동우가 심사숙고 끝에 찾아낸 방법이었다. 해정이 동우를 바다 보다가 손을 내밀었다.

"이게 무슨 소용이에요. 현찰로 줘요."

"아, 그게 저, 지금은 곤란하고 조금만 기다려주세요. 최대한 3개월 이내에 반드시 지급 해드리는 거로 할게요. 물론 약속한 보수는 모두 드리고 이건 별도로 드리는 거니까 염려 말구요. 미안합니다. 해정씨. 지금은 조금 그래요."

"안 돼요. 내가 뭘 믿고 외상을 해요."

동우가 당황한 얼굴로 해정을 보았다. 그 눈빛에 간절함이 담겨서 해정은 농담을 하던 자신이 오히려 미안해졌다.

"아, 그럼 다른 거로 줘요."

"다른 거라면 뭘 드릴까요. 하하."

위기를 넘겼다고 생각했는지 동우의 웃음이 부활했다. 해정이 그 웃음을 보며 같이 하하. 웃었다.

"하하, 뭐든 좋지만 이왕이면 내가 원하는 걸 줘요. 그게 뭐냐 하면요."

말해도 되냐고 눈짓하는 해정에게 동우가 침을 한 번 꿀꺽 삼키고 나서

들을 준비가 끝났는지 고개를 크게 주억거렸다.

"나도 에스코트주식회사에서 일할 수 있게 해줘요. 보스."

동우의 눈이 동그래졌다가 가늘어졌다. 놀람과 고민을 표정 하나로 다 해결하는 동우다.

"어, 그건!"

"왜요? 내가 자격이나 능력이 안되는 건가요?"

"에이, 설마요."

"그럼 왜 거부해요?"

"거부는요. 반대로 지금 제가 해정씨 보스가 될 자격이 없는 거죠. 하하."

"아니에요. 제가 봤을 땐 차고 넘쳐요. 보수는 보스가 알아서 주면 받고 안 주면 안 받고 할게요. 그럼 이제부터 에스코트의 한 사람이 되는 건가요?"

동우는 해정의 말이 진심이란 걸 느꼈다. 옆에 있던 서금주가 축하의 박수를 쳤다.

"우와, 진짜 멋있네요. 두 사람. 나도 에스코트주식회사에 들어갈까?"

해정과 동우가 동시에 손사래를 친다.

"아, 그건 안 되죠. 물주를 직원으로 받아들이면 뭐 먹고 살아요?"

해정이 적극 막아선다. 진짜 에스코트주식회사의 일원이 된 것 같다. 동우는 그저 옆에서 하하거리며 웃을 뿐이었다. 동우는 해정에게 수익금의 반을 주겠다고 했지만 해정이 그럴 수는 없다며 20% 정도면 만족한다고 했다. 동우가 그럼 30%로 하자고 해서 해정의 보수도 결정이 되었다. 서금주는 계속 오해정의 에스코트를 받기로 했다. 기한을 따로 정하지 않았기에 현재로서는 해정이 서금주의 개인 보디가드가 된 셈이다. 동우는 서금주의 의뢰가 끝날 때까지는 오해정에게 다른 의뢰를 넘기지 않기로 약속했다. 마치 각자가 준비된 자리를 찾아 앉듯 어수선하던 주변이 깔끔하게 정리되었다. 동우는 영서에게 전화를 걸었다.

"시작하시죠?"

영서의 짧고 단호한 대답이 들리고 그들은 각자의 장소에서 같은 곳으로 출발했다. 두 사람이 소희의 집 경비실에 방문을 알리고 안으로 들어갔다. 지난번과 달리 경비원은 별다른 시비 없이 들여보내 주었는데 영서 때문인 듯했다. 살짝 못마땅해진 동우가 경비원을 곁눈질로 째려보고 지나갔지만 그 경비는 신경도 쓰지 않았다. 왜냐하면 경비가 다른 곳을 볼 때 째려봤기 때문이다. 그들의 복장은 2년 전까지 그를 통제했던 교도관들의 복장과 비슷한 디자인이었다. 경비원이 눈치 못 채게 째려봐준 것만으로도 동우는 최대한의 용기를 낸 거다. 동우의 사정이야 어쨌든 영서는 엘리베이터가 오자 안으로 들어갔다. 동우가 서둘러 따라 들어가고 엘리베이터는 곧 2층에 멈춰 섰다. 영서가 가겠다고 미리 전화를 해두었기에 소희는 문 앞에서 엘리베이터가 열리길 기다리고 있었다. 소희의 팔에 작은 넬이 안겨 있는 걸 본 동우가 반갑게 넬의 머리를 손가락으로 긁적인다.

"아, 이 녀석. 무사해서 정말 다행이다."

동우가 넬을 먼저 아는 척하자 소희가 웃으며 영서를 맞이했다.

"뭐 마실래? 동우 씨는요?"

영서가 안으로 들어가 바에 앉았다. 소희는 넬을 아예 동우에게 넘기고 영서를 따라 들어가며 각자 마시고 싶은 걸 주문받았다. 냉장고에서 주스를 꺼내 잔에 따르고 커피머신의 레버를 눌러 커피를 받는 소희에게 다시 넬을 넘긴 동우가 잔을 받아 영서 앞에 놓아두고 다른 잔은 그 옆에, 나머지 한 잔은 손에 들고 옆에 가서 섰다. 영서가 동우를 흘낏 보고 동우가 손에 든 잔을 앞으로 스윽 내밀었다가 다시 끌어들였다. 그런 두 사람을 소희는 의아한 눈으로 지켜봤다. 석양이 들기 시작한 창가에 놓인 것들의 키가 늘어나고 있었다. 짧은 침묵이 흘렀다. 영서가 다시 동우를 보았고 동우는 이번엔 고개를 주억거렸다. 두 사람의 하는 양을 보다 못 한 소희가 먼저 입을 열었다.

"뭔지는 몰라도……."

"소희야!"

우연처럼 영서도 소희가 입을 열 때 같이 입을 열었다. 그리고는 서로가 먼저 말하라는 듯 입을 다물고 다시 침묵이 흘렀다.

"그러니까요."

결국은 동우가 참지 못하고 입을 열었다. 머뭇거리는 건 동우 스타일이 아니었다. 되든 안 되든 부딪쳐서 해결하기.

"그 메일의 주인을 만났습니다. 아 참, 그 전에 저는 영서 씨를 만나서 얘기를 먼저 들었습니다. 왜 소희 씨가 그런 메일을 받아야 했는지를 알아야 했으니까요."

소희가 영서를 보았고 영서는 잠시 소희를 보다가 고개를 푹 숙였다. 소희가 다시 동우를 본다. 동우는 영서처럼 고개를 숙이지 않고 오히려 더 힘을 주어 소희를 보았다. 소희가 결국 석양이 지는 창밖으로 시선을 옮겼다. 석양을 바라보는 소희의 얼굴이 붉게 물들었다.

"어느 정도는 상황을 알게 되었습니다. 그래서 영서 씨와 함께 그 사람을 만나러 갔죠."

함께 라는 말을 할 때 소희가 영서를 힐끗 보았다. 그 시선을 피해 영서는 동우에게 고개를 끄덕였다. 소희는 묵묵히 창밖을 향한 채 다음 말을 기다렸다. 소희의 품에서 넬이 그루밍을 한다고 꼬물거렸다. 실내가 어느 정도 어두워졌다 싶자 저절로 조명이 들어왔다. 문득 상념에서 깨어난 것처럼 소희가 의자에 앉았다. 동우가 두 사람 앞에서 긴장한 모습으로 다시 입을 열었다.

"춘천 가는 길에 있는 어떤 창고에서 그 사람을 만났습니다. 그 사람은 정말로 소희 씨의 데이터를 갖고 있더군요. 그리고 자신의 데이터를 보여주었습니다. 혹시나 싶어 제가 따로 두 분 자료를 알 만한 사람에게 보여주었고 결과를 들었습니다. 가능하다는 얘기였습니다."

소희는 그저 듣고만 있었다. 그 표정은 마치 어느 연예인이 누구와 결혼하기로 했다는 기사를 읽는 것처럼 보였다. 마른 침을 삼키는 동우의 목젖이 꿈틀했다. 이제부터 할 말은 준비가 필요했다. 영서가 다시 한 번 고개를 끄덕였다. 원래 이 말은 영서가 하기로 했었다. 하지만 결국 영서는 동우의 등 뒤에서 무언의 격려를 보내는 쪽으로 방향을 잡았나 보다. 갑자기 동우가 한숨을 푹 내쉬고 몸을 돌려 창 앞으로 걸어갔다. 소희나 영서나 그런 동우의 행동에 작은 반응을 보였다. 소희의 몸이 조금 뒤로 기울여졌고 영서의 몸은 반대로 앞으로 기울여졌다. 두 팔을 창틀에 올리고 밀리는 강변북로를 바라보며 동우가 입을 열었다. 유리창에 비친 동우의 모습이 소희와 영서를 바라보고 있었다. 실제로 동우는 강변북로의 차들이 아니라 유리창에 비치는 소희의 얼굴을 보고 말을 시작했다.

"저는 소희 씨를 좋아합니다. 소희 씨가 그런 저를 비웃거나 무시해도 괜찮습니다. 소희 씨와 어떻게 잘 됐으면 좋겠단 생각은 한 번도 해본 적 없습니다. 하지만 이번만큼은 소희 씨에게 어떻게 해보고 싶습니다. 그리고 모든 일이 잘 끝난 후엔 다시 저를 무시해도 좋고 비웃어도 좋습니다."

소희가 유리창에 비친 동우의 투영을 물끄러미 보았다. 동우는 여전히 유리창 속의 소희에게 말했다.

"저는 소희 씨가 결혼도 하고 아이도 낳고 행복하게 사는 모습을 꼭 보고 싶습니다. 그것만 봐도 저는 행복할 수 있을 것 같아요. 그 행복이 내 것은 아니지만 기꺼이 누릴 준비가 되어 있습니다. 그러니 수술을 받으세요."

'받으세요.' 하는 순간 영서가 소희의 눈치를 살폈다. 소희의 눈이 잠깐 영서를 보았다가 돌아와 다시 동우의 등에서 멈췄다.

"동우 씨는 자신이 불행하다고 생각해본 적 없어요? 친구 때문에 감옥에 갔고 거기서 3년이 넘도록 사회와 격리된 생활을 해야 했고 나오니 가족도 친구도 모두 외면하는 사람이 되어 있었다는 게 불행하지 않아요? 그런데도 좋아하는 사람이 다른 사람과 행복을 누리는 걸 보고 싶다고 말할 수 있어요? 이제는 자신이 행복해지고 싶지 않아요?"

소희가 조용한 목소리로 입을 열었다. 동우의 돌아선 어깨가 움찔 떨렸고 영서가 그런 동우를 놀란 눈으로 바라보았다. 잠시 어두운 창밖으로 시선을 옮겼던 동우가 천천히 돌아서서 소희를 보았다.

"이제는 자신이 행복해질 때라고 생각하지 않나요? 제 일은 저에게 맡겨두고 동우 씨 자신을 돌아보세요. 조금 더 행복해지란 말씀이에요."

살짝 굳었던 동우의 얼굴에 미소가 번졌다.

"저는,"

시선이 다시 한 번 동우에게 모였다. 동우의 얼굴은 이제 원래대로의 그 얼굴로 바뀌어 있었다.

"저는, 제 인생은 소희 씨 생각보다 나쁘지 않다고 생각해요. 하하하."

동우가 자연스럽게 웃으려고 애썼지만 그 웃음은 동우의 것이라기엔 많이 낯설었다.

"알아요. 지난번 아침에 본의는 아니었지만 혼자 하는 얘길 들었어요. 그래서 그 모든 걸 알게 된 거죠. 어쨌든 제 일은 그냥 제게 맡겨주세요. 동우 씨가 나서서 도와주려는 마음은 잘 알겠어요. 그러니 거기까지만 해요."

"소희야, 이건 내가 동우 씨에게 의뢰한 거야. 동우 씨는 지금 내 의뢰로 이 일을 맡게 된 거니까 오해하지 마."

영서의 의뢰라는 말에 소희가 동우를 보았고 동우는 마지못해 고개를 끄덕였다.

"의뢰요?"

"네, 의뢰를……."

"요즘은 이런 의뢰도 받아요?"

"……"

동우는 아무 말도 할 수 없었다. 마른 입에 한 모금 삼킨 커피는 이미 싸늘하게 식어있었다. 분위기도 싸늘하게 식어 누군가의 숨소리만 간헐적으로 가늘게 들릴 뿐이었다. 모두 힘겨운 시간을 보내고 있었다. 한참 식은 커피만 바라보던 소희는 말없이 방으로 들어가 버렸고 영서가 뒤를 따라 들어갔다. 동우는 혼자 남은 창가에서 빨간 불빛이 꼬리를 무는 강변북로를 보고 있었다. 그 불빛은 혈관을 도는 핏줄기처럼 보였고 혈관은 꽉 막혀 몸살을 앓고 있었다. 동우의 깊은숨에 유리창엔 김이 서렸다가 사라졌다가를 반복했다. 방에서는 아무런 소리도 들리지 않았다. 아니 어쩌면 처음부터 방에서 나는 소리가 밖으로 나오지 않게 되어 있는지도 모른다. 당신이나 행복해지라는 말이 동우에게 충격이 된 건 아니었지만 묘한 흔들림을 일으킨 건 맞았다. 갑자기 담배 생각이 났다. 안 피운 지 너무 오래되어 느낌조차 가물거리지만 왠지 담배를 피우면 조금은 정리가 쉬울 것 같았다. 하지만 담배를 사러 나가면 다시는 돌아오지 못할 거였다. 돌아오지 못한다. 동우가 잠시 고개를 흔들다가 돌아섰다. 유리창으로 돌아섰다가 다시 돌아서는 동우의 모습이 슬로우 모션처럼 지나갔다. 강변북로에서는 작은 접촉사고가 생겼는지 몇 대의 차가 비상등과 함께 멈춰 섰다. 불순물들이 빠져나가지 못하고 혈관 이곳저곳을 막아버린 것처럼 차들이 꾸역꾸역 밀려들어 조금이라도 틈이 보이는 곳을 향해 머리를 들이밀었다. 깜빡이를 켜는 차는 그래도 양반이었고 무조건 들이밀고 보는 차들 때문에 삿대질이 오가는 것도 보였다. 잠깐 새에 큰 혼란이 내려앉으며 그나마 밀려가던 도로가 주차장으로 바뀌었다. 갓길을 뚫고 경광등에 사이렌까지 울리며 달리는 십여 대의 레커차들이 한눈에 보였다. 휴우~ 한숨을 내쉬는 동우의 눈에 방문이 열리는 게 보였다. 동우가 얼른 돌아서자 방에서 영서가 나오며 동우에게 고개를 흔들었다. 동우는 다가오는 영서를 지나쳐 문 앞에 섰다.

"소희 씨 이번 한 번만 제 말을 들어주세요."

방에서는 아무런 소리도 들리지 않았다. 동우는 입을 열어 뭐라고 더 말을 하려다가 멈췄다. 영서가 와서 동우의 팔을 잡았기 때문이다. 돌아본 동우에게 고개를 흔드는 영서가 보였다.

"나중에 다시 와요. 지금은 안 될 것 같아요. 동우 씨."

"소희 씨. 제발 한 번 더 생각해봐요. 긍정적으로. 세상엔 소희 씨만 있는 게 아니잖아요."

여전히 방안에서는 묵묵부답이다.

"아무튼 지금은 갈게요. 생각이 정리되면 언제든 연락주세요. 기다리겠습니다."

영서가 엘리베이터를 불렀다. 동우는 엘리베이터를 타면서도 방문이 혹시 열릴까 싶어 뒷걸음으로 걸으며 눈을 떼지 못했다. 하지만 동우의 시선을 엘리베이터의 문이 막을 때까지 방문은 열리지 않았다.

"사람들 참, 볼 거 없다고 그렇게 말했는데도 기어코 찾아오다니."

동우가 편의점에서 산 음료수와 캔 커피가 들어있는 비닐봉지를 덜렁거리며 사무실 건물로 걸어갔다. 막 모퉁이를 돌았을 때 낯익은 검은색 렉서스가 앞에 서 있는 게 보였다.

'소희 씨 차랑 똑같네?'

하긴 강남에서 굴러다니는 렉서스가 어디 한두 대인가. 혹시? 하면서도 설마! 로 받으며 동우가 현관으로 들어갔다. 경비실 앞에서는 어떤 여자가 경비원에게 뭔가를 묻고 있었다. 동우의 얼굴에 순간 환한 웃음이 번졌다.

"소희 씨?"

경비원과 말하던 여자가 돌아섰다. 소희였다. 웃음으로 얼굴의 면적이 커진 동우를 보며 소희가 가볍게 웃었다.

"아, 소희 씨. 여긴 어떻게 아셨어요?"

"전에 얼핏 이 근처의 소호텔이라고 얘기했었어요. 동우 씨가."

"그랬었나요? 하하."

동우가 콧잔등을 긁적이며 모처럼만에 동우다운 웃음을 보였다. 그 웃음에는 겸연쩍음과 반가움이 가득 묻어났다.

"소희 씨, 근처 커피숍에서 잠깐만 기다려주시겠어요? 지금 사무실에 손님들이 와 있어서요. 제가 금방 사정을 설명하고 돌려보낸 다음 갈게요."

"아, 그 천사호요? 그러지 말고 같이 올라가요. 저도 구경 한번 해보고 싶은데."

소희가 다시 웃었다. 동우는 소희가 짧은 순간에 두 번이나 웃었다는 걸 알았다. 처음이었다. 기쁜 마음으로 하하 웃으며 천사호의 실체를 말했다.

"하하하. 실은 너무 좁아서요. 지금 두 사람이 있는데도 터질 지경입니다. 소희 씨와 제가 올라가면 아마 두 사람쯤은 책상 위에 올라가야 할 거에요."

"괜찮아요. 잠깐 보고 나오죠. 뭐."

소희가 꼭 보고 싶다는데 더는 거부할 담력이 없는 동우다. 그리고 엘리베이터가 내려왔다.

"뭐 좁은 건 그렇다 쳐도 어째 사무실에 컴퓨터가 한 대도 없어요? 기다리는 동안 심심했잖아요."

문이 열리자 서금주가 대뜸 동우에게 항의를 했다. 음료수를 사러 간 그 순간이 지루했던 모양이다. 서금주는 의자에 앉아있었고 해정은 책상에 걸터앉아 있었다.

"하하. 뭐 그냥……."

동우의 말에 고개를 갸우뚱하며 반박하려던 서금주의 입이 다물어졌다. 대신 두 눈이 입만큼이나 커졌다. 그리고 곧 반가움이 쏟아져 나왔다. 동우의 뒤를 따라 소희가 들어서는 걸 본 것이다.

"어? 언니? 우와아~"

"장금주? 넌 여기서 뭐 해?"

"뭐하긴. 에스코트 받고 있지. 전에 언니한테 여기 전화번호 물어봤었잖아. 왜? 언니 잘됐다. 정말 보고 싶었는데."

"전화하지 그랬어?"

서금주는 반가운 마음에 자신의 이름이 장금주라는 게 드러났다는 것도 잊고 좋아했다. 동우와 해정이 서로 바라보며 어깨를 으쓱했다. 해정의 입술이 동우의 귀가 아닌 눈에 무음으로 속삭였다.

'못 말려!'

두 사람의 만남이 정리될 때까지 마땅히 앉을 곳도 없어 선 채로 기다리던 동우가 서금주, 아니 장금주의 말이 끝없이 이어지자 작게 기침을 했다. 그 기침에 말을 멈춘 장금주가 그제야 미안한 표정을 지었다.

"사촌 동생이에요. 큰아버지의 딸."

역시 서 있던 소희가 간단하게 장금주를 소개했다. 동우가 이번에는 장금주를 본다. 장금주는 동우가 보자 외면 했다가 다시 동우를 보고 씨익 웃었다. 동우는 장금주에게 묻고 싶은 게 많았지만 이 자리에서 묻기엔 적당치 않다고 생각했다.

"해정 씨, 이 분은 에스코트주식회사가 있을 수 있게 해 준 분이세요. 장소희님이요. 첫 번째 고객이셨거든요. 소희 씨 에스코트의 새 멤버 오해정 씨에요. 하하."

일어설 자리가 없어서 그대로 책상에 걸터앉아 있던 해정이 이해한 표정으로 고개를 끄덕이고 소희에게 인사를 건넸다. 소희도 옅은 미소로 인사를 나눴다. 동우가 두 사람에게 소희와 상의할 일이 있으니 양해를 부탁한다고 하자 해정이 장금주를 바라보며 말했다.

"염려 말고 다녀오세요. 금주 씨는 제가 모실 테니까요."

동우가 소희와 밖으로 나가자 밝은 표정으로 있던 장금주의 얼굴이 금세 어두워졌다. 오해정이 그런 그녀를 보며 막 입을 열려고 했을 때 손가락이 그 입을 막았다.

"언니. 그냥 못 본 걸로 해줘요."

장금주의 복잡한 표정에 해정이 작게 고개를 끄덕였다. 캐서 될 일이 있고 안 될 일이 있다는 건 해정도 잘 알았다. 어차피 알아야 할 일이라면 억지로 캐지 않아도 먼저 말할 것이고 그렇지 않다면 그건 절대로 캐서는 안 되는 일이다.

동우가 들고 온 박스를 책상 위에 올렸다. 박스를 여니 재생지로 만든 두터운 완충재들이 보인다. 그것들을 모두 들어내고 안에 든 물건을 꺼냈다. 넷북이다. 착잡한 심정으로 넷북을 보던 동우가 전원선을 연결하고 벽에 붙어있던 랜 선을 찾아 연결했다. 파워스위치를 누르자 잠시 후 화면에 빛이 생기면서 지렁이가 기어가듯 부팅이 시작되는 게 보였다. 구입할 때 세팅을 다 마쳤기에 인터넷 아이콘을 클릭하자 곧바로 화면이 열렸다. 영서에게 양해를 구하고 다시 그녀의 카드를 써서 구입한 넷북이었다. 기억하기도 싫은 그 사건 이후 동우는 되도록 컴퓨터를 가까이하지 않으려고 했다. 그러나 소희의 일을 하게 되면서 컴퓨터를 만지는 시간이 늘어났고 결국은 다시 눈앞에 두게 된 것이다. 언제까지고 외면하려던 건 아니었다. 그냥 왠지 구입하지 않게 된 것뿐이다. 소희가 동우에게 장금주가 했던 말을 꺼내며 그래서 컴퓨터를 멀리 하는 거냐고 물었을 때 비로소 동우는 자신이 컴퓨터를 피하고 있다는 걸 깨달았다. 소희는 동우에게 왜 그렇게 자신을 신경 써 주느냐고 물었다. 그것도 정색하고 물었기에 동우가 할 말을 못 찾아서 버벅거렸다.

"처음부터 그랬어요. 제가 아무것도 모르고 '넬' 님의 뒤를 따라다니면서부터요. 어떻게 들을지는 모르겠지만 지켜주고 싶은 마음, 감싸주고 싶은 마음이 저절로 들었다고 말하면 웃으실지 몰라도……."

소희는 그 말을 듣고 그저 웃었을 뿐이었다. 아무 말 없이 동우를 몇 분간 바라보다가 소희가 돌아갔다. 동우의 귀엔 소희가 일어나며 남긴 말이 생생하게 남아 있었다.

"아직은 조금 더 살아봐도 좋겠다는, 아니 조금 더 살아보고 싶은 욕심. 동우 씨가 만들었어요."

그 말이 다였다. 하지만 그 말에는 동우가 원했던 모든 것들이 담겨서 동우의 얼굴에 웃음으로 남아 있었다. 소희와 헤어져 기분 좋게 천사호로 돌아온 동우를 기다린 건 장금주였다. 해정이 어딜 갔는지 물었지만 아무런 대답 없이 고개만 숙이고 있던 장금주가 물기 어린 눈으로 고개를 들어 동우를 보았다. 당황한 동우가 티슈를 건넸지만 장금주는 받을 생각이 없어 보였다. 끝내 물기가 눈을 타고 넘쳐 볼로 흘러내렸다. 장금주는 짧지만 긴 여운으로 가득한 말을 남기고 갔다. 오해정이 기다린다는 말과 함께. 엘리베이터까지 장금주를 배웅하고 돌아온 동우는 곧바로 건물 관리실에 연락해서 인터넷 선을 살려두고 나가서 넷북을 사왔다. 영서의 카드를 아직 돌려주지 않았던 게 다행이었다.

"소월길 사고."

동우가 인터넷을 열고 검색창에 소월길 사고라고 쳤다. 소월길, 사고, 남산 등 유사 검색어로 뜰 수 있는 모든 정보가 최신순으로 떠오른다. 정확도로 검색 툴을 바꿔 한 페이지 한 페이지 천천히 훑어나가던 동우의 눈이 하나의 밑줄 위에 멈췄다.

소월길에서 주택 지붕으로 차량추락사고

2006년 3월 27일 01:33경 서울 남산 소월길을 달리던 승용차가 다세대 주택 지붕으로 추락한 사고 발생, 신고를 받고 출동하여 사다리를 전개해 구조 작업을 펼쳤으나 운전자와 탑승자는 구조 전에 이미 사망.

2006년 3월 27일 교통사고라고 검색창에 쳤다. 곧 여러 건의 관련 정보들이 떴다. 그 중 '광란의 질주인가? 스포츠카 남산 소월길에서 지붕 덮쳐' 라는 기사를 발견한 동우가 기사 제목을 클릭하자 간단한 사건 경위와 사망자의 신원이 이니셜로 떴다.

2006년 3월 27일 새벽 1시 반쯤 남산의 소월길을 달리던 수입 스포츠카가 도로의 안전 철조망을 뚫고 10여 미터 아래의 주택 옥상에 추락해 운전자 장 모 씨와 조수석에 탑승한 부인 윤 모 씨가 그 자리에서 숨졌습니다. 경찰 추정에 따르면 사고 차량은 스포츠카인 포르쉐로 급커브 구간이 많아 위험한 남산 소월길에서 사고지점을 과속으로 운행하다가 핸들 조작 미숙으로…….

기사는 사고 차가 다른 차와 부딪친 흔적이 전혀 없었으며 그에 따라 차량 운행이 뜸한 새벽의 남산 소월길을 과속 주행하다가 급커브 구간에서 운전 미숙에 의해 추락한 사고로 추정하고 있다는 경찰 관계자의 말로 간단하게 경위를 전하고 있었다. 포르쉐, 스포츠카, 교통량이 뜸한 새벽 길, 급커브 구간. 나열된 말들은 모두 하나의 정황을 끌어내기 위해 동원된 실마리 역할을 하고 있었다. 과속에 의한 사고. 동우는 울먹이는 목소리로 장금주가 털어놓은 이야기가 어느 정도는 신빙성이 있다고 느꼈지만 거기까지뿐이란 게 안타까웠다. 장금주의 고백은 그게 사실이라면 인간이 저지를 수 있는 가장 추악한 진실을 담고 있었다.

"저는 언니의 부모님, 숙부와 숙모를 죽인 사람이 아빠와 오빠라고 생각해요."

동우가 놀란 눈으로 손을 들어 입을 막았다. 비명이 터져 나올 뻔한 것을 간신히 틀어막은 거였다. 장금주의 고개가 다시 아래로 떨어졌다. 그녀는 어깨를 가늘게 떨고 있었다. 무서운 꿈을 꾸고 깬 것처럼. 마치 꿈 얘기를 하는 것처럼 그녀는 자신의 아빠와 오빠가 소희의 부모를 죽인 사람이라고 생각한다고 했다. 범인이란 말 대신 사람이란 말을 쓰는 그 마음이 느껴져서 씁쓸했다. 어쨌든 그들은 그녀의 가족인 것이다. 천인공노할 짓을 저질렀다고 해도 가족이라는 끈은 잘라내지 못하는 것이 바로 사람이다. 그래서 동우의 귀에도 다른 누군가가 흔히 털어놓는 꿈 얘기를 듣는 것처럼 느껴졌다.

"6년 전 어느 봄날이었어요. 아빠에게 용돈을 타낼 생각으로 아버지 방에 들어갔던 저는 문밖에서 들려오는 소리에 방에 있던 장 속에 숨고 말았어요. 얼핏 들었던 그 말이 너무 당황스러운 소리였기에. 문을 열고 들어온 건 아빠와 오빠였는데……."

"아무 문제 없을 겁니다."

"문제가 없을 거라고? 누가 그따위 짓을 하라더냐? 그들은 바로 네……."

"그만 하세요. 도대체 언제까지 이렇게 인정에 끌려다니기만 하실 건가요? 저는 아버지와 다릅니다. 아시겠어요?"

아빠는 그런 오빠에게 아무 말도 못 했다. 문틈으로 내다본 방안에서는 오빠는 아빠를, 아빠는 오빠를 서로 노려보고 서 있었을 뿐이었다.

정확히 누구를 어떻게 했다는 말이 없다. '문제가 없을 거'라는 말과 '그들은 네…….' 정도로는 그 사건과 연관 지어 추측해볼 만한 어떤 단서도 없었다. 동우는 그들이 범인, 아니 최소한 범죄를 사주한 자일지도 모른다는 생각이 들었지만 그걸 증명할 방법은 없었다. 도대체 어떤 사고였는지를 검색해 보려고 PC방을 들어가던 동우에게 문득 자신도 행복해지려고 해보라는 소희의 말이 떠올랐다. 건물 근처, 동우가 늘 애용하는 양판점을 들어갔다. 넷북이라는 이름으로 저렴한 노트북들이 꽤 많이 나와 있었다. 검색과 문서 작성 정도에 이 넷북이면 충분할 것이다. 게다가 사이즈가 작아서 갖고 다니며 필요할 때마다 쓰기도 좋았다.

'일을 하며 절대로 필요한 게 컴퓨터다. 그걸 조금 늦게 구입한 것뿐이다. 옛날 일쯤은 아무것도 아니다. 별일 아니다. 별일 아니다.'

정말 별일 아니라고 스스로 자위를 하면서 구입한 노트북으로 소희의 부모님에게 일어난 사고를 검색했다. 장금주는 아빠와 오빠의 일을 알게 된 후부터 정상적인 생활을 할 수가 없었다. 아무리 가족이라지만 그들이 파렴치한 짓을 저질렀다고 생각하니 너무나 혼란스러웠던 것이다. 그녀는 유학이라도 떠나려고 했지만 완고한 아빠에 의해 여권을 뺏기고 말았다. 스스로를 망가뜨리면서 어찌하면 그들을 괴롭힐까만 생각하던 장금주는 소희에게서 동우의 이야기를 듣고 의뢰를 하기로 마음먹었다. 자기 자신을 위험에 빠뜨림으로써 아빠를 괴롭히기로 한 것이다. 하지만 정말 죽기는 두려워서 동우로 하여금 위급한 상황을 막아주기를 바랐던 거라고 했다. 하지만 해정이 자신으로 인해 큰 부상을 입게 되자 그 생각을 그만두고 말았다. 나중에 해정에게서 들은 이야기는 4명의 남자가 장금주를 납치하려고 해서 막다가 당했다고 했다. 알고 보니 납치 같은 건 아니었지만 당시는 장금주와 그들의 관계를 몰랐기에 기를 쓰고 막으려고 하다가 마지막 한 명에게 당했다. 그 마지막 인물은 해정으로서도 당해낼 수 없었다고 한다. 그들 나름대로 그쪽 계통에서 꽤 하는 작자들이었던 모양인데 이후 병원에서 장금주가 사과를 하며 아마도 오빠가 보낸 자들일 거라고 했다는 것이다. 그 마지막 인물이 해정에게 에스코튼지 뭔지 다 조사해뒀으니까 까불면 그냥 안 두겠다고 협박했다. 장금주가 해정이 당하는 사이에 경찰에 신고한 덕분에 근처에 있던 경찰차가 달려와서 더 이상의 피해를 막을 수 있었다. 소희의 부모님을 해친 자들일지도 모른다는 생각에 동우가 주먹을 불끈 쥐었지만 곧바로 힘이 빠지고 만다.

'무슨 방법이 없을까.'

소희의 인생을 흔들어놓은 놈들일지도 몰랐다. 그냥 접어두기에는 너무나 아쉽다. 게다가 오해정의 일로도 그들에겐 받을 빚이 있었다. 저녁때가 되어 해정이 돌아왔다. 장금주가 이제 에스코트로 말고 그냥 언니 동생으로 지내고 싶다며 의뢰를 끝낸 것이다. 동우의 머리가 끄덕여진다. 그 끄덕임은 내심과는 달랐다.

'한 푼이 아쉬운 시긴데……'

였지만 그걸 내색할 수는 없다. 동우가 해정에게 소희의 일을 이야기했다. 모든 상황을 이해한 해정이 어쩌겠느냐고 묻는다.

"아직까지는 별 대책이 없어요. 아무튼 해정 씨는 이번 일, 너무 위험해 보이니까 빠지도록 해요."

해정이 그저 웃는다. 그 웃음의 의미는 말도 안 되는 소리, 즉 개소리라는 뜻일까. 동우가 웃음의 의미를 찾으려고 하기도 전에 위로 올라갔던 해정의 입이 열렸다.

"알죠?"

"뭐……."

"말도 안 되는 소리라 멍멍이 소리라고 하는 것 아닐까요. 하하."

어느새 해정은 동우의 웃음을 배워 자신의 스타일로 만들어버렸다. 말하는 것 역시 거침없다. 감히 보스에게 멍멍이? 동우 역시 하하. 웃으며 당황을 감췄다.

"좋아요. 그럼 방법을 찾아보죠. 그 남자. 해정 씨가 버거웠다는 그 남자를 먼저 찾아야 할 것 같아요. 졸개들을 찾으면 머리도 나오겠죠?"

"그럼 저는 일단 그 주변을 좀 찾아볼게요. 보스는 그 일 말고도 소희 씨를 챙겨야 할 거 같으니까 이번 일은 내가 친구들을 좀 불러서 단서를 찾는 거로 해요. 애들한테는 나중에 거하게 한턱 쏘면 될 거예요."

해정이 동우보다 더 적극적으로 나섰다. 하긴 얻어맞고 한 달 가까이 병원

신세를 졌으니 그 마음이 이해가 된다. 친구들이라. 무술 고단자인 오해정의 친구들이라면 쉽게 당하지는 않을 거라는 믿음이 생겼다.

"좋아요. 대신 절대로 다치면 안 됩니다. 이제는 해정 씨도 에스코트주식회사니까요. 만약 위험할 것 같으면 바로 몸을 빼도록 해요."

이번에도 해정은 그저 씨익 웃는다. 동우는 앞으로 해정의 저 웃음을 '개소리'로 번역할지 말지를 잠깐 고민했다. 쓸데없는 생각을 털어낸 동우가 해정에게 이제 들어가라고 하자 해정이 아무 말 없이 밖으로 나갔다. 왠지 찜찜했지만 동우는 그냥 갔나 보다고 생각하고 잘 준비를 했다. 그래 봤자 히터 약하게 켜놓고 양말 벗고 옷 벗어 정리해두고 외투 벗어서 덮는 게 다였지만. 날씨도 많이 풀려서 이제는 여기도 잘만 해졌다. 다리를 책상에 올리고 의자를 젖혀 누운 동우의 머릿속이 복잡하게 헝클어졌다. 수많은 생각이 들고 나고를 반복하면서 발가락을 꼼지락거리던 동우는 안 씻어서 가려운 건가 싶어서 발이나 씻고 올까를 고민했다. '귀찮다'는 것과 '개운하게'라는 사이에서 열심히 헤맨 동우는 결론을 냈다. 그냥 자자고. 막 잠이 들려는 순간 천사호의 문이 열렸다. 고개만 돌려 문을 바라본 동우가 놀라서 다리를 내리고 양말을 다시 신고 옷을 입는다고 부산을 떨었다. 그 모습을 보며 해정은 들고 온 비닐봉지를 책상에 올렸다.

"그냥 넘어갈 수 없잖아요. 첫 직장인데."

사온 맥주와 안주들을 책상 위에 주욱 늘어놓으며 해정이 동우를 보고 밝게 웃었다. 저 웃음은 아마도 그 웃음은 아닐 것이다. 두 사람이 캔을 따서

들었다. '에스코트 주식회사의 발전을 위하여 건배' 해정이 먼저 외쳤고 동우가 웃으며 캔을 부딪쳤다. 술이 약한 동우가 맥주 한 캔에 뻗자 어이없어진 해정은 혼자 남아서 이런저런 생각도 하고 천사호도 둘러보며 남은 캔을 다 마셨다. 지금 천사호에서는 두 사람의 에스코트가 발을 책상 위에 올리고 잠들어 있었다. 두 개의 책상이 있는 방을 잡은 건 이런 날이 올 줄 알고 그랬던 건가. 동우의 잠든 입가가 살며시 올라가고 오늘 배운 한 마디가 잠꼬대가 되어 나온다. '말도 안 되는 소리, 개소리.'

　다음날 '습관처럼!' 아침 세면 전쟁에서 유리한 고지를 차지하기 위해 일찍 눈을 뜬 동우는 옆 책상에서 잠든 해정을 보고 잠시 멍해 있었다. 가전제품이 말을 안 들을 때 많이 쓰는 두드리기로 머리를 두드려 정신을 가다듬은 후에야 '그렇지!' 하고 정신을 수습한 동우는 예정대로 화장실에 가서 '우와! 이런 감동이 있나!'를 외치며 1등으로 세수를 했다. 그래도 뒤에서 기다리는 사람이 두 명이 안 되자 면도를 하고 어제 못 씻은 발까지 꼼꼼히 씻고 천사호로 돌아왔다. 동우가 돌아와 옷을 입고 히터에 가까운 곳에 걸어둔 양말을 신을 때까지 해정은 아직 일어나지 않았다. 속옷을 어쩔까 생각하며 고민하던 동우가 다시 한 번 해정을 살폈다. 해정의 책상에는 찌그러뜨린 빈 캔들이 9개나 뒹굴고 있었다. 동우에겐 치사량이었기에 안심해도 되지 않을까 라고 생각은 했지만 막상 갈아입으려니 쉽지 않다. 저걸 다 마시고도 흐트러짐 없이! 곱게 자는 모습을 보니 불안한 거다. 천사호는 마땅히 몸을 가리고 뭐든 해볼 만한 공간이 없다. 책상 두 개와 의자 두 개를 빼면 남는 공간은 문쪽에 있는 손바닥만 한 공간. 그리고 반대쪽 책상 옆 라면 박스

두 개쯤 놔두면 딱 맞을 자리뿐이다. 그 라면 박스 공간에 히터를 놔둬서 공간은 더 없다. 동우는 속옷 선수교체를 포기했다. 서랍 속에서 출전을 기다리는 교체 멤버들에겐 좀 미안했지만 어쩔 수 없다. '화장실을 다시 갈까' 라는 생각은 역시 불가! 지금은 세면대보다 화장실 쪽 줄이 더 길게 뻔한 시간이다. 포기하자 마음이 편해진 동우가 다시 여유로운 얼굴이 되어 해정을 살폈다. 동우의 시선이 따가웠는지 해정이 눈을 부스스 뜨고 동우를 본다. 그리고 동우가 했던 것처럼 머리를 두드리고 눈을 비벼 상황 파악을 시도했다.

"아, 보스. 일어났군요. 맥주는 이게 제일 싫다니까. 화장실 어디에요?"

동우가 여자 화장실은 상황이 어떨까 생각하는 동안 해정은 의자에서 일어나 목을 풀고 허리를 돌리는 등 열심히 스트레칭을 한다. 좁은 데서도 별지장 없이 팔다리가 쭉쭉 뻗고 허리와 어깨가 돌아간다.

"시간이 지금 딱 그쪽이 제일 바쁠 시간인데 이건 어디까지나 남자 쪽이라서요. 여자 쪽은 본 적이 없어서 어떨지 모르겠네요. 문을 나가서 오른쪽으로 쭈욱 걸어가면 남자 화장실이고 그 코너를 돌아서 반대쪽이 여자 화장실일 거예요."

해정이 문을 나가자 동우는 잠깐 선수교체를 다시 고민했지만 곧 포기했다. '벗을 일도 없는데 뭐' 라는 아주 합리적인 생각이 들었기 때문이다. 해정은 10분 후 돌아왔다. 평소에도 해정은 민낯으로 다녀서 그다지 다른 모습이 아니었는데 오늘 따라 해정의 아침 얼굴이 동우의 눈에 상당한 미인으로 보였다.

"해정 씨는 세상에서 민낯이 가장 잘 어울리는 사람 같아요."

동우의 입에서 자신도 모르게 감탄이 튀어나왔다.

"하하, 웬일이에요. 칭찬을 다하고."

생각해보니 뻘쭘해진 동우가 급히 말을 돌렸다.

"여자 화장실 쪽은 남자 쪽보다 널널한가 봐요. 생각보다 빨리 왔네요."

"아무도 없던데요? 여자들은 아무래도 아침에 할 게 많아서 더 일찍 러시아워가 지나갈 거예요. 하하."

"아, 맞다. 그럴 수 있겠네요. 하하."

천사호에서 두 명분의 하하,가 새로운 아침을 맞았다. 뭐 나쁘진 않은 듯하다.

"밥 먹으러 갈까요?"

"맛있는 데 있어요?"

"술 먹은 다음 날 해장 같은 거 꼭 국물로 하는 스타일이에요?"

"그렇긴 하지만 뭐 이 정도 마시고 해장까지야."

동우가 이 정도라는 말에 널린 빈 캔을 보며 고개를 흔드는 동안 해정도 동우 몫의 한 캔을 보며 고개를 흔들었다.

"얼큰~한 비빔국수 어때요?"

"하하. 얼큰이 나올 때는 뭐 콩나물 해장국이나 아님 생태찌개나 그런 대사가 나올 줄 알았더니 비빔국수요? 좋아요. 가요."

잠시 후 두 사람이 할머니 분식집에서 주문한 식사를 기다렸다.

"양 많이! 양 많이!"

동우가 평소의 습관대로 '양 많이'를 젓가락을 두드려가며 외치자 해정도 덩달아서 젓가락을 두드리며 합류했다. 할머니는 걸쭉한 욕설로 대답했다.

"그 눔 참, 비비기도 귀찮구먼 아침부터 쌍으로 몰려와서 지랄여. 어디 남기기만 혀라. 아주 아가리에다 억지로 쳐 넣어줄라니께."

재미 들려서 같이 '양 많이'를 외쳤던 오해정에게 돌아온 대가는 보통의 비빔국수보다 세 배는 더 많아 보이는 특대 사이즈 비빔국수였다. 동우가 걱정스런 눈으로 해정을 보며 할머니 안 볼 때 먹을 만큼 남기고 자신의 그릇에 덜라는 사인을 보냈다. 해정은 씨익 웃고 젓가락을 들었다. 동우는 딴 때보다 더 양이 늘어난 비빔국수를 간신히 다 먹고 국물로 나온 콩나물국까지 말끔히 마시며 또 한 번 고개를 흔들었다. 동우의 그릇보다 더 깨끗한 그릇이 앞자리에 놓여있었다. 할머니가 그릇을 보고 엄지를 세웠다.

"아따 먹는 거 하나는 왓따네, 왓따여."

"그럼요. 이렇게 맛있는 비빔국수는 정말 머리털 나고 처음 먹어봤어요. 나 살찌면 할머니가 책임져!"

"살찌는 걸 왜 내가 책임 져? 맛있게 처먹었으면 언능 인나서 일하러들 가거라. 실컷 처먹고 떼굴떼굴 뒹굴기만 해니께 다 살로 가는 겨!"

"이렇게 해봐요. 생각을 좀 해봤는데……."

식사를 마치고 오는 길에 아침에 씻은 게 좀 부실했는지 해정이 근처 찜질방을 갔고 동우는 자리로 돌아와 생각에 잠겼다. 조는 것처럼 보이는 동우가 그렇지 않다는 걸 보여주는 손가락 장단을 맞추며 책상에 고개를 대고 엎어져 있다가 문 열리는 소리에 일어나 앉았다. 해정이 돌아오자 동우는 그 동안 생각했던 걸 정리해서 설명했다. 일단 주변 조사를 하자는 어제의 계획에 동우가 조금 더 구체적으로 동원 가능한 인원을 물었고 해정이 열 명 정도 된다고 대답했다. 그 인원을 습격 지점을 중심으로 동심원을 그리며 배치했다.

동우가 성형외과에서 쓴다는 프로그램을 인터넷에서 다운받아 몽타주를 만들었다. 해정의 말로는 눈매 등이 특징적이어서 상당히 비슷한 얼굴이 나왔다고 했다. 그 몽타주를 PC방에서 프린트해 나눠 갖기로 하고 세부적인 시간 등을 정했다. 동우가 잡은 계획에 해정이 간간이 자신의 생각을 넣어 부분적으로 수정해가며 보다 정교한 작전이 세워졌다.

episode 6\ 미션 임파서블

"이 컨테이너가 어때요?"

해정이 작은 넷북에 머리를 모으고 검색하던 중 하나를 가리켰다.

"적당하네요. 이거로 해요."

동우가 동의 하고 주문했다. 배송처는 시내 한복판, 바닥만 골라놓고 2년째 공사가 중단된 주상복합 공사현장의 주소다. 며칠 동안 해정과 그 일행이 장금주가 습격 당했던 서울시립미술관 근처를 중심으로 추적한 끝에 그들 네 사람 중 하나를 발견하는 데 성공했다. 그자는 아침마다 벤츠를 몰고 그곳에서 1Km쯤 떨어진 고급 레지던스로 갔다. 그자가 차를 대놓고 기다리자 해정을 때려눕힌 인물이 거기서 나와 차에 탔다. 행적이 발견된 날 이후 3주간 레지던스 주변에서 그가 나가는 시간, 들어오는 시간과 휴일엔 뭘 하는지 등을 꼼꼼하게 체크해 나갔다. 동우와 해정은 조사된 걸 바탕으로 그 인물을 잡을 구체적인 작전을 짰다. 그건 작전이라고 하기보단 차라리 '수작'이라는 말이 더 어울릴 법한 계획이었다. 동우는 해정의 친구들에게 반드시 제대로 한턱 쏘겠다고 약속하는 것으로 그들의 수고에 대한 고마움을 우선은 말로 때웠다.

"오, 생활패턴이 칼이군요. 근데 정말 그걸 꼭 써야 할까요? 어휴~"

"냄새는 좀 나겠지만 뭐 며칠뿐이니까요. 준비는 잘 되어가죠?"

"막내 차에 실어뒀는데 걔는 요즘 지하철 타고 다녀요. 크크."

해정이 쿡쿡 웃으며 말했다. 동우와 해정은 시립미술관 근처의 국밥집에서 식사를 하며 준비상황을 점검했다.

"와, 이거 맛있네요. 술 마신 다음 날 끝내주겠다."

"시간 됐어요."

동우가 일어나 계산을 했다. 조사에서 준비까지 한 달이 넘는 기간 동안 십여 명의 식대와 교통비에 기타 비용까지 들어간 돈이 벌써 꽤 된다. 여기서 본전 못 뽑으면 억울할 거다. 물론 본전이란 돈이 아니라 정확한 사실과 증거를 찾는 일이다. 동우는 소희에게 이번 일을 말하지 않았다. 부모님의 명예를 위해 의혹 파헤치는 것도 마다했다는 영서의 말 때문이다. 뭐라도 명확한 게 나오면 그때 이야기할 생각이었다. 수작이 진행되는 동안 소희의 수술 계획은 조금씩 틀이 잡혀갔다. 소희의 주치의에게 적합한 기증자가 나타났으니 수술 일정을 잡아달라고 부탁했다. 공교롭게도 주치의는 자신보다 실력 있는 전문의에게 수술을 의뢰할 생각을 하고 있었다. 게다가 그 후보 리스트엔 이미 김영호의 친구가 포함되어 있었다. 영서와 소희는 주치의와

상의해서 수술할 사람을 그로 정했다. 적출에서 이식까지 장소와 스케줄 모두 소희의 병원에서 잡혔다. 주치의도 김영호의 친구도 모두 이견이 없었다. 동우가 걱정하던 부분이 자연스럽게 해결된 것이다. 동우는 모든 일을 하나에서 열까지 꼼꼼하고 신중하게 처리했고 두 사람은 동우를 전폭적으로 신뢰했다. 그 믿음을 위해 그는 밤에는 잠을 아껴가며 조사를 하고 낮에는 김영호의 친구를 만나 계획을 짜고 일정을 잡았다. 모든 준비는 잘 되어가고 있었다. 소희는 동우가 선금을 냈다는 걸 몰랐다. 영서는 당연히 동우가 말했을 거로 생각했고 동우는 소희에게 돈 애길 하고 싶지 않았다. 그저 앞으로 필요한 돈이 얼마라고 말했고 소희는 그 돈을 동우에게 주었다.

　동우가 그 준비를 하는 동안 이쪽은 해정이 담당했다. 해정은 터프해 보이는 성격과 달리 의외로 침착하고 꼼꼼했다. 비록 3주가 안 되는 기간 동안 알게 된 거지만 두목은 그 3주 사이에 끼어있던 두 번의 일요일 모두 아침 7시에 개를 데리고 산책을 나왔다. 특별한 일이 없는 한 그건 바로 그의 생활 습관이 맞을 것이다. 동우와 해정은 5시부터 나와서 준비 상황을 점검하고 이제 막 아침 식사를 했다. 시간은 여섯 시 반. 반 시간 뒤에 그가 산책을 시작한다. 산책은 동네를 한 바퀴 도는 정도. 지난주 초에 그 산책 코스에 컨테이너를 실어다 놨다. 공사 현장이었기에 컨테이너는 자연스럽게 풍경의 한 부분이 되었다. 컨테이너의 문은 살짝 열려있었다. 십오 분 전이 되자 작업복 복장의 사람들이 분무기를 하나씩 들고 다니며 산책 코스에 뭔가를 뿌렸다. 그건 종이에 적힌 포인트마다 하나의 동선을 만들며 컨테이너 앞까지 이어졌다. 모두 마스크를 하고 고무장갑을 꼈다. 일요일인데도 아침 일찍 어딘가로 향하던 남자가 코를 실룩거리며 지나갔다. 십분 전 작업을 마친 인원들이 모두 사라졌다. 오 분 전 암캐 한 마리가 컨테이너 안에 넣어졌다. 그 안엔 개집이 있었고 암캐는 개집의 기둥에 긴 줄로 묶여 있었다. 개가 줄을 끌고 컨테이너의 문으로 갔다. 줄은 딱 개가 컨테이너의 절반을 벗어날 수 없는 정도의 길이었다. 개는 낑낑거리며 벗어나려다 안 되니까 포기했는지 개집에 들어가 누웠다. 정시. 두목이 개를 끌고 레지던스의 문을 나섰다. 개는 코를 킁킁거리다가 한쪽 다리를 들어 자신이 영역 표시를 해둔 곳을 차근차근 짚어나갔다. 두목은 그 본능적인 행위가 모두 끝날 때까지 서서 기다렸다가 끝나면 다시 개를 끌고 산책을 계속했다. 몇 개의 포스트를 지나며 냄새를 맡고 오줌을 갈기던 개가 갑자기 전과는 다른 행동을 했다. 코를 킁킁거리며 평소에 가던 길을 버리고 새로운 길로 접어든 것이다.

"야, 인마. 너도 남의 나와바리가 탐 나냐?"

두목은 유쾌하게 웃고 농담을 던지며 개가 하는 대로 내버려 두었다. 코를 바닥에 대고 킁킁거리며 가던 개가 마침내 컨테이너 앞에 섰다. 개가 안을 향해 컹컹 짖으며 목줄을 끌고 안으로 들어가려고 애썼다. 컨테이너 안에서 다른 개의 낑낑거리는 소리가 들렸다. 두목은 그제야 자신의 개가 왜 그랬는지 눈치챘다.

"어쭈 이놈 봐라. 새끼를 만들겠다?"

개는 목이 꽉 조이도록 당겨도 안 되자 주인의 가랑이 사이를 돌며 낑낑거렸다. 그 꼴을 보던 두목이 다리에 엉킨 줄을 풀어 개가 끄는 대로 컨테이너 안으로 들어갔다. 안에는 예상대로 암캐가 개집 안에서 낑낑거리고 있고 두목의 개는 더욱 센 힘으로 목줄을 잡아당겼다. 두목이 조금 더 안으로 들어가 개들의 흘레질을 거들어주기로 했다. 마침내 암캐에게 접근한 개가 암캐 앞을 빙빙 돌며 킁킁 냄새를 맡았다. 손에 잡은 목줄의 당김이 느슨해질 때까지 앞으로 걸어간 두목의 귀에 '텅!' 하는 소리가 들렸다. 그리고 문에 뭔가를 채우는 소리가 들리고 컨테이너 안에 켜져 있던 전등불이 꺼졌다. 두목은 뭔가 심상치 않음을 느꼈다. 그의 마음과 달리 두 마리의 개는 막 일을 치르려고 헉헉거렸다. 두목이 개의 목줄을 아예 놔주고 휴대폰을 꺼냈다. 번호를 누르니 신호가 가지 않는다. 휴대폰의 안테나는 모두 꺼져 있었다. 휴대폰 액정이 만들어내는 희미한 빛 속에서 두목은 자신이 완전하게 갇혔다는 걸 실감했다.

"그 두목이 안에서 개 두 마리를 다 잡아먹는다고 치면 2주일 이상은 버티지 않을까요?"

해정은 두목이 개를 '먹는다.'에 걸었다. 나머지 해정의 일당도 저마다 돈을 걸고 서로가 맞다고 실랑이를 하고 있었다. 두목이 컨테이너에 갇힌 지 이제 3일째. 첫 이틀간은 컨테이너를 주먹으로 치는지 쿵쾅 소리가 너무 크게 울려서 동우가 해정 일당과 함께 공사장에서 소음을 막을 용도로 가져다 쌓아둔 천을 날라서 컨테이너 전체를 몇 겹으로 덮었다. 소리가 아주 안 나는 건 아니었지만 공사장 펜스에 가려진 곳에 있는 컨테이너에서 나는 둔탁하고 낮은 소음에 신경 쓰는 사람들은 없었다. 3일째 되던 날 두드리고 치는 소리가 멎었다. 그때부터 일당의 내기가 시작된 것이다. 배가 고파서 지쳐

쓰러졌으니 안에 있는 개를 잡아먹을 거란 쪽과 아무리 굶주린다 해도 요리할 수 있는 도구가 아무것도 없이 개를 잡겠느냐는 쪽으로 갈렸다. 동우는 후자였다. 설마 자신이 그렇게 사랑하는 개를 잡아먹겠냐는 게 이유다. 물론 암캐도 있지만 그 안엔 취사도구라든지 불을 이용할 수 있는 것들이 아무것도 없었다. 강아지 육회를 먹을 각오를 하지 않는 한 안 될 것이다. 어쨌든 그래도 혹시 모르니 이틀을 더 재웠다. 5일째 되는 날 동우가 컨테이너의 위쪽에 뚫린 작은 구멍을 열었다. 낮에 열면 빛이 들어가 들킬까 봐 밤을 이용했다. 구멍에서는 진한 악취가 풍겨 나왔다. 어둠에 익숙해지도록 한동안 눈을 감았던 동우가 한쪽 눈을 떠서 안을 들여다보았다. 안 보인다. 냄새 때문에 일단 다시 구멍을 막고 밑으로 내려온 동우가 그 상황을 설명했다.

"휴우~ 아무것도 안 보여요."

해정도 올라갔다가 포기하고 내려왔다. 십여 명의 인원들이 모두 시도해 보고 포기했다. 냄새 때문에도 견디기 힘들었지만 뭐든 보이는 게 있어야 판단을 할 텐데 어찌나 철저하게 밀봉을 해놨던지 내부는 빛 새는 틈 하나 없이 암흑이었다. 결국 위험을 감수하고 플래시를 쓰기로 했다. 플래시가 내부를 비추자 비로소 미약한 불빛 네 개가 플래시 빛에 이리저리 움직이는 걸 발견했다.

"개 두 마리 모두 살아있나 봐요."

해정의 추측에 동우가 고개를 끄덕이고 컨테이너 문을 열기로 했다. 우르르르 쇠사슬이 풀리며 자물쇠가 열리고 가로질러놨던 빗장이 빠졌다. 혹시나 싶어 열 명이 단단히 무장하고 문을 빙 둘러 감싼 후 동우가 문을 열었다.

순간 훅~ 지독한 악취가 풍겼다. 예상했던 터라 마스크 속에 치약까지 발라 대비한 동우가 플래시를 비췄다. 제일 처음 플래시 빛에 반응하는 네 개의 눈동자가 보이고 어렴풋이 상황이 보이기 시작했다.

"이 사람, 그래도 괜찮네?"

"그런 것 같아요. 조금은 미안하네요."

동우는 정말 미안한 생각이 들었다. 같은 부류들에겐 어떤 폭력을 쓰고 누구를 괴롭히는지 몰라도 개들은 서로가 닿지 않는 거리에 묶여있었다. 그리고 자신은 그 한가운데 자리, 양쪽 어느 개에게도 닿지 않는 곳에서 누워있었다. 아마도 개들이 서로 달려들지 못하도록 묶어놓고 자신도 개에게 당하지 않을 위치를 잡은 것 같았다. 처음엔 반듯했는지 몰라도 5일이 지난 지금은 웅크리고 있는 모습이었다. 일당 중 몇이 나서서 그런 그를 조심스럽게 묶었다. 다른 하나는 가방에서 개 사료를 꺼내 개들 앞에 뿌려주었다. 개들이 허겁지겁 식사하는 동안 창을 막았던 것들을 떼어내고 전파를 차단했던 장비를 걷어냈다. 바닥의 오물들은 말끔히 치워졌다. 개들이 어느 정도 식사를 마치자 밖으로 데리고 나가고 한 명이 공사장에서 끌어온 호스로 물을 뿌리고 여럿이 달려들어 골고루 닦아냈다. 냄새 제거제가 듬뿍 뿌려졌고 이어 방향제도 흠뻑 뿌렸다. 컨테이너가 어느 정도 정리되자 동우가 옆에 있는 봉고차로 갔다. 두목은 봉고차에 마련된 간이침대에 묶여 링거를 맞고 있었다. 일당 중 막내가 묶인 두목을 알코올로 꼼꼼히 닦아냈다. 어딜 가나 막내들은 늘 고생하기 마련이다. 그의 어깨를 토닥여주며 동우가 안으로 들어왔다. 뒤이어 해정도 들어왔다. 해정은 내기에 져서 다소 실망한 얼굴이다.

"아무튼 작전 성공! 수고하셨어요. 보스."

기분을 바꾼 해정이 손을 내밀고 그 손을 동우가 마주쳤다. 얼굴은 웃고 있었지만 동우의 눈빛은 신중했다.

"아직은 안심할 수 없어요. 임기응변으로 부하들의 시선을 돌려놓긴 했지만 아마 곧 드러날 거예요."

해정이 동의를 하고 친구들에게 철수를 알렸다. 컨테이너는 친구 중 한 명이 가져도 되냐고 해서 그러라고 했다. 모든 흔적을 지웠으니 드러날 염려는 없었고 내일 그 친구가 차를 가져와서 실어간다고 했다. 그 친구는 컨테이너를 시골집 한쪽에 두고 창고로 쓸 거라고 했다. 부모님께서 좋아하시겠다며 좋아했다. 잠시 후 공사장은 다시 어둠과 정적에 잠들었다.

"어? 넌 그 친구로구나."

며칠 후 몸을 추스른 두목이 해정을 보고 아는 체를 했다.

'단박에 알아내다니…….'

말머리 탈을 뒤집어쓴 동우가 움칠했다. 두목이 바라보는 곳엔 뭉크의 절규 가면을 쓴 해정이 날카로운 눈빛으로 그를 지켜보고 있었다. 그는 여전히 간이침대에 치밀하게 묶여 있었고 링거가 주사되고 있었다. 얼마 전부터는 죽도 먹였다.

"자, 이제 왜 이러는지 좀 알자고. 설마 복수하려는 건가? 그렇다면 조금 실망이군."

두목이 두 사람을 보다가 아무 말이 없자 먼저 입을 열었다. 동우는 어떤 말부터 시작해야 할지 이미 생각해두었지만 하나도 생각이 나지 않았다. 만일을 대비해서 가면과 탈을 준비했는데 이 고수는 해정을 알아보았다. 뭔가 감각이 뛰어난 인물인 것이다. 이런 사람을 그런 어설픈 수작질로 잡았다니 신이 도운 게 틀림없을 거라고 생각하며 동우가 입을 열었다.

"당신에게 받을 빚이 약간 있다는 거 잘 알고 있을 겁니다."

두목이 고개를 끄덕였다. 마음대로 해보라는 듯 당당하다. 동우는 내심 이 남자 괜찮은 남자란 생각이 들었다.

"궁금한 게 한 가지 있습니다. 사람에게는 무척이나 못 되게 군다고 들었는데 왜 개는 목숨을 구해줬는지 물어봐도 될까요?"

동우의 말이 지나치게 정중했다고 생각했는지 해정의 눈가가 꿈틀했지만 생각이 있겠거니 했다. 게다가 지금 그 질문은 해정도 몹시 궁금했다. 5일을 굶어가면서 개들을 건드리지 않은 게 참 희한했다.

"아, 그거. 내 개는 이미 일을 끝마쳤으니 그 암컷과는 이미 가족이 된 거잖아. 암컷 뱃속엔 내 개의 씨가 들어갔을 테고. 아무리 못된 놈이라도 가족을 죽게 놔두진 않지. 더구나 잡아먹는 건 말도 안 되는 개소리지."

그 말에 잠깐 해정을 돌아본 동우가 어깨를 으쓱했다. '말도 안 되는 개소리' 어디서 많이 들어봤군.

"좋습니다. 저는 그런 당신이 솔직히 마음에 듭니다. 며칠 간 당신을 좀 힘들게 했지만 지금은 회복되어 가는 중이니 원한 같은 거 없었으면 합니다만. 가능하실까요?"

참 순진한 놈이네. 하는 눈으로 동우의 말머리 가면을 보던 두목이 허~!

하는 소리를 냈다.

"좋아. 날 잡기 위해서 무슨 방법을 썼는지 자세히 말해봐. 그걸 듣고 내가 감탄하면 없던 일로 해주지. 하지만 만약 내가 시시하게 느낀다면 여기서 나가는 즉시 아마 24시간 긴장해야 할 거야."

해정이 한 발짝 동우에게로 다가섰다. 몸에 힘이 들어가 있는 게 동우에게 느껴질 정도로 그녀는 긴장하고 있었다.

"웃기는 소리 하지 마. 여기서 당신이 제일 센지는 몰라도 우린 이미 준비를 다 해놨어. 그러니 허풍 떨지 말라고. 아예 묻어버릴 수도 있으니까."

해정의 목소리는 차가웠다. 그 목소리에 다소 흥미가 생겼는지 두목이 해정을 유심히 본다.

"실력이 좋던데 내 밑으로 들어오는 게 어때? 우선 그 가면부터 벗어버리지 그래."

그 말에 코웃음 친 해정이 가면을 벗어버리려고 손을 올리자 동우가 팔을 잡아 막았다.

"잠깐만요. 그 밑에 들어갈 이유도 없고 그걸 벗을 이유는 더더욱 없을 것 같아요. 저 사람 정말 보통이 아닌 것 같군요."

"보통이 아니다? 하하. 재밌군. 그럼 뭐 같단 말인가?"

"당신은 왠지 조조 같은 느낌이 드는군요."

두목의 얼굴에 유쾌한 기운이 감돌더니 바로 입을 통해 터져 나왔다.

"으핫핫핫하하하하!"

통쾌한 웃음. 한동안 웃음을 못 참고 부들부들 떨던 두목이 벌게진 얼굴로 동우에게 엄지손가락을 치켜세웠다.

"좋아. 나도 네가 정말 마음에 들었다. 그러니 이제 나를 어떻게 잡았는지 좀 얘기해봐. 그리고 내 부하들이 한동안 내가 안 보였는데도 어떻게 가만히 있었는지."

해정이 동우를 보았고 동우가 고개를 끄덕였다. 해정이 잠시 생각하다가 고개를 끄덕이자 동우가 설명을 시작했다.

"저희는 당신에게 물어볼 말이 있어서 이곳으로 모신 겁니다. 정상적이고 문명적인 방법을 쓰고 싶었지만 애초부터 될 가능성이 거의 없다고 생각해서 다른 방법을 쓴 건데 지금 알고 보니 당신에겐 문명적인 방법이 더 효율적이었을 것 같다는 생각이 듭니다."

두목이 고개를 끄덕인다.

"그럴 수도 있겠군."

"아무튼 이미 지나가 버린 일이니 어쩔 수 없네요. 아쉽지만 넘어가고 그 다른 방법을 찾기 위해서 저희는 습격 사건이 있던 곳을 중심으로 수색과 조사를 했습니다. 사실 어설프긴 했지만 나름 통했는지 당신들 중 한 사람을 발견하게 됐고 그 사람을 쫓으니 당신이 나오더군요."

"그리고?"

"그리고 뒷말을 더 하기 전에 약속을 해주셔야 합니다. 이건 그냥 얘기하기엔 너무 아까우니까요."

"하아~ 좋아. 무슨 약속이 필요한가?"

"만약 이야기를 다 듣고 난 후 당신이 저희가 쓴 방법에 흥미를 느낀다면 제가 물어보는 것에 대해 정보를 주셨으면 합니다. 사실은 그 때문에 이렇게 무리한 방법을 쓰게 되었습니다.”

“물론 대답이 가능한 거겠지?”

“물론입니다. 만약 대답 못할 거라면 헛다리 짚었으니 할 수 없죠.”

“좋아. 대답할 수 있는 거란 전제하에 그렇게 하도록 약속한다.”

“좋습니다. 갈수록 당신이 점점 더 멋있다는 생각이 듭니다. 제가 형님으로 모시고 싶을 정도네요.”

동우의 강한 아부성 드립에 두목은 동우를 향해 엄지를 세웠다.

“좋군. 아주 좋아. 하하핫!”

해정이 동우를 보며 고개를 갸웃거린다. 동우는 해정에게 괜찮다는 눈짓을 했다. 두목이 계속하라는 손짓을 했다.

“네. 3주 동안 저희는 당신의 생활을 관찰했습니다. 언제 나가고 언제 들어오며 뭘 마시고 뭘 피우고 일요일엔 뭘 하는지 등입니다. 아무래도 전문가가 못되다 보니까 그저 관찰뿐이었고 그나마도 가까이도 못하고 아주 멀리서 볼 수밖에 없었습니다. 그렇게 1주, 2주가 지났을 때 저는 간신히 실마리를 찾을 수 있었습니다. 일요일 당신의 생활 패턴이 그 틈을 만들어주었습니다. 잘 아시겠지만요.”

두목의 고개가 끄덕여졌다. 자신도 갇혀있는 동안 수없이 생각했던 부분이었다.

“일상이 오래되고 그게 규칙이 되면 누구나 매너리즘에 빠지게 되지. 칸트가 오지 않으면 시간을 모르게 되는 마을 사람들처럼.”

해정의 눈이 잠시 동그래졌다.

"저희는 우선 발정기가 된 암캐를 찾았습니다. 그리고 며칠 동안 그 개의 소변을 받았습니다. 발정기 암캐의 소변이 어떤 역할을 하는지는 굳이 말씀 드리지 않아도 추측하실 수 있겠지요."

두목의 고개가 다시 끄덕여졌다.

"그 소변을 산책길을 중심으로 뿌려서 개의 후각을 자극하고 컨테이너 쪽으로 이끌었습니다. 물론 보셨다시피 그 컨테이너 안엔 발정 난 암캐를 묶어 두어 당신의 개를 유도했습니다."

두목은 또다시 아무 말 없이 고개를 끄덕였다.

"첫 번째 문제는 그렇게 해서 해결을 했습니다. 두 번째 문제는 늘 갖고 다니는 휴대폰입니다."

두목이 침대 머리맡에 놓인 휴대폰을 힐끗 봤다. 지금은 배터리가 다 되어 쓸모없는 기계일 뿐이었다. 두목이 다시 동우를 보며 고개를 끄덕였다.

"전파발생기를 설치해서 휴대폰의 전파와 동일한 주파수를 발생시켜 전파를 차단했습니다. 전문용어로는 상쇄간섭의 원리라고 하더군요."

두목의 고개가 또다시 끄덕여진다.

"그렇게 해서 당신과 세상을 차단했습니다. 안에는 개들이 두 마리나 있었기에 저희는 당신이 조금 더 오래 버틸 거로 생각했는데 다행히 당신은 개들을 건드리지 않았습니다. 그래서 당신이 꽤 괜찮은 사람이라고 생각하게 되었습니다."

동우의 말에 두목이 해정을 본다. 해정은 그런 두목을 쏘아보다가 고개를 끄덕였다. 동의한다는 의미였다. 두목이 만족스러운 얼굴로 동우에게 다음 말을 재촉했다.

"그게 답니다. 뭐 탈진한 당신에게 링거를 주사하고 배고픈 개들에게 먹이를 주었습니다. 참, 당신의 옛 가족과 새 가족은 지금 옆방에 사이좋게 잘 있습니다."

두목이 밝은 얼굴로 웃으며 말한다.

"좋군. 이제 한 가지가 남았다."

"사실은 그 한 가지가 제일 어렵고도 의외로 쉬웠습니다."

"어렵지만 쉬웠다?"

"네, 어려운 이유는 당신이 그들의 두목이기 때문이고 쉬웠던 건 역시 당신이 그들의 두목이기 때문입니다."

두목이 박수를 쳤다.

"아, 좋아. 정말 좋군. 그래 묻고 싶은 게 뭐야. 약속했으니 지켜야지."

동우의 마지막 말은 수수께끼처럼 들렸다. 해정도 그 말의 답이 궁금해졌다. 그런데 두목은 마치 알겠다는 태도로 답을 듣지도 않았다.

"네. 감사합니다. 묻고 싶었던 건……."

"아, 잠깐. 뭐라고 썼지?"

"며칠 다녀올 곳이 있다. 연락하지 마라!"

"이유는?"

"3주 동안 지켜본 당신은 딱 한 번 부하들도 알 수 없는 행동을 하더군요. 벤츠를 모는 부하가 여느 날처럼 당신을 픽업하러 왔다가 30분을 기다리고 위에 올라가더니 투덜거리면서 내려와 차를 몰고 가버린 날이 있었습니다.”

“이놈 봐라? 아, 이 말은 너희들에게 한 말이 아니니까 신경 쓰지 마라. 하하. 좋아. 질문을 해라.”

동우는 운전기사 역할을 하는 똘마니의 명복을 빌며 질문을 시작했다. 한동안 동우의 말이 이어지고 두목은 자신이 궁금한 걸 질문하며 소희 부모 사건에 대한 정황 설명과 그것이 진실이었는지를 묻는 시간이 지나갔다. 물론 지금 그걸 다시 끄집어내 누굴 처벌하거나 하려는 건 아니지만 최소한 법의 테두리가 아닌 인간 그 자체의 벌, 즉 양심의 가책은 받게 하고 싶다는 걸 강조했다.

“그 가책을 받게 할 방법은 또 기발한 게 되겠구나. 정말 기대된다. 하하.”

두목이 다시 유쾌하게 웃는다. 자신들의 후원자를 벌하겠다는데 웃는 건 조금 마음에 안 들었지만 동우는 묵묵히 두목의 답을 기다렸다.

“그래. 잘 들었다. 결론부터 말하면 너희들의 추측은 틀렸다. 내 기억으로 6년 전의 그 사건은 데모하던 노조의 주동자를 데려다가 손을 좀 봐준 일을 얘기하는 것 같다. 그 노조 주동자가 바로 장회장의 아들, 지금은 장상무인 그의 고등학교 동창이지.”

동우는 순간 허탈함을 느꼈다. 막상 천인공노할 일은 안 일어나서 다행이다 싶으면서도 이 사실을 알기 위해 노심초사 일을 꾸몄다는 게 허무해진 것이었다. 해정 역시 넋을 놓고 있었다. 동우가 먼저 빠진 턱을 밀어 넣었다.

“아, 그랬었군요. 저는 당신이 거짓을 말할 분이 아니란 걸 압니다. 그러니 그건 사실이겠군요.”

"물론이다. 만약 실제로 그 일을 했고 또 지금 여기서 그걸 말해준다고 해도 너희들은 방법이 없을 것이다. 어차피 증거란 아무것도 없었을 테니까. 그게 프로지."

"알겠습니다. 그동안 힘들게 해 드린 거 사과드립니다."

"아니 뭐 됐다. 그 정도야 좋은 경험 했다 치지. 근데 난 네가 누군지 이제야 알 것 같군."

동우가 말머리 속에서 눈을 휘둥그레 떴다. 물론 겉에선 안 보였지만. 때맞춰 문이 열리며 해정의 친구들이 방을 둘러싸고 있는 게 보였다.

"친구 덕분에 3년간의 감방 생활을 하고 돌아온 게 너 맞지?"

"조사했다고 하더니 정말이군요."

동우가 해정이 했던 말 중에 에스코트를 조사했다는 말을 떠올리고 수긍을 한다. 두목은 동우를 바라보다가 자신을 묶은 띠를 가리켰다.

"이제 좀 풀어도 되잖아?"

동우가 다가가서 묶은 띠를 풀기 시작했다. 띠마다 모두 자물쇠가 달려있어서 동우가 아니면 풀 수 없게 해놨었다. 해정은 동우가 두목에게 가까이 가자 한 걸음 앞으로 나서며 주먹을 쥐었다. 그런 해정을 보며 두목이 고개를 흔들었다.

"아냐. 넌 아직 백 년은 멀었어."

해정의 분한 얼굴이 가면 속에서 붉어졌지만 그 도발에 넘어가진 않았다. 그러기엔 동우가 그와 너무 가까웠다. 마지막 띠의 자물쇠까지 모두 푼 동우가 띠를 걷어서 한쪽에 놓고 물러났다. 두목은 일어설 때 잠시 휘청했지만 곧 중심을 잡고 스트레칭으로 몸을 풀었다.

"정말 내가 개라도 잡아먹었으면 너희는 내 부하들에게 걸렸겠구나. 아무튼. 일이 끝났으니 난 가보겠다. 약속한 대로 이 일은 서로 없었던 일로 하자. 나도 쪽팔리니까. 그리고 그 방법 제법 쓸 만했다."

두목은 예상대로 멋진 놈이었다. 동우가 한쪽으로 비켜나고 해정도 물러났다. 두목이 한 걸음 내밀자 문 앞에 몰려있던 해정의 친구들도 우르르 뒤로 물러섰다. 그들의 얼굴에도 모두 가면이 있었다. 그들 중 하나가 두 마리의 개에 목줄을 달아 두목에게 내밀었다. 두목은 목줄을 받아 쥐고 그들을 찬찬히 쓸어보다가 문득 뒤돌아서서 동우를 본다.

"그래도 고생했는데 소득이 없으면 안 되지. 내게 재미를 준 대가로 하나 알려줄 게 있다."

두목이 동우를 불렀다. 동우가 다가가자 귀에 대고 뭐라고 하고는 물러난 사람들 사이로 두 마리의 개와 함께 유유히 사라졌다. 해정이 동우에게 다가갔다. 동우는 아까보다 더 넋 빠진 얼굴로 멍하게 서 있었다. 해정이 동우의 눈이 있음 직한 부위에 손을 대 흔들었다. 그 손의 움직임에 나갔던 동우의 정신이 돌아왔다. 말머리 탈을 벗어든 동우가 깊은 심호흡을 하며 두목이 누워있던 침대에 철퍼덕 앉았다. 밖에 있던 친구들이 모두 들어와 방안은 금세 열기로 가득 찼다. 그들의 시선은 모두 동우에게 향해 있었다. 그들 중 스파이더맨 가면을 쓴 친구가 조심스러운 목소리로 동우에게 말했다.

"저, 혹시……"

동우의 시선이 그에게 향했다.

"그 인터넷 쇼핑몰."

동우의 눈빛이 깊어지면서 고개가 힘없이 떨어졌다. 모두가 움찔하는 동작으로 동우를 다시 본다. 하나씩 가면을 벗어들었다. 이들 중에도 아마 피해자가 있을지도 모른다. 동우는 고개를 들 수 없었다. 아무리 자신도 피해자라고는 하지만 그리고 4년이나 갇혀서 대가를 치렀다고는 하지만 막상 피해를 입은 당사자들까지 그렇게 생각할지는 장담할 수 없었다. 그를 노려보던 사람 중 헐크 가면이 그의 멱살을 움켜잡았다. 동우는 어차피 맞설 생각도 없었지만 맞설 능력도 없었다. 발따귀에게 얻어맞을 때와 같은 상황, 그러나 마음은 정반대의 길을 걷고 있었다. 그때 보고만 있던 스파이더맨이 헐크의 탄탄한 팔을 움켜잡았다.

"놔!"

멱살잡이를 한 녀석의 눈에 의혹이 일었다. 다시 한 번 '놔' 라고 하며 거칠게 팔을 풀고 처지는 동우를 잡아 부축해서 침대에 앉혀 주었다.

"그가 맞아!"

해정이다. 듣기에 따라선 어느 쪽이 맞는지 헷갈리는 말. 그래서 모두의 시선은 자연스럽게 동우로부터 해정에게로 옮겨갔다.

"그는, 우리 보스는 이미 치를 만큼 치렀어. 자신이 저지른 것도 아닌 죄를 뒤집어쓰고 3년이나 감옥 생활을 했다고. 게다가 한동안 세상에서 가장 유명한 인물 중에 한 사람이 되었지. 자의가 아닌 타의로 말이야. 아마 지금 그 곁엔 그를 아는 척할 옛 친구들은 아무도 없을 거야. 여기서 누가 그만큼의 고통을 받아낼 수 있어?"

침묵이 흘렀다. 동우는 그 말들이 모두 꿈결처럼 들린다고 생각했다. 세진과의 좋은 시절, 행복했던 여행. 그리고 돌아와서부터 겪어야 했던 시련과 고통의 순간들이 꿈결처럼 흘러갔다. 동우의 귀에 어렴풋이 말다툼하는 소리가 들려왔지만 정확하게 무슨 말인지는 하나도 알아들을 수가 없었다.

"됐어. 해정이 말이 맞아. 그러니까 이제 그만 해둬라. 나도 칠십 만원 물렸지만 그 뒤로는 그런 엉터리 같은 사기에 안 당했다. 그 정도 수업료 지불하고 그만하면 된 거 아냐?"

또 다른 친구가 나서서 상황을 정리했다. 멱살잡이했던 친구는 다른 친구들이 그렇게 나오자 인상을 한 번 찌푸리고는 밖으로 나갔다.

"저 자식 물린 게 얼마야?"

"글쎄. 한 이백오십 될 걸?"

"꽤 되네? 뭘 샀기에?"

"동생 혼수였다고 들었어. 여동생이 결혼하는데 형편이 좋지 않아서 가전제품들 새 거 안 사고 중고로 사겠다고 했나봐. 근데 저놈이 나선 거지. 거길 알고 있었으니까. 제 등록금을 거기 쏟아붓고 다음 학기 휴학했지. 내가 컴퓨터 산다고 했을 때 소개해준 것도 저 녀석이었어. 실제로 쟤가 당시 꽤 높은 사양의 컴퓨터를 모니터까지 포함해 반값에 산 적이 있거든. 그 반값 덕분에 나까지 둘 다 물렸고."

'휴우.'

깊은 한숨이었다. 다들 동우를 본다. 동우가 해정에게 부탁했다.

"해정 씨 미안한데 아까 그 친구 좀 불러줄래요?"

해정이 말없이 나가서 밖에 있던 헐크를 불러왔다. 동우가 일어나서 그 친구 앞에 섰다. 긴장이 방안에 무겁게 가라앉았다.

"분이 안 풀린 것 같은데 먼저 미안해요. 그리고 지금 와서 무슨 소용이 있을까 싶지만 내가 이자 쳐서 갚을게요. 세상 사람들 모두에게 그러고 싶지만 그런 능력은 없고 대신 이 방에 있는 분들은 내가 갚을게요. 그러니 내게 시간을 조금만 줘요."

"됐어요. 나도 잠깐 흥분해서 오버하긴 했지만 그걸 보스에게 푼다는 게 어리석은 일이란 걸 방금 밖에서 느끼고 있던 중입니다. 미안합니다. 내가 경솔했어요."

그가 사과하고 나오자 긴장이 한순간에 풀어졌다. 동우는 그를 깊은 눈으로 보았다. 그리고 나머지 사람들도 둘러보았다.

"약속합니다. 여기 해정 씨가 증인이 될 겁니다. 해정 씨는 에스코트주식회사 사람이니까요. 갚겠습니다. 여기 계신 분들이 당했던 건 제가 갚을게요. 그러니 모두 금액을 해정 씨에게 알려주세요. 그리고 해정 씨는 앞으로 들어오는 돈 중 순번을 정해서 최우선으로 친구분들에게 지불할 수 있도록 해줘요. 부탁입니다."

해정이 가타부타 말없이 가만히 있자 동우가 해정을 보았다. 그 시선을 받아내며 동우를 마주 보던 해정의 입이 열렸다.

"보스, 일번은 나예요. 150 물렸거든. 하하."

그 말에 모두들 웃기 시작했다. 앙금이란 건 시간이 지나면 다시 떠오르지 않고 그 밑바닥에 굳는다. 굳은 건 서서히 바위가 되고 새로운 앙금에 묻혀 점점 더 깊이 가라앉는다. 그래서 세월이 약이라는 말이 있나 싶다.

모두들 각자 갈 길로 흩어졌다. 동우는 해정과 함께 천사호로 돌아오는 길이었다. 왠지 덕지덕지 눌어붙은 묵은 때를 벗겨 낸 것처럼 홀가분했다. 작은 성취감으로 몸이 잘게 떨렸다. 해정은 조수석에서 깊이 잠들었다. 한남대교를 건너 신사사거리에서 신호에 걸렸을 때 그녀가 깼다.

"오늘도 천사호에서 잘 거예요?"

"뭐 그러죠. 이 시간에 들어가기도 그렇고."

해정이 차에 달린 시계를 보며 길게 하품을 했다. 새벽 4시가 넘은 시간이라 길에는 간간이 달리는 택시들 말고는 한산했다.

"참, 아까 그 두목이 뭐라고 하고 간 건데 그렇게 넋이 빠졌었어요?"

"아, 그거요."

동우가 잠시 뜸을 들였다. 해정은 묵묵히 다음 말을 기다렸다. 좌회전 신호가 들어오며 차가 움직였다. 좌회전을 다 해서 언덕에 도착할 때까지 동우는 숨을 고르며 운전만 했다. 언덕에서 다시 신호에 걸려 서자 기어를 P로 옮기고 사이드 브레이크를 채운 뒤 동우가 서너 번 심호흡을 했다. 그리고 크게 기지개를 켜서 몸을 푼 다음 해정을 보며 하하하 웃었다. 해정이 뭔 일이냐는 뜻으로 눈을 동그랗게 만들자 다시 한 번 하하. 웃고 동우가 마침내 입을 열었다.

"성호요."

"네?"

순간 해정은 성호가 누군지 기억해냈다.

"어어어? 성호? 그 성호? 정말요?"

"네."

"아니 어떻게요? 아직 오리무중으로 아는데?"

"맞아요. 미스터리죠."

"근데 어떻게요? 그가 어떻게 알아요?

"글쎄요. 정말 어떻게 알았을까. 궁금한데요? 작전을 한 번 더 짤까요?"

한 번 더 라는 동우의 말에 해정의 몸에서 한기가 도는 게 느껴졌다.

"아뇨 별로 하고 싶지 않아요. 하하. 어때요? 진짜 맞아요? 이야~ 그렇담 대단한 선물을 주고 갔네요?"

"그가 진짠지 아니면 두목의 상상인지는 이제부터 우리가 알아봐야죠."

"지금 어딨대요?"

"우습게도 가까운 곳이었어요. 정말 가까운 곳. 기가 막히게도."

"신고할 거예요?"

"당연하겠죠. 그래서 좀 알아볼 게 있어요."

"같이?"

"그래 주면 더 좋죠. 이번 일처럼 모두."

"언제요?"

"ASAP!"

"OK~!"

"좋습니다. 그럼 들어가서 좀 쉬어볼까요?"

"하나 더요!"

"뭔데요?"

"아까 문명적인 방법 어쩌구 한 건 뭐예요?"

"아, 그거요. 하하. 제가 그 계통에서 좀 유명한 분을 한 분 알거든요. 아마 그쪽을 통했으면 더 쉬웠을지도 모른단 얘기였어요."

"그게 무슨 말이에요? 그럼 우리가 지금껏 헛수고한 거란 말예요?"

"그럴 리가 있나요? 막상 그 두목과 얘기를 나누는 순간 깨달을 건데요. 두 분이 왠지 비슷한 스타일인 거 같았어요. 그걸 그 전에 알았더라면 일이 더 쉬웠을 거란 생각이 든 거죠."

"그 사람은 또 누군데요?"

"아실지 모르겠어요. 황자양이라고."

"화, 황자양하고도 친분이 있어요? 이봐요, 보스!"

"네? 왜 갑자기 정색을 하고?"

"당신, 대체 진짜 정체가 뭐예요?"

"아, 모르셨어요? 저는 에스코트주식회사 조동웁니다. 하하하."

episode 7 \ 페이스 오프

　머칠 후, 동우와 해정 및 그 일당들이 청담동의 한 연예기획사가 보이는 곳에 모여 있었다. 그 건물 앞엔 톱 모델의 상징이라는 스타크래프트가 십여 대나 주차되어 있었고 여학생들 백여 명이 이곳저곳에 진을 치고 주저앉거나 서서 정문을 주시하고 있었다. 건물 벽과 세워진 대형버스, 스타크래프트엔 수많은 낙서가 가득했는데 대부분이 러브마크와 함께 비명, 사랑해요. 알죠? 나 누구누구 같은 애절한 일방통행의 구애 메시지였다. 그들 중엔 꼭 하나가 일어나서 번갈아 건물 안을 들락거리며 뭔가를 전했다. 그 중 한 팀의 아이가 뛰어나오며 뭐라고 외치자 모든 아이들이 동시에 일어났다. 잠시 후 건물에서 다섯 명의 남자들이 나왔다. 그들을 둘러싼 건장한 청년들이 주변에서 달려드는 여학생들을 막아섰고 거친 몸싸움을 벌이는 동안 몇 명의 남자들이 스타크래프트에 올라탔다. 죽치고 있던 백여 명 중 칠십 명이 넘는 여학생들이 출발한 스타크래프트를 따라 위태롭게 달려가며 뭔가를 외치고 있었다. 하지만 스타크래프트는 그녀들의 애절함을 모두 뿌리치고 떠나버렸다. 남아있던 삼십여 명도 같은 모습을 연출하며 다른 아이돌을 쫓아 우르르 떠나자 건물 앞은 순식간에 텅비었다.

"하아, 지네들 인생이니 뭐라 할 순 없지만 내가 언니라면 정말 잡아 가두고 석 달은 패고 싶네."

그걸 보고 있던 해정이 한숨을 내쉬며 몸을 떨었다. 동우 역시 같은 마음이었다. 아무리 한때라지만 그것도 어느 정돈 거다. 저 아이들 부모는 저 모습을 알고 있을까. 아무튼 지금은 청소년의 미래를 걱정하며 담론을 나눌 때가 아니다. 일당을 모아 막 다음 지시를 하려던 동우의 눈에 낯선 얼굴의 남자에게 낯익은 얼굴의 여자가 팔짱을 끼고 나오는 모습이 보였다. 그들이 문 앞에 서자 검은색 벤츠가 와서 운전기사가 내려 앞문을 잡고 섰다. 남자가 운전석에 타고 여자가 조수석에 탔다. 차가 출발하려고 하자 당황한 동우가 '잡아!' 라고 소리쳤다. 상황이 뭔지는 모르지만 보스가 시키니 일당은 모두 달려나가 차를 둘러쌌다. 출발하려던 벤츠가 놀라서 급브레이크를 잡았다. 남자가 창문을 내려 뒤를 돌아보자 건물에서 역시 서너 명의 어깨들이 우르르 몰려나와 벤츠 앞을 막아섰다. 벤츠에서 내린 남자가 앞으로 나섰다.

"당신들 뭐야? 깡패야?"

깡패란 소리에 해정이 발끈했다. 동우는 별 얘기 안 했지만 해정은 눈치로 저 남자가 성호일 거라고 생각했다. 동우를 흘낏 보니 그는 일행의 뒤쪽에서 멍한 표정으로 여자를 보고 있었다. 여자는 덤덤한 표정으로 상황을 살피고 있었다. 해정이 동우에게서 시선을 거두고 벤츠남에게 말했다.

"깡패라니요. 말도 안 되는 소리가 뭔 소린지 알아요? 개소리라고 하지. 당신이 여기 사장이에요?"

벤츠남이 인상을 찌푸리더니 뒤로 한 걸음 물러나고 어깨들이 그 앞을 막아섰다. 해정이 한 일당에게 뭐라고 묻자 그가 해정에게 소곤거렸다.

"SS엔터테인먼트?"

"그래, 요즘 세계적으로 놀잖아. 한류."

"세진씨!"

대치된 남자들의 사이로 크지 않은 목소리가 들렸다. 그 크지 않은 목소리가 여자에게는 천둥소리로 들렸나 보다. 여자가 소리가 들린 쪽으로 고개를 팩 돌렸다. 벤츠남 역시 여자의 시선을 따라 고개를 돌렸다. 거기선 동우가 해정에게 뭐라고 말하는 모습이 보였다. 이어서 해정이 다른 남자에게 뭐라 하자 고개를 끄덕이고 휴대폰을 열었다. 다른 남자들이 막아선 포위망을 조금 더 단단히 조였다. 동우가 바라보는 해정에게 잠깐만이라는 사인을 보내고 휴대폰을 열어 어딘가로 통화했다. 몇 마디 말이 오갔는지 고개를 끄덕이며 휴대폰을 닫은 동우가 세진에게 왔다.

"오랜만이군. 잘 지냈어?"

"아, 동우 씨. 정말 오랜만이군요. 나야 뭐 잘 지냈죠. 동우 씨도 생각보다 나빠 보이지 않네요?"

"의외야. 여기서 세진 씨를 볼 거라고는 정말 꿈에도 몰랐어."

그 말에 옆에 있던 벤츠남이 입을 열었다.

"세진 씨 이 사람 누구야? 오늘 이 난리가 지금 세진 씨 때문인 거야?"

그의 말에 세진은 아무런 반응을 안 보였고 동우는 그저 슬쩍 바라보았을 뿐이었다. 벤츠남이 무시당했다고 생각했는지 인상을 썼다.

"당신, 행패 그만 부리고 어서 물러나요. 백주대낮에 이게 무슨 짓이야? 뭐해? 경찰 안 부르고?"

"아, 걱정 말아요. 경찰은 이미 불렀으니까."

벤츠남의 말에 대꾸한 건 해정이었다. 세진은 말없이 동우를 바라보고 있었다. 동우 역시 말없이 세진을 물끄러미 보며 착잡한 얼굴을 하고 있었다.

"원래?"

"네?"

"원래 두 사람, 아는 사이였어?"

"그게 무슨?"

"세진 씨 당신이 저 SS매니지먼트 사장 임상수 씨를 원래 알고 있었냐고 물었어."

"그게 무슨 말이죠?"

"어, 그냥 궁금해서."

그들이 대화를 나누는 동안 경찰차 몇 대가 건물 앞에 도착했다. 곧이어 기동대 버스도 도착해서 전경들이 방패와 진압봉을 들고 내렸다.

"임상수 씨, 거리낄 게 없다면 그냥 여기 있어요. 하지만 그게 아니라면 달아나 볼 노력이라도 해야 될 겁니다."

동우가 낮은 목소리로 말했다. 그 목소리는 요란한 가운데서도 벤츠남의 귀에 또렷이 들렸다. 순간 흔들리던 임상수의 눈빛이 담담해졌다. 그 눈빛은 동우에게 이렇게 말하고 있는 것 같았다.

'난 임상수다!'

그의 어깨가 쫙 펴졌다. 눈동자에 빛이 돌아왔다. 순식간에 평정을 되찾았다. 동우만이 그 모든 걸 보고 있었다. 동우가 미미하게 고개를 끄덕였다. 경찰 책임자가 다가왔다. 동우가 그에게 뭐라고 했다. 책임자는 동우의 말을 듣자마자 눈이 휘둥그레져 임상수를 살폈다. 순간 임상수의 눈빛이 다시 아주 작게 흔들리다가 고요해졌다. 경찰 책임자가 뒤를 향해 손짓을 하자 몇 명의 형사가 임상수에게 다가섰다. 세진은 그저 묵묵히 서 있었다. 형사들이 다가오자 임상수가 한 걸음 물러섰다. 해정이 앞으로 나서려고 했지만 동우가 팔을 들어 막았다. 동우가 가리키는 쪽을 보니 이미 경찰 병력이 건물 앞을 완전히 포위한 상태로 가드들을 한쪽으로 밀어놓고 있었다. 동우는 그저 임상수의 눈을 바라보았다. 그는 아무 말도 하지 않았지만 그 눈은 많은 말을 하고 있었다. 동우는 임상수를 보는 순간 그가 이미 그임을 알 수 있었다. 오랜 시간을 같이 했던 친구. 같이 뒹굴고 같이 마시고 같이 노래 부르며 같이 나누고 감싸주고 영원히 변하지 않을 거라고 믿었던 친구. 겉모습은 완전히 다른 사람이었지만 그 느낌은 바꿀 수 없었다. 동우는 그에게 모든 게 끝났다고 말하고 싶었다. 하지만 말이 되어 나오지 않았다. 그는 그 남자 옆에서 세진을 발견하고 '도대체 이게 무슨?' 이라는 혼란에 빠졌다. 상황이 진행되는 동안에도 그는 다른 판단을 할 생각보다는 지금 세진이 왜 저 남자의 곁에 있을까 만을 곰곰이 생각했다. 그리고 결론을 내렸다.

'그랬구나.'

세진은 담담한 눈으로 동우를 보고 있었다. 삶에서 가장 빛나는 순간을 공유한, 아니 공유했다고 믿은 여자였지만 그 눈에 자신에 대한 감정은 없었다. 그걸 알게 된 순간 동우는 현실로 돌아왔다. 그리고 마침내 '그.' 임상수 앞에 나선 것이다. 동우를 바라보던 임상수의 눈에 낯익은 빛이 돌아왔다. 그건 성호와 함께했던 게임에서 동우가 이길 때마다 보여주던 눈빛이었다. 그 눈은 동우에게 이렇게 말하고 있었다.

'자식, 치사하게……'

그건 확인이었다. 동우의 몸이 살짝 떨렸다. 게임에서 이길 때마다 느꼈던 작은 희열감이 지금 동우의 전신을 짧게 흔들고 지나갔다.

'너, 이 자식. 잘도……'

'미안하단 말은 안 하겠다.'

'자식아 미안하다고 하란 말야.'

'싫어 인마.'

'나쁜 놈. 너야말로 진짜 치사한 놈이야. 알아?

'웃기지 마. 인마. 기껏 5, 6년 놀아보자고 이 짓 한 줄 알아? 억울해.'

'뭐야. 이 자식?

'억울하다고 인마. 너무 짧잖아.'

'정말 구제불능이었잖아. 너?

'너무 짧잖아.'

이런 말들이 오갔을까? 동우와 임상수가 한참을 그렇게 서로 노려보고 있자 경찰도 다른 액션을 취하지 않고 기다리고 있었다. 임상수가 그런 경찰을 한 번 훑어보고 다시 동우를 보았다.

"당신은 누구요? 소속을 밝혀요. 내가 누군지 모르고 하는 짓은 아닌 것 같고, 도대체 무슨 일로 내 직원을 억류하고 내 건물 앞을 가로막고 이러는 건지 해명을 바랍니다."

임상수가 경찰 책임자에게 해명을 요구했다. 경찰 책임자는 뒤에서 부하가 건네준 사진을 들고 임상수와 비교해보며 어떤 지시도 내리지 못하고 있었다. 긴급출동이라 영장을 발급받아 오지 못했다. 과거의 그 사건 당사자라면 영장이고 뭐고 이 자리에서 체포해도 아무 상관 없었지만 만약 아니라면 지금 이 문제는 심각한 결과를 가져올 것이다. 임상수는 정계에도 끈이 있었다. 임상수가 조직한 후원회에서 정치자금을 지원받는 그 국회의원은 현 정부 여당에서 목소리가 가장 큰 여자였다. 그녀는 임상수가 펼치는 여러 자선행사에 꼭 얼굴을 들이밀었고 공공연하게 자신도 이참에 은퇴하고 SS엔터테인먼트에서 연예인이 되는 게 어떨까라고 떠들고 다녔다. 임상수는 경찰 책임자가 주춤거리자 완전히 자신감을 되찾았다. 그렇다. 그게 바로 자신이었다. 임상수의 눈이 동우를 본다. 그 눈빛은 '아직 끝나지 않았어. 인마.' 라고 말하는 것 같았다.

"나 임상수에게 이런 건 처음이란 거, 당신은 잊지 말아야 할 거요."

임상수가 더 강하게 압박했다. 경찰 책임자는 동우를 보며 어떤 돌파구를 내놓기를 기대했다. 하지만 동우 역시 금세 대처할 방법이 떠오르지 않았다.

문득 동우가 세진을 보았다. 세진은 아까와 별반 다르지 않게 여전히 담담한 표정 그대로 장내를 주시하고 있었다. 해정과 친구들은 뭘 어째야 할지 몰라서 조용히 의견을 나누고 있었다. 난감해하던 경찰 책임자가 동우를 한 번 더 돌아보고 마침내 결단을 내렸다.

"강남서 형사과 구반장입니다. 뭔가 착오가 있었던 것 같습니다. 사과드립니다. 돌아간다."

그 말에 건물을 둘러싼 경찰이 신속하게 빠졌다. 그들은 온 것만큼 빠른 동작으로 현장을 빠져나갔다. 마지막으로 남은 구반장이 동우에게 왔다. 둘은 짧은 대화를 나누고 그 역시 돌아갔다. 상황은 처음으로 돌아왔다. 해정과 친구들, 그리고 동우와 세진, 임상수. 그의 가드들. 어느 쪽도 움직이지 않았다. 세진이 임상수를 보며 뭔가를 말할 듯하다가 그만두었다. 해정이 동우를 보며 눈짓으로 어떡할지를 물었고 동우는 곧바로 결정을 내렸다.

"우리도 가죠."

동우 일행이 봉고차를 타고 현장을 빠져나왔다. 돌아보니 한동안 이쪽을 보던 임상수가 세진과 함께 건물로 되돌아가는 모습이 보였다.

"왜 그냥 놔줘요?"

"방법이 없어요. 지금으로선."

"근데 그가 정말 성호가 맞아요? 완전 다르던데?"

해정은 상황이 이상해지기 시작하자 슬쩍 구반장 어깨너머로 사진을 보았다. 그 사진 속에는 순해 보이는 눈에 얼굴이 동그란 남자가 웃고 있었다. 앞에 서있는 임상수는 턱이 뾰족하고 눈초리가 살짝 치켜 올라가 있어 상당히 까다롭고 신경질적으로 보였다. 사진 속의 이미지와는 정반대라고 할까. 해정조차도 앞에 있는 인물이 성호라는 확신을 할 수 없었다. 어찌 저 두 사람을 같은 사람이라고 할 수 있겠는가.

"맞아요. 그는 성호가 맞습니다. 하지만 그가 성호라는 증거가 없군요."

"지문은요? 지문은 못 바꾸지 않나요?"

"바보가 아닌 이상 얼굴을 바꿨는데 지문을 그냥 놔뒀을 리가 없겠지요."

해정이 고개를 끄덕였다. 그러다가 갑자기 어떤 의혹이 생겼는지 동우를 똑바로 쳐다봤다.

"그가 연예기획사를 차린 게 8년 전이라고 했어요. 기간을 봐서는 성호라는 남자와는 관계 없는 거 아녜요?"

"저도 그게 의심스러워요. 제가 형을 치른 3년과 나온 이후 2년을 더해도 5~6년이 맞을 텐데 8년이라니 그 갭을 어떻게 해석해야 할지. 아무튼 할 수 있는 게 없네요. 지금으로선."

"에휴~ 다 잡아놓고 놔주게 생겼네?"

"꼭 그렇진 않을 겁니다. 이제부턴 경찰이 알아서 해야죠."

오해정은 '하긴.' 이라고 생각했다. 그걸 하라고 경찰이 있는 거다. 경찰이 그 주변을 조사하다 보면 뭔가 실마리가 분명 잡힐 거였다. 언제까지나 자신들이 모든 걸 해야 한다는 생각은 사실 무리였다. 오해정이 동우에게 고개를 끄덕여주고 의자에 깊게 몸을 파묻었다. 동우는 막판에 구반장과 나눈 이야기를 생각했다.

"틀림없나?"

"틀림없습니다."

"확신해?"

"당신이 못하면 전 다른 사람에게 기회를 줄 겁니다. 그가 당신보다 결단력이 있다면 유사 이래 최대의 사기 사건을 다른 사람이 해결하겠죠. 어때요? 반장님. 얼마나 기다리면 될까요?"

"이런 제길. 저자는 너무 거물을 끼고 있다고. 무작정 체포하기엔 얼굴이 너무 달라. 아무튼 좀 시간을 줘봐. 절대로 그냥 빠져나가겐 안 할 거야. 지금 당장이 아니더라도 뭔가 꼬투리가 있겠지. 아무튼 지금은 일단 빠지는 게 맞겠어. 우린 간다."

구반장의 말대로라면 이제 임상수에겐 늘 감시의 눈길이 따라다닐 것이다. 최소한 한국에서 그는 숨을 곳이 사라진 거다. 해외로 나가려고 한다면 아마 무리해서라도 그를 일단은 체포하려고 할 것이다. 어쨌든 이 사건은 더 이상 미제라는 분류표를 달지 말아야 한다. 반드시 그래야 한다는 듯 핸들을 잡은 동우의 손에 힘줄이 불쑥 솟았다.

"기가 막히군. 페이스오프라니."

"뭐라고 했어요?"

부스스한 머리를 긁적거리며 오해정이 깨어났다. 천사호에 들어와 어제와 마찬가지 포지션으로 잠을 청한 두 사람 중 어제처럼 곯아떨어진 건 오해정뿐이었다. 뻗어버린 그녀를 보며 정말 피곤한 하루였다고 생각했다. 그러는 자신은 막상 꼬리를 무는 생각에 잠을 못 이루고 곰곰이 이제까지의 일들을 정리했다. 그러던 중에 흘러나온 혼잣말을 해정이 잠결에 듣고 깬 모양이다. 동우가 미안한 얼굴로 해정에게 대답했다.

"미안해요. 나 때문에 깼군요."

"안 잤어요?"

못 잤다고 했어야 맞을 거라고 스스로 생각하며 해정이 동우의 얼굴을 살폈다.

"잠이 안 와서요."

"그럴 만도 할 거예요."

"페이스오프, 페이스오프라고 했어요."

동우가 잠을 못 이루고 밤새 정리한 건 과연 '성호가 어떤 방법으로 몇 년 동안이나 수사망을 피해서 움직였을까?' 였다. 그것도 엄청한 신분까지 만들어서 그 누구도 부럽지 않을 성공과 명성을 누리면서. 분명 5년하고도 몇 달 정도의 기간 동안 성호는 수배됐었다. 그런데 임상수는 어떻게 8년이 넘게 연예기획사를 운영하고 그 사이 연예인들을 키워서 스타로 만들었을까. 동우는 성호를 너무 몰랐다고 생각했다. 워낙 오랜 친구였기에 당연히 서로 잘 안다고 생각했던 것부터 함정이었을 것이다. 동우가 그 생각을 하게 된 건 두목이 남긴 말 때문이었다. 오랜 시간 뭔가를 하게 되면 매너리즘에 빠진다는 말. 자신도 성호와의 사이에서 그랬을지도 몰랐다. 그렇다면 어느 정도 답이 나왔다. 어쩌면 성호는 몇 년 전부터 준비를 했을 것이다. 임상수라는 대리인을 내세워 연예인을 지망하는 유망주들을 발굴하고 키웠다면 충분히 가능한 일일 것이다. 동우는 어차피 얼마나 큰 돈이 왔다 갔다 하는지 제대로 본 적이 없었다. 그건 성호가 할 일이었고 그 때문에 분기마다 성호가 내미는 장부를 제대로 살펴본 적조차 없었다. 믿었기 때문에. 김영호가 했던 말도 생각났다. 연예기획사를 하는 친구가 우르르 아이들을 데리고 와서 거의 공짜로 성형수술을 해줬었다는 말. 성호 역시 그럴 수 있었다. 그리고 그 유망주들이 지금은 제대로 커서 스타가 된 것이리라. 그렇게 만들어둔 신분이 어느 정도 자리를 잡자 성호는 마침내 일을 터뜨렸고 정해진 순서대로 잠적했을 거라고 생각했다. 해외로 출국한 정보는 있었지만 그 뒤로 완전 잠적한 성호의 행적을 따져보다가 동우가 무심코 페이스오프라는 말을 했고 그 말에 해정이 깬 것이었다.

"보스 생각에 그럼 성호의 얼굴로 출국한 사람이 어쩌면 진짜 임상수일지도 모른단 거예요?"

"가정이지만 그럴 수도 있겠단 생각이에요. 그리고 그 자리엔 임상수로 페이스오프한 성호가 들어간 거 아닐까요?"

해정이 고개를 끄덕여 동의했다. 충분히 가능한 얘기였다. 요즘 연예기획사의 이슈는 노래만 잘하면 나머지는 돈으로 해결한다는 말을 얼핏 신문에서 본 것 같았다. 부족한 얼굴은 성형으로 뜯어고칠 수 있지만 노래가 안 되는 건 요즘은 안 먹힌다. 예전이라면 녹음 과정에서 기계로 보정하는 작업을 하고 무대에서는 립싱크를 쓰면 해결이 됐지만 이제는 그렇게 하면 잠깐 통할지는 몰라도 롱런은 꿈도 못 꾼다. 수술이나 트레이닝, 또 마케팅과 인맥을 만들어 기회를 잡는 등 막대하게 들어가는 투자비용 대비 수익률이 형편

없어지는 것이다. 가수는 어쨌든 노래를 잘해야 하고 탤런트는 누가 뭐래도 연기였다. 기본이 있어야 나머지도 있는 거다.

"연예기획사를 배후에서 운영했다면 거기서 성형수술의 아이디어가 나왔을지도 모르겠군요."

"요즘은 멀쩡한 사람들도 노숙자로 나서는 경우가 많다는 얘길 들었어요. 임상수란 그 사람, 어쩌면 노숙자였는지도 모르죠. 히스토리가 괜찮은 노숙자를 물색해서 큰돈을 쥐어주고 일을 꾸민다면 마다할 사람이 어디 있겠어요. 더구나 일이 끝난 후엔 외국에 나가서 살 수도 있고. 피지 같은 곳은 8, 9억만 내면 섬 하나를 영구히 소유할 수 있도록 해준다더군요."

"와, 정말 완전히 한 편의 영화네요. 돈이 그렇게 많으니 뭔들 못할까!"

해정이 감탄을 한다. 그것들을 추리해낸 동우가 역시 보스답다고 생각했다. 그리고 그 일을 꾸민 성호, 아니 임상수 역시 대단하다고 생각했다.

"며칠 전 그 두목도 그렇고 어제 임상수도 그렇고 의례 그러려니 했던 것들이 어쩌면 편견일지도 모르겠다는 생각이 들어요. 솔직히 나였다면 경찰이 들이닥친 그 순간엔 아무 생각도 못하고 일단 달아나려고 했을 것 같아요. 그런데 그 임상수의 배짱은 정말 감탄할 만해요. 연예기획사를 하면 다 그런가? 연기력도 대단했죠? 한순간 움찔하긴 했지만요. 하하."

"그렇죠. 저도 해정 씨 말처럼 그 편견, 고정관념 때문에 성호에게 당한 거라고 생각해요."

동우가 조금 홀가분해진 얼굴로 해정을 보며 하하. 웃었다. 그리고 그제야 책상에 발을 올렸다.

"뭐해요?"

"이제 자야죠."

"그건 안 되죠. 아침이면 일어나야 하는 거예요. 못 잔 건 보스 사정이고 사람이 한 번 흐름을 잃기 시작하면 결국은 다 잃게 돼요. 어서 일어나서 씻고 와요. 아침 먹으러 가게."

"해정 씨, 그건 삶을 바라보는 편견이고 고정관념이 아닐까요? 하하하."

동우가 웃음으로 무마하려고 했지만 해정에겐 통하지 않았다. 동우가 원래 여자에게 약하다는 건 동우를 겪었던 모든 사람이 다 아는 '편견'이다.

"잠을 반드시 자야 한다는 건 '편견' 아니구요?"

결국 동우는 오늘도 1번으로 세면대를 차지하는 기쁨을 누렸다. 씻고 나니 다시 정신이 돌아온 동우가 넷북을 열어서 밤새 자신이 생각했던 걸 정리해 구반장의 이메일로 보냈다. 받아들이든 아니든 그건 구반장의 선택이다. 동우는 그렇게 생각했다. 자신이 내린 결론이 딱 맞는다 해도 실제로 성호의 페이스오프를 담당한 성형외과 의사를 찾는 것도 문제였고 해외로 사라진 진짜 임상수를 찾는 것도 문제다. 생각 중에 혹시 김영호가 알 수 있지 않을까 했지만 그냥 접었다. 그건 자신이 할 일이 아니라고 생각했다. 동우는 탐정이 아니고 에스코트였으니까. 동우가 메일을 보내고 난 후 인터넷 뉴스를 읽고 있을 때 새로운 메일이 도착했다. 구반장이다. 구반장도 동우처럼 잠을 못 이뤘나 보다. 하긴 구반장의 입장이라면 그럴 만도 했으리라. 혀로 빙산을 녹인다는 정계의 막강 말빨녀를 뒷배에 둔 거물을 건드린 셈이니 잠이 오겠는가. 구반장의 메일은 '그럴 수도 있겠군.' 이 전부였다. 좀 시시했지만 어쨌든 답은 들은 셈이다. 동우가 혼자 피식거리는데 해정이 씻고 왔다. 해정에게 구반장의 메일 내용을 들려주며 동우가 하하. 웃자 해정도 같이 하하. 웃었다. 동우는 이 웃음으로 성호 일은 당분간 머리에서 지우리라 마음먹었다. 앞에 놓인 그 무엇보다 중요한 일을 위해서라고 막 마음먹는데 해정의 목소리가 그 마음을 흔들었다.

"그거 말예요. 그거."

"그거요?"

"아, 답답해. 왜 이렇게 생각이 안 나지? 그거 있잖아요. 왜. 머리카락 같은 거 채취해서 맞는지 보는 거. 친자확인 할 때 쓰는 그거요!"

"아, 그거요. 그게 왜요?"

"그게 뭐죠?"

"그게 어, 그러니까……. 아무튼 그거 알아요."

동우도 단어가 입속에서만 맴돌고 튀어나오지 않는다. 무슨 에이?

"그 있잖아요. 생각 안 나요? 무슨 에이?"

"에이. 디에이."

'디엔에이!' 두 사람이 동시에 외치고 좋아했다. 잘 노는 노사, 아니 파트너다.

"아무리 페이스는 오프 했다고 해도 디엔에이는 오프 못 할 거 아녜요?"

"디엔에이 검사를 해보면 나온다 이거죠?"

"내 말이요."

"하지만 맹점이 있어요. 지금 거야 어떡하든 구한다 해도 대조해볼 예전

샘플이 있어야 하는 거 아닌가요? 이미 시간도 오래되고 해서 아마 쉽지 않을 거예요.”

동우의 말에 해정도 흥분이 가라앉았다. 뭐 없을까 동우 역시 잠깐 동안 뭐가 없을까를 생각했다. 무슨 흔적이 없을까. 머리카락 한 오라기라도 있으면 된다고 했다. 물론 그 확인은 경찰, 구반장이 할 일이고 샘플을 구해서 건네주면 일은 더 쉬워질지도 몰랐다. 해정도 생각에 잠겼고 동우도 생각에 잠겼다.

“아!”

동우가 책상을 탁 치며 탄성을 지르자 해정이 기대 섞인 눈으로 재촉했다. 동우가 머쓱해서 콧등을 긁으며 머뭇거린다. 그런 동우를 해정이 다시 한 번 눈에 힘을 넣어 째려봤다.

“이거 듣고 웃으면 안 되는데…….”

“나중에 우리가 모두 성공했다고 느낄 때 여는 거야. 오케이?”

“그래. 꼭 성공하자.”

처음 쇼핑몰 사업을 구상한 건 동우였고 거기에 성호가 살을 보탰다. 최초로 홈페이지를 만들어 인터넷에 띄운 날, 동우는 각자 자신들의 현재를 기억할 수 있게 타임캡슐을 만들자고 했다. 그래서 나중에 성공하더라도 이걸 열어보고 초심을 잃지 말자고 했었다. 성호도 재미있는 생각이라며 동조했다.

“변태냐. 그건 좀 심했다. 응? 치워라.”

“야, 넌 정말로 뭘 몰라. 이게 바로 역력한 증거 아니겠냐. 우리가 얼마나 궁상맞은지 말야. 이보다 더 절실한 게 지금 있니? 큭큭큭!"

"하여간 널 누가 말리냐. 야, 냄새 밴다. 그거 어디 밀봉 팩에라도 넣어서 집어넣어."

"영광인 줄 알아라. 나중에 반드시 유명인사가 될 분의 소중한 일부니까."

"아무렴 오죽하겠니."

"으헥! 그럼 거기 집어넣은 게 그거란 말예요?"

"네. 그걸 넣었어요. 하하하."

"아, 그 사람 정말 대단해요. 걸작이네. 하하."

"그게 아직 거기 있을지 모르겠네요."

"가보면 알겠지요. 뭐."

"그럼 날짜 같은 것도 있어요? 그때란 걸 증명할 수 있는?"

"열어봐야 알겠는데요?"

할머니 집에서 아침을 먹은 두 사람이 차를 타고 용산으로 움직였다. 그들이 도착한 곳은 예전 동우의 사무실이 있던 그 건물. 추운 겨울날 동우의 애마 소시난테가 주인을 기다리고 있어 그를 기쁘게 했던 그 건물이었다. 동우가 막대기를 하나 구해와 건물 곁의 화단을 팠다. 몇 군데를 파도 동우가 원했던 물건은 안 나왔다. 구멍을 다시 메우고 동우가 해정을 보았다. 해정이 동우에게 고개를 흔들자 동우가 끄덕였다.

"파갔을까요?"

"그런가 봐요."

"여기가 확실히 맞아요? 딴 데 아녜요?"

"여기 같은데……. 이상하네."

아까부터 두 사람의 요상한 행동을 지켜보고 있던 나이 든 경비가 밖으로 나왔다. 엉뚱한 사람들이 아침부터 건물의 일부를 훼손하고 있는 거다. 뭘 하나 보고 있자니 화단을 파헤치고 난리였다.

"여여, 거 두 사람 지금 뭐하는 거요? 왜 남의 건물 화단은 다 파헤치고 난리여? 식전 댓바람부터?"

동우가 보니 자신이 쇼핑몰 할 때의 그 경비다. 자신을 알아보면 곤란할 거 같아서 고개를 조금 돌리고 해정에게 눈짓을 했다. 눈치 빠른 해정이 알아채고 경비를 상대했다. 꼭 그게 아니더라도 이럴 때 남자보다는 여자가 더 통하는 게 세상이다.

"안녕하세요? 그렇잖아도 미리 말씀드리려고 했는데 안 계시더라구요."

해정이 웃으며 아양을 떤다. 저럴 때 보면 영락없는 여자다. 동우가 슬쩍 고개를 흔든다. 경비가 해정의 애교에 살짝 넘어갔다. 어떨 땐 '편견'이 상식이 된다.

"그래서 그 묻어둔 걸 찾으러 왔다고?"

경비는 어느새 말도 편하게 하고 있었다. 그리곤 화단의 위치가 바뀌었다는 결정적인 말로 두 사람을 들뜨게 했다.

"원체 화단은 여가 아니지. 술 처먹고 취한 놈들이 하도 오줌을 싸대서 이짝으로 옮긴 거고 원래는 저짝이여."

경비의 손끝에 네 개의 눈동자가 모였다. 그 손끝이 닿은 곳엔 새로 생긴 듯한 카페가 있었다. 동우가 해정을 보며 무슨 뜻인지를 물었다. 동우의 말 없는 질문에 해정이 경비를 보니 턱짓으로 다시 한 번 그쪽을 가리켰다. 이번엔 해정이 경비에게 물었다.

"저기가 원래 화단이었다는 말씀이세요?"

경비가 고개를 끄덕였다. 카페로 걸어간 동우가 주위를 유심히 살폈다. 화단이 있었음 직한 자리가 안 보였다. 카페엔 나무로 만들어진 데크가 있었고 그 데크는 땅에서 50센티미터 정도 위에 만들어져 있었다. 데크 위에는 테이블과 의자를 배치해서 외국의 노천카페 같은 분위기를 내고 있었다.

"저 카페는 없었어요. 아마도 화단을 없애고 그 자리에 생겼나 보네요. 그럼 없겠군요."

동우가 약간 실망한 표정으로 다가온 해정에게 말한다. 해정이 경비에게 여기가 맞느냐고 다시 한 번 더 물었다. 그는 카페 앞에 만들어진 데크를 가리켰다.

"저기여. 저 마룻바닥 밑이 예전의 화원이었지."

다시 보니 카페는 생긴 지 좀 되어 보였고 오직 데크만 새로 만든 느낌이 든다. 동우가 데크 밑으로 고개를 들이밀어 살폈다. 어두웠다. 해정이 경비에게 '플래시 있음 좀 부탁드릴게요.' 하는 목소리가 들리고 '에잉, 참 귀찮게 허네.' 라고 말하면서도 경비실로 플래시를 가지러 갔다. 해정이 그 뒤를 따라가며 아양을 떤다. 잠시 후 해정이 플래시를 들고 왔다. 동우가 플래시를 켜 바닥을 살폈다. 데크의 가장 안쪽에 뭔가 반짝이는 게 보였다. 상의를 벗어 해정에게 맡기고 데크 밑으로 기어들어갔다. 플래시 빛에 반사된 건 깡통이었다. 그렇다. 바로 그들이 묻어놨던 그 깡통이 비스듬하게 파묻혀 있었다. 공사하는 과정에서 사라지지 않고 요행히 살아남은 것 같았다. 해정에게 뭔가 파낼 만한 게 없느냐고 부탁했다. 조금 있으니 해정이 뭔가를 안으로 던졌다. 플래시로 비춰보니 숟가락이다. 피식 웃은 동우가 숟가락으로 깡통이 묻힌 곳을 긁어냈다. 어렵지 않게 파지는 걸 보면 마룻바닥 밑이어서 그랬는지 땅을 단단하게 다져놓지는 않은 모양이었다. 밖에서 동우를 기다리는 해정의 발치로 깡통 하나가 굴러 나왔다. 그리고 이어서 동우가 고개를 내밀었다. 동우가 밖으로 나올 때까지 깡통을 이리저리 살피던 해정이 뭐가 들었는지 알기 때문인지 아니면 성호를 잡을 결정적 증거가 나온다는 기대감 때문인지 "쩝! 이 안에 그게 있다는 거지?"라고 중얼거리며 입맛을 다셨다. 입맛을 왜 다실까. 동우가 의아해하며 입을 열었다.

"자, 열어볼까요?"

"천사호에 가서 열지요?"

"그게 좋겠네요. 저는 해정씨가 입맛을 다시기에 속이 궁금해서 빨리 보고 싶을 줄 알았어요."

경비실에서 슬그머니 이쪽을 보고 있던 경비가 두 사람이 깡통을 열지 않고 그냥 나오자 아쉬운 표정으로 입맛을 다셨다. 동우는 또다시 저 아저씨는 왜 입맛을 다실까 싶어서 의아했지만 자신을 알아보면 골치 아플 게 뻔하니 모른 척했다.

"찾았네요."

"그래요. 찾았어요."

"운이 좋았죠?"

"운이 좋았어요."

"정말 신기하네. 그 공사판에서 어떻게 살아남았을까?"

"용케 그대로 남아있었네요."

"이봐요. 보스!"

"네?"

"뭐예요? 이거 완전히 덤앤더머잖아. 그냥 열어봐요. 우리."

동우가 잠시 긴장을 풀려고 손을 털고 이리저리 꺾었다. 깍지를 껴서 머리 뒤로 넘기고 목을 좌우로 틀어주었다. 그리고 엎드려서 팔굽혀펴기를 몇 번 했다. 허리를 깊이 구부려 손바닥을 땅에 댔다가 손등을 땅에 댔다가 하고 오리걸음으로 벽 양쪽 끝을 오락가락했다. 그걸 보고 있던 해정의 '오호? 의외로 유연하네요?' 하는 소리가 들렸다. 의자 뒤쪽 공간으로 벽에 바짝 붙으면 팔굽혀펴기도 가능한 천사호다. 몸을 풀어준 동우가 주머니칼을 꺼내 뚜껑 주변을 봉인한 촛농 긁어내고 칼끝으로 뚜껑 끝 부분을 살살 돌려가며 밀어냈다. 마지막 한 칼이면 뚜껑이 열릴 만큼 밀어내고 잠시 손을 멈췄다.

"이 봉인은 어때요? 그대론가요?"

"모르겠어요. 시간이 많이 지나서."

"그럼 뭐 어차피 열어봐야 알겠네요."

동우가 칼을 약간 더 밀어 넣어 위로 가볍게 튕겼다. 마침내 '퉁' 소리를 내며 뚜껑이 튀어 올랐다. 튕겨진 뚜껑이 바닥을 구르는 동안, 동우는 마치 슬로비디오를 보는 것처럼 시간이 느리게 간다고 생각했다. 그 짧은 순간이 처음 이 깡통에 물건을 넣고 봉인해 같이 묻던 그때부터 지금까지의 시간을 대신이라도 하듯 길게 느껴졌다. '챙그랑' 바닥에 부딪혔던 뚜껑이 다시 한 번 튀어 올라 두어 바퀴 구르고 뒤틀다가 바닥으로 넘어졌다. 그 뒤틀림이 동우에게는 최후의 발악을 하는 성호로 보였다.

"우와."

해정의 감탄사에 동우가 정신을 차렸다. 해정은 깡통을 들여다보며 호기심의 탄성을 내고 있었다. 동우가 천천히 시선을 깡통 안으로 옮겼다. 깡통 안에는 여러 가지 잡다한 것들이 밀봉 팩에 담겨 깔끔하게 정리되어 있었다. 해정이 동우를 보며 눈짓 하자 동우가 고개를 끄덕였다. 해정이 손바닥을 두어 번 비빈 다음 안에 든 물건을 차례차례 꺼내 책상에 올려놨다.

"사진이 있네요. 두 사람이 같이 찍은 건가 봐요. 날짜는 1998년 6월 2일. 맞아요?"

동우가 고개를 끄덕였다.

"이건 뭐야? 무슨 영수증 같은데?"

"그건 처음으로 웹호스팅 비용을 지불한 영수증이에요."

"우와, 진짜 의미 있는 물건이네요."

"그렇죠. 두 사람의 새로운 인생이 시작된 영수증이니까요."

"으으, 이게 그건가 봐요."

"그거 맞아요. 하하하."

해정이 밀봉 팩에 담긴 두루마리 휴지 같은 걸 들여다보며 인상을 찌푸린다. 두 사람은 깡통에서 나오는 이런저런 물건들을 보며 웃기도 하고 인상을 쓰기도 했다. 물건들을 깡통에 넣은 뒤 동우가 구반장에게 전화를 걸어 약속을 정했다.

"이게?"

"네. 이게 그겁니다."

"어디 보내 보긴 하겠지만 너무 오래 돼서 어떨지 모르겠군."

"없는 것보단 낫잖아요."

"그래. 이런 게 남아있었다니 그 친구 재미있는 데가 있군."

"저도 그렇게 생각해요. 그렇게 독특한 데가 있었으니까 그런 엄청난 일도 꾸밀 수 있지 않을까요?"

"그래. 평범했다면 꿈도 못 꿨을 거야."

"그럼 이제 일이 어떻게 되는 건가요?"

구반장과 동우가 이야기를 나누는 동안 옆에서 가만히 듣고 있던 해정이 모처럼 끼어든다.

"소환을 해야겠지."

"응하지 않을 수도 있겠네요?"

"그렇겠지. 그래도 방법이 없는 건 아냐. 그 회사 소속 연예인 중 하나가 노예계약을 했다며 거길 고소했으니 그걸 이용해볼 방법을 생각해봐야지."

"아, 그거 기사에서 읽었어요."

해정이 거들었다.

"어쨌든 이제 드릴 수 있는 건 모두 드렸습니다. 사실 민간DNA분석 연구소 같은데 맡겨볼까도 했는데 그러지 않기로 했어요. 반장님이 모든 걸 주도하시는 게 더 낫잖아요."

"그래, 아무튼 고마워. 새로운 소식이 있으면 연락할게."

동우와 해정이 구반장과 인사를 하고 밖으로 나왔다. 구반장은 매일매일의 진행 상황을 알려왔다. 그로서는 동우가 인생 최대의 대박을 안겨줄 은인이 될지도 모르는 거였다. 임상수는 의외로 경찰의 소환에 순순히 응했다. 그가 소환을 받게 된 노예계약이라는 게 연예계의 비리로 연일 이슈가 되었기에 그로서도 어쩔 수 없게 된 것이다. 그리고 구반장은 수색영장을 받아 그의 집에서 몇 개의 머리카락을 주워왔다. 구반장은 그 머리카락과 깡통 속 밀봉 팩에서 나온 두루마리 휴지를 국과수로 보냈다. 보름 후에 결과가 나올 거라는 말을 덧붙여 동우와 해정의 기대감을 높였다. 어느 날은 구반장 소개라며 신문사 기자가 찾아왔다. 자신을 심문조라고 소개한 그는 뭔가 냄새를 맡았는지 수시로 동우를 찾아와 캐물었다. 구반장에게 직접 들으라는 동우의 사양에 그는 결국 구반장을 대동하고 찾아온 것이다. 그의 끈질긴 노력에 은밀히 진행되던 수사의 모든 경위가 그에게 통채로 넘어갔다.

구반장은 기자에게 '이거 완전 대박 특종이잖아? 은혜 잊으면 안 돼. 이 친구 좀 좋은 쪽으로 써줘. 순전히 옆에 있다가 날벼락 맞은 꼴이니까.' 라며 동우를 챙겼다. 심기자는 '물론이지!' 라는 말로 응수했다. 구반장도 심기자도 모두 이 사건이 얼마나 큰 건인지 알고 있었다. 세 손가락 안에 들어가는 연예기획사 사장이 주인공이란 것만 해도 이미 보통 일은 아니었다. 거기에 현직 국회의원 후원회장이라는 것도 대서특필 될 수 있는 스캔들인데 그가 바로 그 사건의 주인공일지도 모른다는 것이다. 게다가 얼굴을 완전히 뜯어 고쳐 그라는 걸 증명할 방법조차 없다는 것 등 이번 사건은 모든 요소들이 극적으로 얽혀있었다. 그런데 그 철갑처럼 빈틈없고 단단하게 둘러쳐 놓은 모든 방어막을 한순간에 무너뜨릴 결정적인 실마리가 생긴 것이다. 바로 깡통 속에서 나온 '그것' 으로 말이다. 시간은 차곡차곡 흐르고 있었다. 국과수의 분석 결과가 나오기로 되어 있는 날은 소희의 이식수술 스케줄이 잡혀있는 날이기도 했다.

수술은 예정대로 시작되었다. 김영호의 친구와 그 친구가 추천한 또 한 명의 의사가 양쪽 방에 놓인 수술대 위에서 동시에 수술을 진행하고 있었다. 김영호를 위해 그의 친구가 추천한 의사가 팀을 이끌었고 소희는 김영호의 친구가 팀을 이끌었다. 수술시간만 6시간에 달하는 대수술이 진행되는 동안 영서와 금주, 해정은 수술실 주변에 모여 초조한 표정으로 기다렸다. 금주는 해정에게 자신이 갖고 있던 오해의 진실을 들으며 어두웠던 얼굴이 다시 밝아졌다. 손발이 오그라들 것처럼 긴장한 동우가 결국 밖으로 나왔다. 병원 밖 편의점에서 담배와 라이터를 샀다. 편의점 앞에 놓인 초록색 의자에 앉아 담배에 불을 붙인다. 오랜만에 피워보는 담배였지만 금세 적응해서 길게 연기를 내뿜었다. 인생에서 그 어떤 순간도 오늘만큼 초조했던 적이 없었다. 동우가 담배를 재떨이에 눌러 끄고 앉아있는 플라스틱 의자가 늘어지도록

길게 기지개를 켰다. 온몸이 졸아드는 기분이었다. 꺼놨던 휴대폰의 전원을
켰다. 전원이 켜지고 잠시 후 꺼져있는 동안 도착한 문자메시지들이 속속 나
타났다. 구반장의 문자메시지가 가장 먼저 눈에 띘다.

'성공. 두 샘플 결과가 일치한다고 통보됨. 매우 드문 케이스라고 함.'

동우의 입가에 씁쓸한 건지 개운한 건지 모를 웃음이 물렸다. 가장 친했던
친구. 그 친구는 자신을 몰락시켰고 이제 자신은 그 친구를 몰락시키려고 하
고 있었다. 유치한 복수심인가. 아니면 정말 정의구현을 위해선가. 참 아이
러니한 세상이다. 동우를 따라나온 해정이 동우의 표정에 긴가민가해서 고
개를 갸웃거렸다.
"무슨 얼굴 표정이 그래요? 아수라 백작을 보는 것 같네?"
해정의 농담에 동우가 빙그레 웃었다. 그리고 고개를 끄덕여주었다. 잠시
그 '빙그레'의 의미를 생각한 해정의 얼굴이 확 펴졌다.
"어? 나왔구나. 나왔죠? 우와~ 진짜 대단, 아니 짜릿~하네요! 이건 완전
히 대한민국 유전공학의 개가에요."
해정이 깡충깡충 뛰며 오버했다. 동우는 해정이 팔을 잡아끌며 뛰자 어쩔
수 없이 어정쩡한 동작으로 보조를 맞췄다. 같이 뛰며 빙글빙글 도는 동우의
눈에 이제는 눈에 띄게 높아진 파란 하늘이 보였다. 이게 그렇게 좋은 일일
까? 란 의문은 일단 접어두었다. 둘이 그렇게 놀고 있는데 영서가 나와 '중
요한 수술 중인데 쯧쯧!' 하며 방방거리는 두 사람에게 면박을 주고 수술이

끝났다고 전했다. 수술은 아주 잘 끝났다고 했다. 앞으로 회복 과정에서 특별한 거부 반응이나 징후가 없으면 된다고 했다. 소희와 김영호 모두 면역력이 제로에 가깝기에 무균실에 들어가 있어 만날 수는 없다고 했다. 그날 저녁, 비록 소희는 없었지만 동우와 해정, 영서, 금주 등이 모여 조촐한 자축연을 벌였다. 해정은 대단한 주량으로 다른 사람들을 놀라게 했다. 의외로 영서도 대단한 주량을 보여주며 해정과 죽이 맞아 연신 건배를 했다. 그날 처음 만났음에도 두 사람은 금세 절친이 되었다. 만만치 않은 주량으로 건배 대열에 합류한 금주는 해정을 언니처럼 따랐으므로 분위기는 그보다 더 좋을 수 없었다. 그들 중 가장 술이 약한 동우만이 살짝 겉돌았지만 동우는 웃음을 적절히 난사하며 다른 이들의 술잔을 피해 예전에 비해 제법 노련해진 모습을 보여주었다.

SS엔터테인먼트 대표 임상수 전격 구속!

임상수의 구속이 헤드라인과 톱뉴스로 전해졌다. 구속 사유는 밝혀지지 않았고 검찰 대변인은 마이크를 들이대는 기자에게 논평을 거부했다. 발 빠른 기자는 그가 후원하는 국회의원을 찾아 인터뷰를 시도하기도 했지만 그 유명한 말빨녀도 이번엔 노코멘트로 일관했다. 하지만 이미 많은 사람들이 구속 발표가 나기 얼마 전부터 인터넷에서 떠돌기 시작한 빅이슈를 주목하고 있었다. 그가 바로 5년 전 이 나라를 들었다 놨던 초 사기 사건의 범인일 수도 있다는 말이 번지고 있었던 것이다. 임상수란 이름이 인터넷 포털 검색어

1위로 자리 잡았다. 간간이 성호의 이름도 거론되고 있었다. 그의 구속 뉴스가 진행되는 동안 방송국과 신문사에는 5년 전 자신이 사기당했던 돈을 돌려받을 수 있을지 확인하는 문의 전화가 쇄도했다. 그리고 말빨녀가 그의 구명을 위해 뛰고 있다는 이야기도 뉴스 아래 댓글에서 카더라 통신으로 올라오고 있었다. 많은 설들이 분분한 가운데 최근 들어 빅이슈들에 대한 심층 취재와 분석기사로 각광을 받고 있는 시사잡지 인타임즈의 심문조 기자가 마침내 메가톤급 폭탄을 터뜨렸다.

임상수! 임상수?
미스터리를 완성한 페이스오프!

임상수가 바로 세상을 떠들썩하게 했던 인터넷 쇼핑몰 사기 사건의 주인공 성호라고 보도한 것이다. 그는 성호가 범죄를 완성하는 과정을 파고들어 일목요연하게 정리했다. 그 프로젝트의 백미는 바로 성형수술이었으며 성호는 임상수라는 실존 인물과 자신을 완벽하게 바꾸는 데 성공했고 마침내 명성과 부를 거머쥔 1%의 삶을 누리고 있었다고 마무리했다. 검찰은 자신들이 발표하기 전에 먼저 인타임즈의 기사가 터지자 부랴부랴 기자회견을 열어 중간수사 결과를 발표했다. 기자회견은 생방송으로 진행되었다. 검찰은 임상수와 성호가 동일 인물이라는 증거로 국과수에서 DNA 표본 분석이 이루어졌고 결과는 두 사람의 유전자가 일치하여 법정 증거로 채택되었다고 발표했다. 카메라가 주요 증거물을 늘어놓은 책상을 비출 때 밀봉 비닐 팩에 담긴 두루마리 휴지가 잡히자 해정이 배꼽을 잡고 웃었다. 같이 TV 뉴스를 보던 동우는 머쓱해져서 콧잔등을 긁었다. 그 사이 구반장은 꽤나 열심히 움직였는지 많은 증거물들이 올라와 있었다. 자금의 흐름을 추적한 결과 임상수, 아니 성호는 지난 5년보다 훨씬 전부터 SS엔터테인먼트의 기초를 닦아왔던 것으로 드러났다.

그는 눈에 보이는 모든 걸 아름다운 작품으로 만들었다. 건물을 지을 때부터 세계적인 건축가의 설계를 도입했고 잘 생긴 가드를 현관과 복도, 엘리베이터 등에 배치하여 누가 봐도 멋진 분위기를 연출했다. 거르고 걸러서 받아들인 유망주를 키우기 위해 그는 과감한 투자를 했다. 인터넷에 공공연하게 올라오는 Before After의 성형 루머 사진들 중 페이스오프 수준의 성형으로 유명한 연예인 중 많은 사람들이 SS엔터테인먼트 소속 연예인이었다. 기자회견이 끝나자 방송국은 흥미 위주의 자료화면으로 시청자의 시선을 사로잡았다. 범죄를 도표로 재구성해 기억을 상기시키는가 하면 그 사건의 피해자들이 피해금액을 돌려받을 길은 있는지 등에 대한 전문가의 코멘트를 SS엔터테인먼트 소속 연예인들의 자료화면과 함께 내보냈다.

돈을 만드는 과정은 나빴지만 연예기획자로서 성호의 전략은 기가 막히게 맞아떨어졌다. 사람들은 과거가 어쨌든 스타의 깎은 듯한 용모와 늘씬한 몸매에 열광하며 인기와 사랑, 명예와 부를 몰아주었다. 그 바람에 수수한 이미지로 사랑받았던 다른 연예인들도 수술대에 오르는 웃지 못할 해프닝이 벌어지기도 했다. 이 비정상적인 트렌드는 일반인들에게 번져 성형수술을 가볍게 생각하는 풍조를 불러왔다. 서울 강남에서 길을 걷다 보면 열 명 중

세 명이 쌍꺼풀이나 코 수술을 한 사람이고 턱을 깎은 사람도 어렵지 않게 볼 수 있었다. 할리우드에서나 흔했던 보톡스와 지방흡입술 등 미용성형이 유행처럼 번졌다. 물론 그 모든 게 성호 때문이라고 하기엔 어폐가 있었지만 어느 정도 불씨 역할을 한 건 틀림없을 거였다. 성호가 돈 좀 있는 집안에서 태어났다거나 유력한 후원자를 만났다면 희대의 사기꾼이 아니라 뛰어난 사업가로 성공적인 삶을 살았을 거라고 생각하자 씁쓸함을 느꼈다. 그러나 감상은 감상일 뿐이다. 성호는 용서받기에 너무나 엄청난 일을 벌였다. 동우를 씁쓸하게 하는 또 하나는 세진이었다. 같이 있던 느낌으로 봐서 성호와 세진은 처음부터 아주 가까운 사이로 느껴졌다. 그렇다면 성호는 자신의 욕심을 위해 여자까지도 이용하는 전형적인 나쁜 놈이다. 여자들 사이에 나쁜 남자가 인기 있다는 애길 들은 적이 있다. 하지만 그건 이미지뿐일 것이다. 실제로 자신이 그런 곳에 이용된다면 누가 좋다고 할까. 상대방을 위해서 뭐든 하는 여자가 아니라면 아마도 욕을 하고 돌아설 것이다. 그렇다면 세진은……. 노예계약 고소사건을 묻는 기자의 질문에 그런 일은 없다고 담담히 말하는 임상수의 모습이 화면을 가득 채우고 있었다. 기자는 임상수의 행적으로 볼 때 노예계약도 충분히 조사할 필요가 있어 보인다는 멘트와 함께 자세한 분석 기사를 준비 중이니 9시 뉴스를 기대해달라는 말로 기자회견을 마무리했다.

"휴, 참 저 사람 대단하네요. 보스가 보기에 어때요? 예전 친구였던 모습이 보여요?"

"아니요. 전혀 안 보이네요. 눈웃음이 참 보기 좋은 녀석이었는데 얼굴이 바뀌어서 그런지 그 웃음도 더 볼 수 없고. 아, 아무튼 난 성형 반댑니다. 아무리 예뻐진다고 해도 저건 아닌 것 같아요.”

“그래도 성형 때문에 많은 사람들이 자신감을 찾는다구요.”

“뭐 그렇겠지요. 하지만 꼭 필요한 사람만 하면 좋겠어요. 성형외과 개업한 사람들 들으면 거품 물겠지만. 성형 중독이란 게 있대요. 성형도 패션처럼 해마다 유행이 있는데 어느 해는 코를 피노키오처럼 높이고 어느 해는 코끝만 살짝 높이고 그런 식으로 바뀐답니다. 그걸 일일이 따라잡지 않으면 못 견디는 병이래요. 이건 정말 아니라고 봐요.”

“그건 그래요. 보스! 난 조각미인 아닌데 어때요?”

해정이 얼굴을 바짝 들이밀자 동우가 헛기침을 하며 물러났다.

“이거 너무하네요. 이렇게 파트너를 벌레 취급하다니.”

해정이 투덜거리자 동우가 겉과 속과 다른 웃음으로 하하. 웃는다.

“천만에요. 제가 무슨 자격이 있어서 사람을 가르고 고르고 하겠어요.”

“뭘 그런 걸요. 지금도 화들짝! 했잖아요. 정말 보스 한 번 좋아해 볼까?”

동우가 해정의 푸념을 웃음으로 얼버무렸다. 해정은 농담이 아니라 정말로 보스를 한 번 좋아해 볼까 하고 생각했다.

새삼 해정이 동우를 머리끝에서 발끝까지 꼼꼼한 눈으로 봤다. 얼굴 나쁘지 않군. 몸매 뭐 그런대로 나쁘지 않군. 다리 길이? 뭐 나쁘지 않군. 머리는 꽤 좋아 보이고 무엇보다도 성격은 정말 이보다 더 좋을 수 없다. 전과기록이야 알고 보면 엉뚱하게 휘말린 거니까 괜찮고. 수입이 약간 딸리지만 그건 같이 벌면 되니까……

해정의 시선이 스캐너처럼 위에서 아래로 훑어 내리자 자신도 모르게 부르르 떤 동우가 팔뚝을 슬슬 긁으며 조금씩 게걸음으로 피했다. 그 모습에 해정이 고개를 흔들었다.

"아 정말, 쩨쩨하게! 그래요. 알았어요. 알았어."

동우는 그저 머쓱하게 웃었다.

며칠 간 동거 아닌 동거를 한 해정은 옷 갈아입는다고 집에 들어갔다. 당장 걸려있는 일이 없으니 며칠 쉬라고 했지만 그럴 수는 없다며 옷만 갈아입고 나오겠다고 했다. 생각해보니 해정이 속옷을 안 갈아입은 기간이 자신과 같다. 참 털털한 여자라고 생각하며 동우가 세면대에 물을 받아 비누를 바른 팬티를 싹싹 비비고 있었다. 일을 보고 옆자리에서 손을 닦던 남자가 동우의 세탁 솜씨를 보며 고참의 귀한 참견을 던졌다.

"하루 한 번씩 속옷 갈아입기 귀찮죠? 최소 3~4일 이상 입은 속옷은 그렇게 빨아봐야 때 안 빠져요. 일단 작은 통 하나를 구해요. 그리고 거기에 세제를 좀 푼 다음 하루 정도 담가둬요. 세제는 가루세제보단 액체세제가 더 좋아요. 왜냐하면 대개 찬물에 담가둬야 하니까 액체세제가 더 잘 풀리거든요. 그렇게 하루 재어둔 팬티를 다음날 그렇게 물 받지 말고 꼭지 틀어놓은 채로 몇 번 비벼 헹구면 간단하게 빨래 끝!"

동우가 고참의 친절에 감사 인사를 했다. 마지막으로 그는 나가면서 집게손가락을 치켜들고 천기를 누설 했다.

"근데 그보다는 큰길 건너가면 셀프세탁소 있거든요. 간단한 속옷 정도는

3천 원이면 건조까지 돌릴 수 있어요. 그쪽이 더 낫죠.”

빨래를 책상 옆에 가지런히 널어놓고 조금 멀찍하게 히터를 둔다. 그러면 별일 없는 한 한 시간이면 마른다. 동우는 약간 허전한 아랫도리를 의식하며 의자에 앉았다. 해정이 없는 틈에 이왕 빠는 거 다 빨아버린 거다.

‘R R R R R R R’

빨래가 마르길 기다리며 인터넷 뉴스를 보는 데 오랜만에 휴대폰이 울렸다. 동우의 목소리가 경쾌하게 천사호에 울려 퍼졌다. 날씨 맑음을 전하는 일기예보 아나운서처럼 밝다.

“안녕하십니까? 에스코트주식회사 조동웁니다.”

“나, 구반장이야. 잘 지냈어? 잘 지냈겠지. 임상수, 아니 성호가 모든 걸 인정했어. 당신에게 전해달라는 말이 있어서 전활 했지.”

구반장의 목소리도 맑음이다. 녀석이 인정을 했다. 모든 걸 인정했다고 한다. 모든 것.

“아, 네. 고생 많으셨네요. 반장님.”

“고생은 무슨. 당신에 비하면 새 발의 피지. 덕분에 5년 묵은 체증이 다 풀어졌어. 시간 한 번 내. 제대로 한 잔 살게.”

“하하, 제가 술을 잘 못 해서요. 마음만 고맙게 받겠습니다.”

“그랬나? 그럼 밥이라도 먹자고. 우리는 뭐든 안 하면 밤에 잠이 안 오는 체질이라서 말야. 그리고 성호가 전해달라는 말이 뭔지 알겠어?”

성호가 전해달라는 말. 뻔한 말이라면 ‘미안하다.’ 쯤일까? 아니면 ‘고생했다.’ 일까. 그도 아니면 ‘치사한 놈’ 일까. 예전이었다면 몇 개 자르르 털어놓고 뭐 이 중의 하나겠죠. 했겠지만 지금의 동우로서는 더 이상 그를 알지 못한다고 생각했다.

"글쎄요 예전이라면 몰라도 지금은……. 하하."

"그래, 듣는 우리도 이게 뭔 소리야? 했으니까."

"네, 그래서 성호가 뭐라고 했나요?"

"몇 년 만 참지! 였어."

"네? 그게 무슨?"

"글쎄. 말야. 그리고 이런 말도 하더군. 거길 가보라고. 거기에 당신에게 미안한 마음을 담아뒀다고. 거기가 어디야?"

"거기요? 거기? 저도 모르겠군요. 그 녀석과 함께했던 곳은 사무실뿐인데 아시겠지만 이미 거기는 다른 회사가 들어와 있던데요."

"그치? 우리도 거기가 거긴가 싶었는데 5년 전에 다른 회사가 들어간 거로 되어있거든."

"네, 거기 아니라면 아닐 겁니다. 무엇 때문에 그런 말을 했는지 모르겠네요. 하하."

"아무튼 최종 결과가 발표되겠지만 당신에게만 먼저 전해줄게. SS엔터테인먼트 자산이 꽤 됐던가봐. 그가 피해금액을 모두 환급하겠다고 했어. 법정이자까지 쳐서 환급하겠다고. 그렇게 되면 아마도 형량이 많이 감경될 거야. 그래도 기본 형량이야 받겠지만."

"아……."

탄식인지 감탄인지 모를 탄성이 흘러 나왔다. 역시 답다 싶었다. 투자금

회수에 귀재를 보였던 성호다. 5년 만에 사고 친 원금을 모두 회수하고도 남았다는 얘기.

"그런 면에서는 참 대단한 친구란 생각이 들더군. 아무튼 거기가 어딘지는 모르겠지만 잘 찾아봐. 나 같으면 미안하단 말이 먼저 나올 텐데. 하하."

구반장이 기분 좋게 웃으며 전화를 끊었다. 궁금했을 테지만 더 이상 캐묻지 않았다. 성호를 검거하는데 결정적인 정보와 증거를 찾아준 동우여서일까. 기분 좋은 배려가 느껴졌다. '거기?' 거기가 어디야? 홀가분했던 머리가 다시 분주하게 돌아갔다. 대학 때의 어떤 장소? 포렘 동아리 방일까? 아니면 농담 삼아 극기훈련이라고 갔던 월출산 민박집일까. 그날은 술 못 먹는 동우가 소주를 세 병이나 마신 바람에 다음 날 하루 온종일 헤매다가 일몰을 봤다. 맥 못 추는 동우를 성호가 질질 끌다시피 올라가 본 일몰은 월출산이라는 이름이 무색하게 정말 대단했다. 성호는 자연이 그려낸 그 거대한 작품을 보며 중얼거렸다.

"동우야, 지금은 비록 이 모양이지만 우리 인생의 일몰은 꼭 저렇게 만들자!"라고. 그러면서 바위에 '서해의 일출은 미약할지 몰라도 일몰은 이 대단한 서해!' 라고 쓰고 두 사람의 이니셜을 새겼다. 이름을 새기자는 성호를 간신히 말려서 S.H & D.W 라고 이니셜만, 그것도 성호는 큼직하게 하자는 걸 막고 조그맣게 새겨 넣었다. 지금도 그 생각을 하면 얼굴이 빨개지는 동우다. 그대로 둬야 할 아름다운 자연을 훼손하다니. 그 바위 밑엔 작은 구멍이 있었다. 동굴이라기엔 너무 작았던 구멍은 손을 넣어도 끝이 닿지 않을 정도로 깊었다. 풀에 가려져 잘 보이지 않는 구멍이었는데 동우가 자꾸 더 안 보이게 새기려고 밑으로 밑으로 내려가다 발견한 거였다. 작은 동굴? 구멍? 거기가 거기?

"서해안 고속도로로네. 어디 가요? 보스."
"모르겠어요. 가봐야 알 것 같네요. 하하."

동우가 멋쩍게 콧잔등을 긁었다. 해정은 옷을 갈아입고 나오자마자 동우가 이끄는 대로 차를 타고 가며 호기심을 누르느라 좀이 쑤셨다. 길이 목포로 바뀌고 해남 강진 방면으로 이어지자 마침내 몇 시간이나 끈기 있게 참고 있던 해정의 입이 열렸지만 동우는 아직 말을 꺼내기가 불편했다. 확실치도 않은 걸 말하기가 거북했던 것이다. 게다가 바위에 이름을 새긴 곳이라고 하자니 부끄럽기도 했다. 그 얘길 하자면 결국 바위에 새겨놓은 이름 얘기도 나올 게 뻔했기에 아직 아무 말도 못하고 있었다. 하지만 해정의 해일 같은 호기심을 동우 정도의 미미한 둑이 막아낼 리가 없다. 결국 동우는 구반장에게서 들은 이야기를 모두 토해냈다. 덤으로 바위에 새긴 이름까지.

"아, 진작 얘길 하지 오면서 죽는 줄 알았잖아요. 월출산은 대학 다닐 때 여러 번 갔었는데 바위들이 정말 장난 아니게 멋있어요. 일몰도 정말 좋았다고 했는데 난 뻗어서 못 봤지 뭐예요. 잘 됐다. 이참에 꼭 봐둬야겠네. 그나저나 바위에 이름을 새기다니. 정말 몰상식한 분이 내가 모시는 보스였군요. 뭐, 아주 작게 새겼다니까 봐줄까. 하하. 그 말은 참 멋있네요. 서해의 일출처럼 태어났지만 바로 그 서해의 일몰처럼 장대하겠다는 말. 역시 그 사람은 보통 사람은 아닌가 봐요. 하긴 그러니까 그렇게 치열한 연예 세계에서 스타

제조기로 소문났겠지. 사기 친 돈을 갚는다구요? 요즘 법정 이자가 얼마더라. 150만 원에 법정 이자를 치면 얼마나 될까. 이거 눈먼 돈 들어오는 기분이네요. 그것도 생각해보면 정말 대단해. 돈을 갚다니, 이야……."

해정의 입이 한 번 열리기 시작하자 끝도 없이 이어졌다. 워낙 먼 길을 달려왔기에 동우도 그런 해정의 입심이 싫지는 않았다. 원래 동우는 혼자 다녀오려고 했다. 성호를 체포하는 일에 성공해서 모든 일이 다 끝난 줄 알았더니 성호는 또 하나의 숙제를 던졌다. 그걸 끝내야만 꼬였던 자신의 인생도 매끈하게 풀릴 것 같아서 동우답지 않게 마음이 조급해졌다. 동우는 비로소 자신이 성호에게 미안해하고 있음을 깨달았다. 해정이 옷만 갈아입고 오겠다고 했지만 아무래도 시간은 더 오래 걸릴 것이다. 해정에게 개인적인 일로 다녀오겠다는 메모를 남겨놓고 차를 몰아 주차장을 막 빠져나올 때 정말 옷만 갈아입고 나오는 해정을 만났다. 해정은 어딜 가느냐고 물었고 설명하자면 시간도 걸리고 복잡해서 그냥 타라고 했던 것이다. 혼자 왔다면 무척 심심했을 거라고 생각하는 동우였다.

해가 이미 떨어지고 완전히 캄캄해졌을 때 동우와 해정은 예전의 그 민박집을 찾았다. 시즌이 아니었기에 방에 여유가 있었지만 해정은 굳이 두 개를 잡을 이유가 있느냐고 되물었다.

"보스, 나 어떻게 할 자신 있어요?"

"아뇨!"

"어떻게 할 생각은요?"

"그 아! 아..아..뇨"

동우가 민망하지도 않은지 자신 있게 대답하다가 두번 째 질문에선 조금 눈치를 봤다. 해정의 눈썹이 살짝 올라갔기 때문이다. 사실 몽둥이를 들고 덤벼도 해정에게 안 될 것이다. 실력은 실력이니 부끄러울 것도 없다. 결국 방은 하나를 잡았다. 민박집 아줌마가 차려주는 저녁을 먹고 두 사람은 이런 저런 이야기를 하다가 잠들었다.

"일출 볼래요?"

"월출산에서 일출까지야 뭐. 하하."

"그래요. 그럼 나 혼자 다녀올게요. 대신 보스는 그 구멍이란 데 가서 혼자 폼 잡고 그 사람이 남겼다는 메시지나 봐요. 뭐 아무리 나라도 거기까지 끼는 건 무리 같으니까요. 나는 산 구경 좀 하다가 시간 봐서 해질녘이 되면 가볼게요."

해정이 동우를 남기고 산으로 올라갔다. 어제 논스톱으로 밟아온 운전이 조금 피곤했나 보다. 몇 시간을 더 자고 일어난 동우가 밥을 부탁해서 요기를 하고 '거기'로 향했다. 해가 바다로 떨어지려면 아직 한 시간은 더 있어야 할 것이다. 이름을 새겨둔 바위. 동우 앞에 있는 바위는 좀 작았지만 그래도 사람의 키만큼은 되는 뾰족한 바위였다. 그 아래쪽엔 여전히 두 사람의 이니셜이 흐릿하게 남아 있었다. 동우가 바위 주변에 난 풀을 밀어내며 팔을 구멍으로 뻗었다. 손끝에 뭔가 걸린다. 하지만 조금 모자랐다. 팔이 저릿저릿할 때까지 있는 대로 밀어 넣자 간신히 집게와 가운데 손가락 사이에 잡혔다. 살살 잡아끌어 마침내 그걸 꺼냈다. 그건 흔히 볼 수 있는 비닐로 된 밀봉 팩이었다. 그 안에는 외국계 은행의 직불 카드 한 장과 작게 접은 종이쪽지가 들어있었다. 종이쪽지에서 성호의 메모를 읽은 동우는 한참을 그 자리에 앉아 있었다. 해정이 '보스? 안 봐요?' 하며 동우의 어깨를 건드리고 나서야 일몰이 시작되고 있다는 걸 알았다. 해정이 언제 왔는지도 모르고 있던 동우가 그제야 정신을 차렸다. 한참 전에 도착한 해정은 아무것도 묻지 않고 곁에 앉아 뻘건 물텀벙을 튀기며 서해로 빠져드는 해와 함께 바다에 빠져 있다가 동우가 일몰도 안 보는 거 같아서 툭 물었다. 동우도 해정처럼 그 거대한 천공의 이적을 따르고 있었지만 그 눈의 초점은 그 먼 수평선보다 더 먼 어딘가에 있는 것처럼 아련했다. 해정은 동우의 생각이 성호에게 가있을 거라고 상상했다. 그 상상 속에서 동우는 성호와 아무 말 없이 바라보고만 있을 것 같은 느낌이 들었다. 동우의 눈에 빛이 돌아온 건 해가 완전히 바다에 빠져 하늘 끝이 옅은 반투명의 오렌지빛 스카프를 두르고 반대쪽에서 찾아오는 밤의 여왕을 맞이할 때였다. 지금이야말로 진정한 월출산의 이름다운 비경이 펼쳐지는 때다. 기암괴석의 바위들 틈으로 솟아오르는 신비한 달. 동우가 해정에게 비닐 팩을 건넸다. 팩 안에 들어있는 카드를 힐끔 본 해정이 메모를 꺼내어 펼쳤다.

'고생했다. 미안하단 소리는 하지 않으마. 나로 인해 네가 인생에서 가장 힘든 시기를 보내고 있는 거 잘 안다. 하지만 그건 우리가 세상이 감탄할 일몰을 준비하기 위해서라고 생각해라. 그리고 견뎌낼 거라 믿는다. 내가 아는 동우라면 말이다. 언젠가 네가 이곳에 와서 이 글을 볼 수 있도록 할 생각이다. 이 카드는 알겠지만 그냥 꺼내 쓰면 된다. 네 이름으로 통장을 만들었고 비밀번호도 네가 쓰는 번호로 만들었으니 알아서 써라. 내가 하려고 했던 게 진정 무엇이었는지는 너도 잘 알거라 믿는다. 그리고 언젠가 우리가 예전처럼 얼굴 맞대고 기꺼이 웃을 날이 올 거라 믿는다. 그때까지 잘 지내길 바란다. 호.'

2년 전의 날짜로 기록된 메모는 성호의 또 다른 면을 본 것 같았다. 해정은 새삼 카드를 보다가 다시 동우에게 건넸다. 동우가 카드를 받아 지갑에 메모와 함께 집어넣었다. 메모는 구겨질까 조심스럽게 지갑의 깊은 칸에 살살 밀어 넣었다. 두 사람 모두 월출을 보기 위해 따로 자리를 옮기지 않았다. 그 자리에 앉아서 가장 가까운 산머리를 넘어오는 달을 맞이했다. 커다란 달이 해처럼 강렬하진 않았지만 차가운 숨으로 가득 찬 빛을 산과 대지와 바다에 뿌렸다. 그 빛을 받으며 동우도 해정도 서서히 감상적인 기분에서 벗어났다. 사람은 밤에 더 정서적 동물이 된다지만 이렇게 새달을 맞이하는 순간 동우는 혹시 그 반대가 아닐까 하는 생각을 했다.

"저, 얼마나 들어있을까요?"

하룻밤을 더 보내고 오려는 동우를 재촉해서 밤 운전을 하게 만들고는 잠도 자지 않고 골똘히 생각에 빠졌던 해정이 한남대교를 코앞에 두고 그 말 한마디를 내놓고는 스스로 얼굴이 빨개졌다. 동우는 '글쎄요? 가서 열어보죠!'란 말로 그 무안함을 메워주었다. 해정의 그 관심이 욕심이 아니라 순수한 호기심이란 걸 잘 알기 때문이다. 해정의 호기심은 이미 여러 번 경험했다. 때 묻지 않은 어린아이 같은 느낌. 동우의 단점이자 장점이라면 바로 이것.

사람을 너무 믿는다는 거다. 그 순간 해정이 '우와~ 부자일지도 몰라, 얼굴에 몸매에 성격에 이제 돈까지? 완전 꽉 찼어. 우와~ 꼼짝 마, 무조건 넌 내 거야~!' 를 속으로 열심히 외치고 있었는지 과연 누가 아는가. 당신은 아는가? 하하하…….

episode 8 \ 에스코트주식회사

'나머지 집유 기간이 사면 됐어. 정말 축하해!'

　무슨 의미가 있는지는 몰랐지만 구반장은 무척이나 즐거운 목소리로 전화를 해왔다. 사건 해결의 큰 단초를 제공한 동우의 입장을 적극 윗선에 보고한 게 일종의 사면 형태로 나타난 것이다. 어차피 처음부터 그건 그다지 신경 쓰지 않았기에 말로는 구반장의 마음 씀씀이가 고맙긴 했지만 실제로는 그저 덤덤했다. 전화를 받기 위해 길 한쪽에 차를 세웠던 동우가 다시 차를 출발시켜 천사호에서 몇 블록 떨어진 엠넷 사거리의 어느 빌딩에 도착했다. 소희의 회복을 축하하는 자리를 만들었다는 영서의 연락을 받고 가는 길이었다. 해정은 새로운 고객을 맞아 에스코트 나갔다가 잠시 들른다고 했다. 동우의 에스코트주식회사는 해정 말고도 다시 두 명의 멤버를 더 맞이했다. 소희보다 먼저 회복된 김영호는 그저 '심심해서'라는 단서를 달고 자신도 에스코트가 되고 싶다고 해서 해정과 한 세트로 움직이고 있었다. 세상은 정말 모를 일이다. 몇 달 전까지만 해도 이렇게 김영호가 멤버가 될 거라고 누가 생각할 수 있었을까. 회복되어 퇴원한 김영호는 동우를 만나 고맙다는 말을 전하면서 의사로 되돌아가기엔 자신의 몸과 마음이 너무 망가졌다고 툴툴 웃었다.

"다시 시작한다는 건 꼭 그걸 다시 하는 건 아닙니다. 저도 지금 이 일을 할 거라고는 조금도 생각하지 못했었거든요. 하하하."

동우가 위로를 한다고 자신에게 있었던 일을 이야기해주자 김영호가 감탄하며 동우의 손을 잡았다.

"나는 스스로 무너졌지만 보스는 나보다 더 힘든 일을 겪었었군요. 괜히 미안해집니다."

해정에게 물든 김영호도 동우를 보스라고 부르고 있었다. 그리고 동우에게 에스코트주식회사에 대해 물었다. 동우가 하하. 웃으며 미래엔 꼭 그렇게 만들 거라고 하자 그 미래에 자신도 참여하고 싶다고 했다. 몸도 마음도 더 이상 메스를 들 수 없게 되었다며 자신도 에스코트에 나서겠다고 선언한 것이다. 일상에서 겪어본 김영호는 의외로 어둡지 않고 밝은 성격을 가진 남자였다. 그 성격이 해정과 잘 맞아서 두 사람이 에스코트를 위한 팀이 되었다. 김영호는 자신이 대가로 받은 돈을 그대로 돌려줬다. 이젠 큰 돈이 필요치 않게 되었고 순수하게 좋은 일을 하고 싶다고 했다. 하지만 무엇보다도 자신으로 인해 동우와 소희가 범법자가 되는 걸 원하지 않게 되었다는 말을 덧붙였다. 동우는 그 돈을 기쁘게 돌려받았다. 그리고 또 한 사람. 묵시적인 동의하에 동우의 친구 성호가 멤버가 되었다. 그는 그대로 자신이 하던 일을 다시 해보려고 할 것이다. 이제 1년 남았다. 피해자들에게 모두 환급을 한 것이 결과적으로 형량을 줄이는 데 큰 역할을 했다. 게다가 지난 몇 년간 재단을 만들어 꾸준히 어려운 이를 돕는 일에 써왔기에 확정된 형도 감면되어 이제 1년만 채우면 사회로 돌아올 것이다. 그 사이 동우는 두 번 면회를 갔었다. 말없이 서로를 바라보며 '잘 지내니? 넌?' 같은 말과 '셈셈이다.' 라며 웃은 정도로 끝났지만 동우에겐 마음의 짐을 완전히 벗어버릴 수 있는 계기가 되기도 했다. 성호가 남긴 통장엔 매달 일정 금액이 입금되어 있었는데 아마도 성호가 자신에게 주어진 몫 중에서 일정 부분을 자동으로 이체되게끔 해뒀던 것 같았다. 그게 바로 예전 그들이 처음으로 인터넷 쇼핑몰을 할 때 했던 방법이었다. 그 돈을 보며 동우가 무척이나 큰 소리로 웃었었다. 그렇게 입금되는 돈으로 주식을 하며 막상 그 돈이 어떤 사연을 갖고 어떤 경로를 통해 움직이다가 최종적으로 자신에게까지 왔는지는 무관심했던 것이다. 그 덕에 인생의 중대한 고비를 겪었고 그리고 지금 이 자리에 서게 된 것이다. 아무튼 꽤나 많은 돈이 있었지만 동우는 그 돈을 거의 건드리지 않았다. 아니 건드릴 필요가 없었다고 해야 옳다. 특별히 쓸 곳이 없었으니까. 해정이나 영호에게 가는 돈은 에스코트 의뢰를 통해 충당되었고 자신은 여전히 낡은 흰색 소나타와 소희에게 처음으로 받았던 외투, 겨울옷들로 충분했다. 아니 계절에 맞게 한 두 벌 사긴 했지만 그뿐이었다. 그는 아직도 천사호에서 책상에 발을 올린 채 잠들었고 몸이 찌뿌듯하면 근처의 찜질방에서 몸과 마음을 편안하게 쉬었다. 엘리베이터가 도착하자 동우가 10층의 버튼을 눌렀다. 우연인지 오늘 회복 축하파티가 벌어지는 장소도 1004호다. 왠지 기분이 좋아진 동우가 혼자밖에 안 탄 엘리베이터에서 휘파람을 불었다. 잠시 후 엘리베이터가 10층에 섰다. 스르륵 문이 열리고 복도를 지나 1004호 앞에 섰다. 복도의 창으로 보이는 세상은 뜨거운 태양이 지고 차가운 빛으로 세상을 감싸는 달이 그 자리를 차지한 뒤였다. 하나 둘 가로등이 켜지고 있다. 보통 이런 파티를 한다고 하면 문이 열려있는데 닫혀있는 건 아마도 소희의 건강이 걱정되어서였을 것이다. 동우가 그런 생각을 하며 문에 노크를 했다. 아무 기척이 없다. 동우가 다시 문에 붙은 방 번호를 확인하고 노크를 했다. 반응이 없다. 손잡이를 돌려 안으로 들어간다. 어두웠다.

갑자기 방에 불이 환하게 켜지고 사람들이 폭죽을 터뜨리며 사방에서 몰려나왔다. 영서, 해정, 남정희, 장금주, 김영호, 그리고 해정의 일당들과 소희. 소희는 큰 꽃다발을 들고 서서히 동우에게 다가왔다. 그리고 꽃다발을 건넨 후 동우의 뺨에 가볍게 입을 맞춘다. 사람들의 환호와 박수 세례가 두 사람을 둘러싼다.

가 되면 얼마나 좋을까? 반응이 없는 문을 바라보며 혼자 상상하고 피식 웃은 동우가 다시 노크하려고 할 때 문이 열렸다. 해정의 일당 중 1인이다.

"아, 스파이더맨. 잘 지냈어요?"

동우가 웃음으로 인사를 했다. 스파이더맨도 같이 웃으며 안쪽으로 물러났다. 방엔 불이 환하게 켜져 있고 군데군데에서 잔을 든 사람들이 이야기를 나누고 있었다. 소희는 영서와 웃음을 머금은 얼굴로 뭔가를 이야기하고 있었는데 넬은 영서의 품에서 손가락을 물려고 꼼지락거리고 있었다. '하하하…….' 혼자만의 웃음으로 헛된 망상의 쑥스러움을 물리친 동우가 소희에게로 갔다. 동우를 발견한 소희가 미소짓고 다가왔다. 모두가 동우를 중심으로 모여들었다.

"소희 씨, 회복을 진심으로 축하해요. 하하."

동우가 오늘의 목적을 달성하기 위해 먼저 입을 열었다. 그때 소희에게 말했던 그대로 동우는 새로운 삶을 시작한 소희에게 어떤 다른 마음을 품지 않기로 했다. 가슴속 깊이 묻어두고 꺼내지 않기로 한 것이다. 그게 옳다고 생각했다. 사람에겐 다 자신에게 맞는 배경이 있는 거다. 그리고 누군가는 반드시 그 룰에 따라 살아야 한다. 그렇게 생각하자 홀가분해져 이 자리에도 가벼운 기분으로 올 수 있었던 동우다. 조금 전에 했던 불 꺼진 방의 발칙한 상상은 말끔히 잊어버린 편리한 동우였다. 소희가 동우의 손을 잡아 (손을?) 케이크가 있는 자리로 갔다. 해정, 남정희, 영서, 김영호와 해정의 일당들이 두 사람을 둘러싸고 소희가 케이크에 불을 붙였다. 모두 기대에 찬 눈으로 촛불에 빛나는 하얀 케이크를 본다. 동우가 소희에게 자신이 불을 켜겠다고 했지만 아무 대답도 못 들어 주눅 든 표정으로 그들을 보았다. 기대 어린 눈빛. 아마도 저 케이크가 기가 막히게 맛있는 건가 보다 생각하니 동우의 입에도 침이 고였다.

"꺼요."

"네?"

"끄라구요."

"뭘요?"

"촛불이요."

"왜 제가?"

"아, 어서 꺼요. 케이크에 촛농 떨어지잖아요."

보다 못한 해정이 빽 소리를 질렀다. 그 소리에 놀라 동우가 얼떨결에 훅~ 하고 촛불을 불었다. 초는 케이크에 딱 한 개가 있었기에 단번에 꺼졌고 이어서 환호성과 함께 천정에 달린 플래카드가 바닥으로 펼쳐졌다.

'축! 에스코트주식회사 창립총회'

라는 글이 멋지게 적혀있는 플래카드였다.

'뭐야?'

상황판단이 안 된 동우가 제일 먼저 해정을 보았다. 그래도 같이 일을 하는 파트너라고 해정에게 경위를 묻는 거다. 해정은 그저 웃기만 했다. 다음엔 그보다 편한 영서를 보았다. 영서도 웃기만 했다. 그다음엔 남정희를 보나 마나 그녀도 웃고 있을 것이기에 차라리 소희를 보기로 했다. 소희도 웃고 있었다.

"축하해요. 동우 씨. 처음 했던 말대로 진짜 에스코트주식회사가 탄생했네요. 당신이 해냈어요."

소희의 그 말과 함께 폭죽이 터지기 시작했다. 수십 개의 폭죽이 연달아

터지며 음악이 나오고 방 밖에서 기다리고 있던 음식들이 들어오기 시작했다. 칸막이로 나눠진 방에서 4인조 실내악단이 등장했다. 그동안 에스코트를 받았던 고객들이 모두 초청되었는지 익숙한 사람들이 다가와 축하를 건넸다. 얼떨떨해진 동우가 일일이 그 인사에 답하는 사이사이로 소희를 보았다. 왠지 지금은 소희를 봐야만 할 것 같은 마음이 들었다. 소희는 그냥 고개만 끄덕였다. 그리고 동우에게 다가와서 뺨에 가볍게 입을 맞췄다. 머뭇머뭇하던 동우가 자기도 모르게 위로 펄쩍 뛰며 이야아~ 환호성을 질렀다. 끝.

끝내려고 엔딩 자막이 올라오는 판에 뒤늦게 1004호로 뛰어드는 사람들이 있었다. 천방이와 발따귀, 그리고 인혜와 황자양이었다. 천방이가 연락받은 걸 잊고 있다가 뒤늦게 기억해내서 뛰어온 거다. 그리고 허겁지겁 또 달려와 문 앞에서 옷을 탁탁 털고 들어온 남자는 물론 '두목'이다. 황자양과 두목은 처음엔 서로 보고만 있더니 조금 후엔 껴안고 빙빙 돌며 난리를 떨다가 천방이가 놀리는 소리에 얼른 떨어졌다. 끝.

다시 문을 두드리는 소리가 난다. 구반장과 심기자다. 도대체 연락을 누가 한 거야. 동우가 사방을 둘러보니 고개를 슬쩍 숙이는 사람이 있었다. 그는 누굴까. 이제까지 모든 에피소드들을 만들어 동우를 놀려먹으며 즐거워하던 사람. 그 남자가 다시 고개를 들었다가 동우와 눈이 마주치자 므흣하게 웃었다. 동우는 그에게 고개를 끄덕이고 씨익~ 웃어주었다. 정말 끝!